VLAD

Alexandre Contart

VLAD

Copyright © 2024 Alexandre Contart

Tous droits réservés.

Correctrice : Alexia Zampunieris

ISBN : 978-2-9585657-3-2

Version : 1.0.24

Pour ma femme qui a traversé avec moi toutes les tempêtes.
Pour mes parents qui ont toujours cru en ma différence.

TABLE DES MATIÈRES

1	I	7
2	II	43
3	III	71
4	IV	93
5	V	125
6	VI	153
7	VII	181
8	VIII	205
9	IX	235
10	X	267
11	XI	297
12	XII	325
13	XIII	353
14	XIV	381

CHAPITRE I

« Arrête de me raconter des conneries, je viens chez toi et on va régler ça face à face. » Il n'eut pas le temps de répondre, son interlocuteur avait déjà raccroché. Le soleil disparut derrière le mur d'enceinte, plongeant la propriété dans la pénombre. Un vent rempli de sel balaya le jardin et la piscine, lui intimant de rentrer. Il traversa d'un pas calme la terrasse, ouvrit la baie vitrée avant de pénétrer dans le salon. Sur le mur étaient accrochés les nombreux disques d'or et de platine qui avaient rythmé sa carrière. Au centre de la pièce trônait un canapé blanc massif où une jeune femme en robe noire était assise. Au moment où elle entendit ses pas résonner sur le carrelage, elle leva la tête de son téléphone.
— C'est bon, tu es prêt, chéri ? On se met en route ? Je crois que la réservation est à 20 heures, lui dit-elle avec douceur.
— J'ai encore une chose à faire, et après, nous pourrons y aller.
Sa voix était calme, son regard protecteur.
— Qu'est-ce qu'il te reste à faire ? lui répondit-elle, surprise.
— Un petit détail à régler pour le travail.
— À cette heure ? Je croyais que tu avais déjà terminé.
— Tu sais, pourtant, que ma vie est pleine d'imprévus, dit-il en souriant.

Il attrapa sur une table basse une tablette nacrée. L'ensemble des volets de la villa s'actionnèrent en même temps.
— Qu'est-ce que tu fais ?
— Ne t'inquiète pas. Dans la maison, tu es en sécurité.
— En sécurité ? Je ne savais pas que nous étions en danger. Qu'est-ce qui se passe, chéri ? Tu m'inquiètes.
— Personne n'a dit que nous étions en danger. Tant que tu es avec moi, tu sais qu'il ne t'arrivera rien. Je vais sortir de la maison dans quelques minutes. Je n'en ai pas pour longtemps. Si dans 15 minutes, je ne suis pas rentré, appelle la police.
— La police ? Mais qu'est-ce qu'il se passe ?

La voix d'Alice avait changé. Il pouvait sentir son inquiétude et ses grands yeux semblaient le questionner sur son comportement inhabituel. Elle avait quitté le canapé pour venir se planter devant lui. Elle avait du mal à soutenir son regard qui la gênait en permanence. Le visage de Vlad, habituellement si doux, s'était assombri et l'homme qu'elle aimait semblait avoir laissé place à un autre. Il resta plongé dans son mutisme. Alice posa sa main sur son visage ; il passa ses mains autour de sa taille.
— Ne t'inquiète pas, ma chérie, tu me fais confiance depuis toutes ces années...
Elle voulut l'interrompre, mais il posa délicatement un doigt sur sa bouche pour l'en empêcher.

— Je te demande juste de me faire confiance, une fois de plus, reprit-il, et dans 15 minutes, nous pourrons aller dîner. Installe-toi dans le salon, je serai juste devant la maison. Si quelqu'un frappe à la porte pendant ce temps, n'ouvre pas. Si cela devait pourtant arriver ou que quelque chose d'anormal devait arriver, réfugie-toi dans la panic room de mon bureau.
— Tu ne veux vraiment pas me dire ce qu'il se passe ? Pourtant, on se dit tout, toi et moi.
— Je t'expliquerai tout cela autour d'une coupe de champagne. Pour l'instant, reste là, attends-moi et comme je te l'ai dit, n'ouvre à personne, sous aucun prétexte.
— Oui, mais...
— Fais ce que je te dis, c'est un ordre, dit-il d'un ton sec.
Sa voix avait changé et ses yeux verts habituellement si doux étaient désormais d'un noir de jais. Alice ne répondit pas. Elle retourna s'asseoir sur le canapé avec ses angoisses et ses questions laissées sans réponse.
Vlad quitta la pièce pour traverser le hall jusqu'à la porte d'entrée.

Cela faisait maintenant presque 15 ans qu'il avait quitté la France pour venir s'installer à Miami. Les débuts n'avaient certes pas été faciles, mais il avait fini par réussir à devenir celui qu'il n'avait jamais pensé être. Son talent, son acharnement et quelques bonnes rencontres que seul le hasard sait mettre sur votre route avaient fait de lui l'un des producteurs de rap les plus influents de toute la East Coast. Cependant, il n'avait pas le physique de l'emploi. Il était l'exception, l'anomalie discrète dans un univers exubérant qui aurait dû l'engloutir. Il avait beau être grand et athlétique, ses gestes étaient empreints d'un raffinement qui tranchait avec la brutalité du milieu où il évoluait. Son anglais était impeccable, mais malgré toutes ces années, il avait conservé un léger accent français qui lui avait valu de nombreux surnoms ; ce n'est pas pour autant qu'il les avait acceptés. Le seul surnom qu'il porterait serait celui qu'il avait choisi : Vlad.

Il s'arrêta un instant devant le miroir massif qui trônait dans le hall. Il inspecta sa tenue. Un pantalon de costume noir qui dessinait agréablement le galbe de ses jambes, une chemise noire entrouverte qui laissait apparaître la naissance de ses tatouages. Il retira son Omega Seamaster de son poignet et la posa sur une console finement décorée. Il ajusta sa ceinture, prit une grande respiration et ouvrit la porte. Calmement, il descendit les marches du perron, remonta le chemin jusqu'à la grille extérieure. De l'autre côté, un SUV noir aux vitres teintées attendait, le moteur allumé. La grille s'ouvrit lentement dans un léger grincement. Il s'approcha du véhicule. La vitre arrière se baissa doucement, laissant échapper un nuage de fumée, ainsi que le bruit sourd d'un caisson de basses bien trop puissant pour être légal. Il pouvait apercevoir le visage de Bass-T, l'étoile montante de la nouvelle scène qu'il

avait signée quelques mois auparavant. Son album était terminé, il ne restait plus qu'à maîtriser le disque pour amorcer sa commercialisation.
— Monte dans la voiture, homie.
— Descends de la voiture, « homie », je ne vais nulle part avec toi. Si tu veux parler, on parle ici et maintenant.
— Comme tu voudras, homie. Taisez-vous, les filles, et servez-moi un autre verre, je n'en ai pas pour longtemps.

Deux femmes à moitié nues ondulaient à côté de lui. Il referma la vitre, puis ouvrit la portière.
Bass-T s'extirpa du SUV. Ses yeux étaient rouges, sûrement à cause de sa consommation excessive de marijuana. Il réajusta sa New Era et, dans un cliquetis métallique que faisaient les blings qu'il portait autour du cou, s'avança vers Vlad. Sa carrure était impressionnante et on aurait facilement pu le confondre avec un basketteur professionnel.
— Ok, homie, comme je t'ai dit au téléphone, on change les termes du contrat.
Il attrapa plusieurs feuilles qu'il avait pliées et rangées dans la poche arrière de son baggy.
La rue était déserte. La journée, des minibus de touristes sillonnaient le quartier pour découvrir les interphones, les grilles et les remparts des célébrités qui y résidaient. Une fois la nuit tombée, les rues étaient

vides, chacun se retranchant dans sa luxueuse forteresse à l'abri des regards indiscrets et des paparazzis.
— Voilà le papier, homie, et un stylo. Tu signes, je remonte dans ma voiture et on est ok, toi et moi.
Bass-T semblait nerveux. Il n'en avait pourtant pas l'habitude, vu son passé trouble et sa confiance en soi naturelle. Avant d'acquérir une certaine notoriété grâce à ses freestyles sur plusieurs mixtapes, il avait longtemps traîné dans des gangs, braqué, racketté, en esquivant toujours miraculeusement la police. C'était d'ailleurs pour lui le signe qu'il avait un destin à accomplir et que personne ne pourrait l'en empêcher.
— J'ai compris tout ce que tu m'as dit, Bass, mais je ne signerai pas ce papier. L'album est terminé, et on va le sortir.
— JE vais le sortir, homie. La star, c'est moi.
— Tu crois sincèrement que tu peux te ramener devant chez moi avec tes putes, me sortir un vieux bout de papier chiffonné sur lequel t'as posé ton gros cul d'ingrat, et me demander de renoncer à toutes mes parts dans ce deal ? Il y a trop de zéros sur le papier.
— Exactement, homie.
— « Homie », quand tu montes un coup, c'est toujours pareil. Chacun prend sa part en fonction de son travail et sans moi, personne ne parlerait de toi aujourd'hui.
— Je t'ai dit : les règles ont changé. Et c'est pas toi, dans ton petit costume de merde, avec ton regard hautain, qui va me faire chier. Tu t'es pris pour qui, sale gosse de riche ?

— Pour le mec qui t'allume et qui t'éteint si tu continues à me faire chier.

Bass-T ne l'impressionnait pas du tout. Il avait beau être un individu dangereux, ce n'était pas le premier rappeur qu'il fallait remettre à sa place, et même si personne ne le savait, Vlad n'avait pas grandi dans l'opulence, malgré son raffinement.

— Écoute, « piece of trash », je crois que tu ne comprends pas bien. Je ne viens pas te demander si tu veux signer, alors tu prends le stylo et tu signes. Je te mettrai un remerciement dans les crédits de l'album, si tu veux, dit-il en esquissant un sourire malsain dont les dents étaient cachées par des grillz en or blanc.

— C'est tout ce que tu avais à me dire ? Parce que je suis attendu. Tu vas plutôt remonter dans ta caisse, baiser tes putes, te défoncer, et tu vas me laisser faire mon travail. De toute façon, t'as encore un clip à tourner avant qu'on lance la promo.

— Homie, homie, homie, j'ai un clip à tourner, mais toi, c'est fini, t'es plus dans le game.

Bass-T fit un pas en arrière et toqua à la vitre du siège passager. Un colosse d'ébène avec le maillot des Miami Heat descendit. Son visage était inexpressif, son crâne rasé à blanc, ses gestes lents et lourds.

— Si tu ne signes pas, homie, je vais devoir demander à mon pote de te donner un coup de main.

Le vent soufflait un air chaud qui caressa la nuque de Vlad. Il observa le crépitement d'un lampadaire, respira l'odeur florale qui s'évadait de son jardin, s'arrêta un instant sur la genouillère que portait le colosse au maillot noir et rouge, puis lança un regard noir et froid à Bass-T.

— Bass-T, je vais te le dire une dernière fois : tu remontes dans la voiture avec ton pote, et vous vous cassez de chez moi. J'ai pas envie d'abîmer ta gueule, on a un clip à tourner.

— Homie, j'ai essayé d'avoir des manières comme toi, mais maintenant, on va t'apprendre comment ça se passe à Liberty City.

Le colosse fit un pas en avant vers Vlad qui, d'un coup sec, écrasa sa Gucci sur la genouillère. Le geste était rapide, précis, maîtrisé. Il savait qu'il n'avait pas le droit d'utiliser les techniques de krav-maga qu'il avait apprises en France. Il n'avait pas besoin d'arme, l'arme, c'était lui.

Le genou céda, et le colosse, stoppé net, s'effondra à genoux. Vlad lui décocha un coup au visage qu'il ne put esquiver. Le colosse s'étala de tout son long sur le bitume encore chaud.

— Homie, t'as cru que t'étais un « real OG » ? On va te faire vite redescendre.

Bass-T attrapa un calibre qu'il avait dissimulé dans son pantalon, et le braqua en direction de Vlad.

— Maintenant, arrête de jouer au con, et tu signes.

— Et tu vas faire quoi avec ton flingue, me tirer dessus ? T'es vraiment trop con. Lève la tête.

Vlad pointa du doigt les caméras de sécurité qui filmaient la scène.

— Tu vas me tirer dessus ici, dans le quartier qui compte le plus de caméras de surveillance au mètre carré ? T'es pas à Liberty City ici, t'es dans la cour des grands. Alors, tu vas ranger ton flingue et ton pote, et je vais te le dire pour la troisième et dernière fois : tu montes dans la voiture et tu te casses.

Bass-T, décontenancé, regardait, hébété, la caméra de surveillance. Le colosse, quant à lui, reprit connaissance difficilement, sonné par la surprise et la honte de s'être fait coucher.

— Remonte dans la voiture, « bro », on se casse.

— Enfin des paroles sensées.

Bass-T ne cachait plus son anxiété, mais ne semblait pas pour autant avoir peur de Vlad. Il rangea rapidement le calibre dans son pantalon.

— Bravo, homie ! Bravo ! Tu crois que ça va se régler comme ça ? Tu me fous dans la merde, t'imagines même pas !

— Je n'en ai rien à foutre de tes histoires à la con. On se voit sur le tournage du clip, et d'ici là, essaie de ralentir un peu la drogue et les putes, tu vas encore être dans un sale état.

Bass-T s'engouffra dans la voiture qui démarra au même moment dans un crissement de pneus.

Putain de rappeur ! Il a beau avoir du talent, c'est vraiment un connard.

Vlad retourna rapidement vers l'entrée de la villa, attrapa son Omega qu'il remit au poignet avant de se diriger vers le salon.
Alice était assise sur le canapé. Son visage s'illumina quand il pénétra dans la pièce.
— Tout va bien, chéri ? Qu'est-ce qu'il s'est passé ?
Il s'approcha d'elle pour la prendre dans ses bras, où elle se lova instinctivement. C'était pour elle le plus bel endroit sur terre.
— Ne t'inquiète pas, mon amour, juste un petit rendez-vous improvisé. Tu sais, les rappeurs vivent la nuit et ne respectent pas vraiment les horaires de bureau.
— Qu'est-ce qu'il te voulait ?
— Oh, je crois qu'il avait besoin qu'on lui réexplique 2-3 petites choses qu'il n'avait pas dû comprendre, mais tout va bien maintenant. Si on se dépêche, on sera à l'heure au restaurant. Je te l'ai dit tout à l'heure, je t'expliquerai tout autour d'une coupe de champagne, mon amour.

L'Aston Martin DBS 770 noire roulait à vive allure, écartant les ténèbres sur son passage. Vlad conduisait en silence. Une main sur le volant, une autre sur la cuisse d'Alice, comme s'il cherchait à la protéger d'un mal invisible. Il ne leur fallut pas longtemps pour rejoindre Miami Beach et un restaurant français où ils avaient leurs habitudes.
Le Petit Paris était un petit bout de France échoué au milieu du tumulte des *Miamians*, loin des restaurants

branchés remplis de starlettes, d'hommes d'affaires et de personnes avec un besoin irrépressible d'être vues. Le Petit Paris était devenu un véritable rendez-vous pour Alice et Vlad à qui la blanquette de veau et le fromage de France manquaient terriblement. La salle principale était un mélange agréable entre la modernité de la ville et le charme rétro de nombreux objets typiques que le propriétaire des lieux avait chinés. Contrairement à de nombreux restaurants proposant de la cuisine française, on pouvait sentir une certaine authenticité et la volonté de partager un peu du pays, sans pour autant tomber dans les clichés et les stéréotypes. L'ambiance était décontractée et l'accent français des serveurs apportait ce petit je-ne-sais-quoi qui avait su séduire la clientèle locale.

Le maître d'hôtel qui les avait accueillis leur fit traverser la salle bondée jusqu'à une porte battante donnant accès à la cuisine. Le chef y avait installé une petite table dans un renforcement pour y accueillir quelques privilégiés dont Vlad faisait partie. Une nappe blanche, une bougie et une vue imprenable sur la brigade du chef Édouard qui s'affairait. Il prit la carte d'un geste sûr. Alice le regardait avec désir et profitait de ce moment rare en tête-à-tête. La plupart du temps, elle était seule ; Vlad était un homme très occupé. Malgré son amour fou pour elle, il ne pouvait se soustraire à ses obligations et à un rythme de vie effréné. Alice parcourut rapidement la carte avant de s'adresser à lui.

— Alors, chéri, est-ce que tu sais ce que je vais prendre ?
— Bien sûr, mon amour. En entrée, tu vas prendre une cassolette d'escargots, puis la blanquette de veau. Je sais que tu n'auras peut-être plus très faim, mais nous prendrons une assiette de fromages et nous conclurons avec une crème brûlée.
— Comment fais-tu pour toujours tomber juste ?
— Je te connais par cœur, mon amour, et c'est surtout ce qui me donne envie.
— C'est tellement agréable de partager les mêmes goûts, et j'ai plutôt hâte du plateau de fromages. Je n'arriverai jamais à me faire aux fromages américains.

Un serveur en costume noir s'approcha d'eux et leur demanda dans un français impeccable : « Bonsoir, vous avez fait votre choix ? »

Vlad passa commande des plats, ajouta une bouteille de Pomerol 2018, ainsi que deux coupes de Dom Pérignon. Il commanda pour elle et lui ; elle n'avait pas le droit de s'adresser au serveur, et cela lui convenait parfaitement.

— Je t'avais promis de t'expliquer autour d'une coupe de champagne, cela ne devrait pas tarder.
— J'espère bien, parce que ce soir, j'ai vraiment eu peur.

Alice partageait la vie de Vlad depuis presque 10 ans. Ils s'étaient rencontrés dans une soirée au bord de la plage. Elle était en vacances, il n'était personne, et pourtant, ils s'étaient tout de suite plu. Elle portait un paréo blanc, assorti d'un deux-pièces noir qui ne l'avait pas laissé indifférent. L'alcool avait sûrement aidé ce soir-là, mais depuis leur première nuit ensemble, ils n'avaient jamais réussi à se séparer. Elle était sa force, son inspiration, la source de son courage et la femme de l'ombre qui l'avait accompagné pendant toutes ces années où il avait construit sa carrière. Elle ne demandait rien, si ce n'est vivre avec le seul homme sur terre qu'elle avait choisi et dont elle savait qu'elle ne pourrait plus se passer. Il savait qu'elle était la seule qui pouvait le comprendre, et dompter la bête qui vivait en lui. Il connaissait sa valeur, et la chance qu'il avait d'être accepté dans toutes ses différences.

Le maître d'hôtel apporta les deux coupes. Vlad saisit la sienne, et la leva pour porter un toast.

— Tu aurais pu dire merci, quand même.

— Merci pour quoi ? Il fait juste son travail.

Alice semblait dépitée de son comportement. Après tout, vivre avec un homme dominant avait des avantages, mais parfois aussi certains inconvénients. Elle n'aimait pas cette arrogance gratuite dont il faisait preuve. Elle aurait voulu qu'il apaise son cœur, mais elle savait que cela viendrait avec l'âge et la maturité. À trente ans, il était encore prisonnier de ses angoisses, et elle le savait.

— À quoi trinque-t-on ? demanda Alice avec toujours cette pointe de malice dans la voix.

— À la paix retrouvée, et surtout, à ceux qui s'aiment.

— À nous, donc ?

— À nous.

Ils burent tous deux une gorgée, se regardèrent un long moment sans dire un mot pendant que le chef Édouard invectivait sa brigade qui paraissait avoir pris un peu trop de retard sur les pigeons rôtis. Dans la cuisine, se mélangeaient des odeurs de sauce, de thym, de laurier, et de basilic. Le beurre frémissait dans les poêles au contact des pièces de viande.

— Que s'est-il passé ?

— Rien de grave, juste un artiste qui n'avait pas bien compris les termes du contrat que nous avions signé.

— Et ?

— Et c'est tout.

— Tu es resté dehors tout ce temps, cela m'a paru interminable. J'étais morte de peur, tu sais.

— Ce n'était pas si grave, au final.

— Ce n'est pas le genre de vie que j'ai forcément envie d'avoir. Je suis heureuse avec toi, mais j'ai aussi tellement peur.

— Mais pourquoi, ma chérie ? dit-il avec beaucoup de douceur.

— Parce que je sais que les gens avec qui tu travailles sont dangereux, et que j'ai peur chaque jour qu'il t'arrive quelque chose.

Elle détourna le regard, tentant de dissimuler une larme qui avait trop de pudeur pour se laisser couler sur sa joue.

— Je suis désolé, mon amour, mais peu importe le métier, peu importe la carrière, l'argent n'amène pas que de bonnes choses. Je te promets que je ferai

toujours tout pour nous protéger, toi, et peut-être bientôt notre famille.
— Tu veux toujours avoir un enfant ?
— Bien sûr ! Ça serait le plus beau cadeau que tu pourrais me faire.
— Et il grandirait dans cet univers ? Je me demande toujours si ça n'est pas trop dangereux. Je ne supporterai pas qu'il lui arrive quoi que ce soit.
— Chérie, il ne lui arrivera rien de mal, je suis là. Et puis, ça n'est que de la musique.
— On l'appellera Vlad junior, dit-elle en rigolant.
— Arrête ça, et appelle-moi par mon vrai prénom. Je veux t'entendre le prononcer. Quand tu le dis, j'ai l'impression de réellement exister.

Alice n'eut pas le temps de dire le moindre mot. Le maître d'hôtel apporta les entrées. Deux grandes assiettes blanches avec des cassolettes en inox où six escargots dans leur coquille infusaient tranquillement dans un beurre à l'ail.
À la fin du repas, le chef Édouard rejoignit la table pour échanger un instant avec ses invités de marque. Les plats étaient délicieux, et la blanquette était une petite madeleine de Proust dont Vlad ne se lassait pas. La France lui manquait cruellement, mais sa carrière était désormais ici, à Magic City, la ville où les rêves se réalisent avant d'aller à la plage.
Le repas terminé, Alice lui suggéra un café, mais il refusa. Ils se dirigèrent vers l'entrée pour régler

l'addition, et récupérer les clés qui avaient été confiées au voiturier.

— Je vous ramène votre voiture dans quelques minutes, Monsieur.

— Merci, nous en profiterons pour prendre un peu l'air devant le restaurant.

Malgré l'heure tardive, la rue était encore animée. Devant les restaurants et les clubs, se massaient de petits attroupements, et le brouhaha ambiant des touristes et des jeunes cadres se mélangeait à un vent salé revenu du large. L'air s'était rafraîchi.

Alice enfila une veste et ouvrit son sac pour y chercher un chewing-gum. Deux hommes qui remontaient la rue passèrent à leur hauteur, et l'un d'eux bouscula lourdement Alice qui fit tomber son sac dont le contenu se répandit sur le trottoir. Sans la moindre excuse, il ajouta : « C'est un beau petit cul, ça », avant de continuer d'avancer.

Vlad bondit sur lui comme un fauve sur un morceau de viande.

— Excuse-toi, connard.

— Et sinon, tu vas faire quoi ? lui répondit l'inconnu qui empestait l'alcool.

Il était grand et blond avec de grands yeux bleus, un t-shirt délavé où était écrit « No pain, no gain », des muscles saillants et un cou de taureau.

— Chéri, laisse, ça n'est pas grave, tout va bien, lança Alice en se relevant.

Mais Vlad ne l'écoutait pas.

— Excuse-toi, je t'ai dit.

Vlad attrapa son cou d'un geste rapide et resserra ses griffes sur l'homme stupéfait. Sa prise était si forte que l'inconnu commençait déjà à suffoquer. Il tenta de lui attraper le bras pour qu'il lâche prise, mais Vlad le repoussa d'un geste habile. Le deuxième homme, qui était resté en retrait, tenta de s'interposer, mais Vlad, qui le gardait dans un coin de son champ de vision, lui asséna un coup de poing sur le plexus, ce qui lui coupa instantanément la respiration. Il se plia en deux, se tenant la poitrine, tout en cherchant à reprendre son souffle. Il avait beau être massif, le coup avait été porté avec une telle force et une telle précision qu'il n'avait rien pu faire.

— Ne m'oblige pas à répéter.

— Pardon, pardon, excusez-moi, Madame, je suis désolé.

— Arrête, chéri, c'est bon, cria-t-elle.

Vlad relâcha l'étreinte de sa main, et le grand blond reprit instantanément une grande bouffée d'air pour ne pas suffoquer. Son visage était rouge, ses yeux exorbités. Il lui mit une petite tape sur la joue, aussi paternaliste qu'humiliante.

— Voilà, c'est beaucoup mieux. Dégage maintenant.

Il se rapprocha de l'autre homme qui reprenait difficilement son souffle, puis ils s'éclipsèrent rapidement, choqués par la violence de cette altercation.

Le voiturier tenait les clés de l'Aston Martin. Sa main tremblait. Alice ramassa ses affaires et monta dans la voiture qui démarra dans un vrombissement sourd.
— Il faut que tu te calmes, chéri. J'ai cru que tu allais le tuer. Tu me fous la honte ! Je déteste quand tu fais ça.
— Pour toi, je ferais n'importe quoi, mon amour. À part moi, je ne tolérerai pas qu'un autre homme pose sa main sur toi. Tu m'appartiens, tu es à moi.

Alice répondit par un sourire gêné, même si elle était en colère. Elle avait beau détester ses accès de colère, elle se sentait protégée et intouchable. Elle était sienne, et même si Vlad était parfois imprévisible, il était définitivement celui avec qui elle se sentait le plus en sécurité sur cette terre.

De retour à la villa, la nuit avait enveloppé le quartier et l'on n'entendait plus un bruit. Il alluma les lumières extérieures, contempla la piscine et sa surface immobile avant de se diriger vers la cuisine où il prit une bouteille de Ruinart qui se rafraîchissait tranquillement dans le réfrigérateur.

— Je t'ai gardé le meilleur pour la fin, mon amour.
— Une surprise ?
— Oui.
— Mais pourquoi ? Pour quelle raison ? Ce n'est pas mon anniversaire.

— Depuis quand ai-je besoin d'une raison pour faire plaisir à la femme de ma vie ?
Vlad sortit de la poche intérieure de sa veste une enveloppe rectangulaire.
— Qu'est-ce que c'est ? demanda-t-elle avec excitation.
— Deux billets pour Paris.
— Paris ? C'est vrai ? On va en France ? Ça fait si longtemps que je n'ai pas revu ma famille !
Elle trépignait sur place comme un enfant à qui l'on annonce que l'on va à Disney.
— Oui, je nous ai prévu un petit road trip et nous irons voir ta famille.
— Je te connais tellement, tu ne fais rien au hasard. C'est quoi ton plan ?
Vlad ne répondit pas tout de suite et détourna le regard, un peu gêné.
— Allez, dis-moi !
Ses yeux brillants étaient suspendus aux lèvres de l'homme devant elle. Tout son corps vibrait.
— Il paraît que chez nous, il faut demander au père la main de sa fille si on veut l'épouser ?
Alice sentit les larmes monter. Elle n'arrivait plus à parler. Vlad sortit une petite boîte noire de sa poche.
— C'est vraiment vrai ? Ça arrive réellement ?
Il mit un genou à terre au milieu du salon, sous le regard bienveillant des étoiles qui semblaient les observer depuis leur infini lointain.
— Chérie, je n'ai jamais aimé que toi, et je n'aimerai que toi. Tu es la seule personne que j'ai envie de voir

chaque jour au réveil et chaque soir avant de m'endormir. Tu es celle qui m'a sauvé de mes travers, celle qui a fait de moi l'homme meilleur que je suis aujourd'hui. Alice…

Il prit une grande respiration pour tenter de dissimuler l'émotion qui montait en lui.

— Est-ce que tu acceptes de devenir ma femme ?

Alice, submergée par la joie de cette demande inattendue, n'arrivait pas à répondre. Vlad avait ouvert la boîte dans laquelle se cachait un solitaire. Un diamant scintillait sur un anneau d'or blanc, impatient de rejoindre l'annulaire qu'il ne quitterait plus jamais.

— Il faut quand même que tu me donnes ta réponse, chérie, dit-il en souriant.

— Oui ! Oui ! Oui !

Les mots s'échappèrent de sa bouche dans un cri irrépressible avant qu'elle ne saute dans ses bras où elle alla se blottir.

— Oui, mon amour, bien sûr que je veux être ta femme.

Vlad approcha doucement son visage de celui d'Alice jusqu'à ce que leurs lèvres se frôlent. Après toutes ces années, chaque baiser avait le goût d'une première fois. Un frisson parcourut son corps. Il avait envie d'elle, et sous ses mains, il pouvait sentir sa peau frémir. Il savait que ce n'était pas le froid qui avait fait durcir sa poitrine. Il savait déjà qu'entre ses cuisses naissait l'envie de le dévorer. Elle posa une main sur sa nuque et s'approcha encore plus près. Elle aimait sentir son souffle, celui

d'une bête sauvage et dangereuse, promesse d'une nuit sauvage et sans fin.
La main de Vlad glissa dans son dos avant de s'arrêter sur ses fesses qu'il empoigna en lui arrachant un petit cri de plaisir.
Soudain, un bruit métallique et brutal envahit la pièce et résonna jusqu'au premier étage. Alice sursauta.
— Qu'est-ce que c'est ?
— Reste là, ça vient du garage.
Son regard avait changé, ses sens étaient en alerte. Il traversa rapidement le salon pour emprunter le couloir qui menait au vestibule. Il n'eut pas le temps d'y arriver. Le coup qu'il reçut à la nuque jaillit de la pénombre. Avant de perdre connaissance, il entendit plusieurs voix d'hommes : « C'est lui ? C'est le fameux Vlad ? Je ne pensais pas que ce serait si simple. » Il ferma les yeux avant de sombrer totalement dans l'obscurité et le silence.

Une gifle violente le ramena à la vie.
— Réveille-toi, pauvre merde.
Les mots étaient hésitants et teintés d'un accent qui devait probablement venir d'un pays d'Europe de l'Est.
Un homme grand et chauve avec un blouson de cuir se tenait devant lui. Ses joues étaient pendantes, ses sourcils broussailleux et sa carrure massive lui donnaient un aspect de videur de boîte de nuit. Il lui asséna une autre gifle qui électrisa tout son corps.

— Ça suffit, prononça la voix calme d'un homme qui se tenait un peu en retrait.

Vlad parcourut la chambre du regard. Il avait été traîné à l'étage et était désormais assis sur une chaise, les mains menottées dans le dos. Son corps lui faisait mal. Il pouvait ressentir les coups qui lui avaient été assénés dans les côtes alors qu'il était inconscient. Alice était à genoux à côté du lit. Un autre homme, habillé en noir, le visage balafré, avait attaché Alice qui sanglotait.

— Monsieur Vlad, je vous remercie de bien vouloir nous recevoir chez vous.

— Laissez-la partir, je ne sais pas ce que vous voulez, mais j'ai de l'argent, je vous donnerai ce que vous voulez, lança-t-il dans un cri de désespoir.

L'homme qui s'était adressé à lui était de petite taille. Il portait un costume gris cintré, un gilet et une cravate assortie. Son visage était aride, et ses cheveux grisonnants trahissaient sa cinquantaine.

— Je n'irai pas par quatre chemins, et je suis sûr que nous trouverons rapidement un arrangement pour mettre fin à cette situation délicate.

Ses mots étaient teintés de ce même accent d'Europe de l'Est, mais il s'exprimait avec raffinement. Vlad regardait autour de lui, cherchant une issue, mais les menottes étaient serrées et chaque mouvement le faisait atrocement souffrir.

— Vous voulez quoi ? Laissez-la partir. Je vous l'ai dit, elle n'a rien à voir avec tout ça.

— Je suis navré, Monsieur Vlad, mais pour l'instant, cela n'est pas envisageable. Je ne suis pas venu chercher votre argent, mais une signature.
— Mais de quoi vous parlez ?
— Vous avez récemment signé un artiste sous le pseudonyme de Bass-T. Or, il se trouve que cette même personne est également débitrice de celui que je représente ici aujourd'hui.
— Mais qu'est-ce que ça peut me foutre ?
— Permettez-moi de poursuivre : étant donné que ce Monsieur Bass-T ne peut honorer sa créance envers la personne que je représente, je suis chargé de trouver un arrangement. La cession de vos droits sur son prochain album est une solution acceptable qui permettrait de régler cette dette.
— Ça ne me concerne pas, je n'ai rien à voir dans vos histoires mafieuses.
L'homme chauve lui décocha une nouvelle gifle qui le sonna quelques secondes.
— Je suis désolé, Monsieur Vlad, mais mon assistant est un peu impulsif. Je crois que lui comme moi n'aimons pas que l'on nous manque de respect. De plus, vous conviendrez que la situation n'est pas à votre avantage. Voici un stylo, un contrat. Pourriez-vous, s'il vous plaît, le signer ? Suite à cela, nous disparaîtrons et vous pourrez reprendre votre merveilleuse vie.
— Je ne signerai rien du tout, et en plus de ça, j'ai les mains attachées, connard.

Ses yeux étaient injectés de sang, et le ton de sa voix avait beau être menaçant, aucun des trois hommes présents dans la pièce ne semblait s'en inquiéter.

— Je suis vraiment navré, Monsieur Vlad, mais je me dois d'insister. La personne pour qui je travaille n'a pas l'habitude qu'on lui refuse quoi que ce soit.

— Mais je n'en ai rien à foutre, et dites-lui qu'il peut bien aller se faire enculer.

— Je suis navré que vous le preniez comme ça.

Il fit un geste et une pluie de coups s'abattit sur lui. Les mains qui le frappaient étaient larges et épaisses comme des planches. La tempête de coups s'acheva quand le sang commença à couler de sa bouche. Son corps n'était que souffrance, et sa tête avait du mal à rester droite. La sueur se mêlait au sang et ses yeux cherchaient une solution. Alice n'avait pas bougé et semblait être en état de choc.

— Monsieur Vlad, pouvons-nous procéder à présent ?

— Torche-toi avec, dit-il à demi-mot, la tête baissée.

— Très bien, je vois que vous ne souhaitez pas coopérer. Je me vois donc au regret d'être un peu plus convaincant.

Il prononça quelques mots dans une langue que Vlad ne comprenait pas, et les deux hommes s'approchèrent d'Alice. Tétanisée, les yeux hagards, elle n'arrivait pas à comprendre ce qui était en train de se produire. Désorientée, elle chercha son amour du regard, et le vit contraint à l'autre bout de la pièce. Il se plongea dans ses yeux et put y lire une détresse qu'il n'était pas prêt à supporter. Ses cheveux étaient ébouriffés, mais elle était belle à en crever. S'il avait pu, il aurait donné sa vie pour elle. Pourtant, ça n'était pas lui que ces hommes voulaient, mais une petite signature en bas de page qui valait plusieurs millions de dollars.

Les deux hommes soulevèrent Alice du sol pour la jeter sur le lit. L'homme à la balafre sortit un couteau à cran d'arrêt à la lame noire.

— Qu'est-ce que vous faites ? Arrêtez ça !

La tension était montée d'un cran. Il venait de comprendre que rien ne se réglerait facilement.

« Concentre-toi, concentre-toi », se répétait-il inlassablement.

Il devait y avoir une faille, un détail, une échappatoire.

— Vous savez ce que nous attendons de vous, Monsieur Vlad. Vous devez signer le contrat.

— Mais je m'en fous du contrat, ne lui faites pas de mal, sinon je vous tuerai tous.

— Je suis navré, mais vous n'êtes pas en position de négocier, Monsieur Vlad. Rassurez-vous, nous n'allons vous faire aucun mal.

— Détachez-moi, je vais le signer, votre papier, mais ne la touchez pas. Retirez-moi les menottes.

— Voilà une sage décision qui me remplit de joie.

L'homme chauve s'approcha pour déverrouiller les menottes qui l'immobilisaient. Il ne fallut qu'une seconde pour que Vlad bondisse et assène un violent coup de poing au visage de celui qui venait de le libérer.

Il vacilla, mais malgré la force du coup, l'homme resta debout. Au même moment, un cri déchira la moiteur de l'air. Le balafré avait placé son couteau sous la gorge d'Alice, dont le corps était la proie de violents spasmes. Vlad fut comme pétrifié instantanément, et ne fit plus un geste. Le chauve lui attrapa les bras et les passa dans son dos pour le maîtriser.

— Bouge plus, petite merde.

L'homme au complet gris semblait exaspéré et impatient.

— Monsieur Vlad, je constate que vous et moi ne nous comprenons pas. J'en suis désolé, mais nous n'avons pas l'habitude de perdre notre temps.

Il marmonna une phrase incompréhensible. Le chauve le rassit sur la chaise et lui repassa les menottes. Le balafré poussa Alice à nouveau sur le lit, et avec le couteau qu'il tenait toujours, trancha les liens qui enserraient ses chevilles. Ses mains étaient toujours attachées.

Il commença à faire glisser la lame le long de la poitrine d'Alice étendue, offerte, et dont l'esprit ne semblait plus présent dans la pièce. Le couteau Böker se perdait dans les volutes de sa robe, frôlant tantôt le tissu, tantôt la peau de son décolleté. Le visage balafré s'habilla d'un sourire qui trahissait tout le plaisir qu'il prenait à découvrir le corps de sa proie.

— Arrêtez ! cria-t-il. Je vais signer, c'est bon.

— Je suis désolé, mais c'est trop tard. Vous signerez ce papier, c'est une évidence, mais vous porterez le poids de votre insolence. J'ai toujours plaisir à laisser un souvenir impérissable de notre passage à nos amis, et vous faites partie de nos amis désormais, Monsieur Vlad.

La lame glissait sur le corps d'Alice jusqu'à atteindre son entre-jambe. Le balafré se tourna vers l'homme en gris qui acquiesça d'un signe de la tête.

Il arracha le bas de la robe, laissant apparaître un string en dentelle noire qu'il vint couper avec sa lame. Alice était allongée sur le lit, les jambes écartées, laissant apparaître son sexe épilé.

— Ne la touchez pas... murmura Vlad dont la voix s'éteignait peu à peu de désespoir.

— Nous nous passerons de vos commentaires.

Le chauve s'approcha de lui avant de le bâillonner avec un foulard noir. Le balafré commença à défaire la boucle de sa ceinture en cuir. Son visage était celui d'un enfant enthousiaste, comme s'il accédait à une récompense.

— Voyez-vous, Monsieur Vlad, nous ne sommes pas égaux face au sexe, et mon assistant ici présent a cette particularité d'être excité en permanence. Habituellement, je dois reconnaître que c'est un peu problématique, mais dans certaines situations, cette particularité peut devenir très utile. Votre femme sera sa récompense pour ce soir, et je ne doute pas qu'il en sera très heureux.

Vlad avait beau hurler, son bâillon empêchait le moindre son de s'échapper de sa bouche. Il était impensable qu'il pose la main sur elle, il ne supportait pas de voir cet homme sale poser ses mains impures sur la plus belle chose qui lui ait été donné de posséder sur cette terre. Son trésor, sa chose, son amour, la femme qui évinçait toutes les autres.

Le balafré retira sa ceinture, et laissa glisser son pantalon sur ses genoux, découvrant un sexe proéminent et gonflé, jaillissant d'une touffe de poils bruns. Il monta sur le lit et s'affala sur Alice qui tremblait. Elle pouvait sentir son odeur : un mélange de tabac, d'alcool et d'eau de toilette bon marché. Par réflexe, elle poussa un cri de dégoût.

— Laissez-moi, je vous en supplie, dit-elle dans un sanglot.

L'homme se redressa et la gifla pour qu'elle se taise. Vlad bondit sur sa chaise. Ses poings étaient serrés, et même s'il avait compris ce qui allait arriver, il ne pouvait s'y résoudre. Il était persuadé qu'il la sauverait à temps, qu'il trouverait l'issue favorable dont ils avaient besoin pour se sortir de cette situation, comme il l'avait toujours fait par le passé.

— Je les aime dociles, murmura le balafré au visage mal rasé.

Ses mains parcouraient son corps avec avidité et gourmandise. Il approcha son visage si près de celui d'Alice qu'elle pouvait voir ses dents jaunes et abîmées entre lesquelles sa langue visqueuse s'agitait. Il lui lécha la bouche. Elle tenta de se reculer, mais le poids de son corps lui interdisait tout mouvement.

Il caressa ses seins doucement, et son sexe se gonfla un peu plus. Elle tentait de se cambrer pour éloigner ce poignard de chair de son entrejambe. Son visage était illuminé d'une envie malsaine et irrépressible. Il attrapa son sexe et le présenta sur le bord des lèvres d'Alice qui tenta de refermer ses jambes pour échapper à son agresseur.
Il lui mit à nouveau une gifle, puis une autre. La troisième la mit KO.
— C'est bien, mon petit papillon. Maintenant, tu vas rester tranquille, et Vassili va s'occuper de toi. Je vais te faire du bien.
L'homme cracha dans sa main sale avant de répandre la salive sur le bout de son gland gonflé.
— Mam zamiar cię przelecieć[1], lui murmura-t-il au creux de l'oreille.
Vlad assistait à la scène, impuissant, tentant de se débattre, mais plus personne ne faisait attention à lui. Les deux hommes observaient le troisième avec une fascination non dissimulée et une excitation certaine. Le sexe de l'homme balafré pénétra Alice qui gisait sur le lit. Il tourna la tête vers Vlad :
— Je sens qu'elle mouille, cette salope. Regarde comment je vais la baiser. Sa peau est si douce et sa chatte si serrée. Je vais la déchirer et lui faire mal. Elle n'oubliera jamais plus Vassili. Maintenant, cette chienne est à moi.

---

[1] *Je vais te baiser.*

Il écarta un peu plus ses cuisses pour la pénétrer encore plus profondément, et commença à aller et venir. Alice, inconsciente, bougeait sur le lit comme une poupée désarticulée. Sa poitrine allait d'avant en arrière, et Vassili goba goulûment son sein droit. Son sexe était dur, assassin, et savoir que Vlad le regardait avec l'envie de le tuer l'excitait encore plus. Il poussait de petits râles tout en la pénétrant avec force.

—Mój mały motyl[2], murmurait-il, tout en intensifiant ses coups de reins.

L'étreinte semblait interminable, et Alice finit par reprendre connaissance. Le visage balafré de Vassili lui souriait tandis qu'il continuait à s'enfoncer en elle. Une décharge électrique parcourut son corps et elle tenta de se débattre, mais l'homme était imposant et ses membres contraints n'avaient pas assez de force pour le repousser. Elle se débattait, elle criait, mais rien ne pouvait arrêter le sexe gorgé de sang qui allait et venait en elle. Les larmes coulaient sur son visage, emportant avec elle son mascara et le souvenir d'une soirée qui devait être l'un des plus beaux moments de sa vie.
Vlad ne pouvait pas détourner le regard. Ses yeux remplis de larmes contemplaient la scène qui se déroulait dans son propre lit. Alice était ravagée, encore et encore.

---

[2] *Mon petit papillon.*

Dehors, le vent était tombé et la nuit s'étirait avec paresse. La lune s'était cachée derrière un nuage pour ne pas assister à la scène.

Vassili s'arrêta enfin. Il posa une main sur la bouche d'Alice qui l'empêchait de respirer. Elle suffoquait et il la prit à nouveau.

— Chapla, je sais que tu aimes quand Vassili te prend.

Il finit par retirer sa main et Alice ouvrit grand la bouche pour reprendre sa respiration. Vassili racla sa gorge avant de lui cracher dans la bouche. Alice faillit vomir et recracha rapidement ses glaires au goût de tabac.

Il se retira, puis la retourna sous l'œil amusé des deux autres hommes. À deux mains, il lui écarta les fesses qui laissèrent apparaître son anus contracté.

— Non, pas ça ! hurla-t-elle.

— Chut... mon petit papillon. Je n'en ai pas fini avec toi.

Il cracha sur son anus avant d'en approcher son sexe. Son autre main tenait fermement la tête d'Alice enfoncée dans l'oreiller. Il s'introduisit en elle avec force et la douleur qu'elle ressentit remonta jusque dans ses entrailles. Elle hurla à nouveau, bavant sur l'oreiller, les yeux remplis de larmes, le cul déchiré par ce sexe qui ne tolérait aucun obstacle. Il la pénétrait si fort que du sang commença à couler sur les draps. Cela ne l'arrêta pas pour autant. Son visage se crispait de plus en plus et ses yeux brillants semblaient abriter un démon insatiable. Ses râles étaient de plus en plus forts, ses va-et-vient plus intenses, et dans un cri, il finit par jouir dans le cul de ce papillon dont on venait de couper les ailes. Son corps se contracta une dernière fois.

Il se retira, le sexe couvert de sang et de sperme. Il caressa doucement la jambe d'Alice, inerte, avant de se relever. Alice pleurait dans l'oreiller de douleur et de honte. Elle sentait l'odeur de Vassili qui avait imprégné les draps et son corps. Le chauve applaudit son complice avec une admiration non dissimulée. Elle gisait, inerte, l'âme définitivement défigurée. Le balafré ne remit pas tout de suite son pantalon. Il s'essuya rapidement le sexe avant de se rapprocher à nouveau du lit. Il jeta un coup d'œil rapide à l'homme en gris qui acquiesça à nouveau avec un sourire. Il attrapa Alice, la retourna encore, et commença à uriner sur son visage rougi par les cris et les pleurs. Elle reprit vie immédiatement, essayant d'éviter le jet d'urine puant pour ne pas être étouffée.

— J'adore pisser sur les petites salopes. Maintenant, quand tu embrasseras ton chéri, tu penseras toujours au goût de ma pisse sur ta bouche.

Vlad tenta de se lever, emportant avec lui la chaise, mais l'homme chauve posa ses immenses mains sur ses épaules et lui intima de ne pas bouger.

Il distinguait à peine la scène tant les larmes avaient inondé ses yeux. Son corps brûlait de rage et d'impuissance. Il voulait crier si fort pour que le ciel l'entende, mais les étoiles étaient silencieuses.

Le balafré attrapa Alice par les chevilles et la fit glisser sur le sol. Il la redressa en position assise contre le bord du lit. Son visage poisseux dégoulinait de bave et de pisse. Il sortit une cigarette qu'il alluma, avant d'aspirer une longue bouffée qu'il recracha dans les yeux de son petit papillon. Alice toussa, mais ne semblait plus émettre aucune opposition. Son corps était vivant, mais à l'intérieur, elle n'était plus là.

— J'espère que vous avez apprécié le spectacle, Monsieur Vlad.
Il dit quelques mots incompréhensibles, et le chauve lui retira son bâillon.
— Je vous tuerai tous, dit-il d'une voix très calme.
Il avait fermé les yeux, il ne pouvait plus supporter de la voir ainsi souillée au pied de leur lit.
— Toujours des menaces, Monsieur Vlad, mais maintenant, nous allons passer à la signature.
L'homme en gris apporta la feuille et le stylo qui n'attendaient plus qu'un paraphe pour mettre fin au supplice. Le chauve lui détacha un bras, tout en prenant soin de maintenir l'autre attaché à la chaise afin d'éviter une nouvelle incartade. Vlad prit le stylo et signa la feuille.
— Merci Monsieur Vlad. C'est un plaisir de faire affaire avec vous.
— Je vous tuerai, peu importe le temps que cela prendra, peu importe...

Le chauve lui remit le bâillon.
Il fit un signe à l'homme balafré qui attrapa son cran d'arrêt. Vlad hurlait d'arrêter, mais le bâillon rendait ses mots incompréhensibles. Son visage était si tendu, ses yeux exorbités et sa peau si rouge qu'on aurait pu croire qu'il était sur le point d'imploser.
La lame s'approcha doucement de la gorge d'Alice qui ne bougeait plus et dont les yeux semblaient fixer quelque chose qui n'existait pas. Elle ne releva pas la tête, mais on pouvait voir un sourire de béatitude sur ses lèvres poisseuses.
Vassili posa délicatement la lame au niveau de la carotide, se rapprocha de son oreille pour lui murmurer : « Maintenant, le papillon doit s'envoler. » D'un geste sec, il lui trancha la gorge de part en part.
Un épais flot de sang jaillit, et son corps se mit à trembler.

Vlad hurlait sans un bruit, à bout de souffle. Est-ce que tout ceci était réel ? Il fallait qu'il se réveille, ça ne pouvait être qu'un cauchemar ! L'odeur infecte de l'eau de toilette mêlée à la sueur de Vassili le ramena à la réalité.
Les spasmes finirent par s'arrêter.
Elle gisait, inerte, dans une mare de sang.
Vassili poussa la tête d'Alice avec ses Rangers sales, et elle s'affala au sol, sur le côté, le visage maculé de sang et d'urine.

Vlad venait de mourir dans les yeux de sa femme, et sa femme venait de mourir devant les siens.
— Nous vous souhaitons une agréable soirée, Monsieur Vlad. Il est temps pour nous de vous laisser.
Le balafré s'approcha du corps d'Alice et lui retira le solitaire qu'elle portait à la main gauche, couverte de sang, avant de le glisser dans une poche de son blouson.
Il regarda Vlad avec un air narquois.
— Elle sera à moi pour l'éternité, maintenant.
Les trois hommes quittèrent la pièce, le laissant attaché et bâillonné devant le corps sans vie de sa femme.
L'alarme incendie se déclencha au rez-de-chaussée et une fumée épaisse commença à envahir la pièce.
Il commençait à son tour à suffoquer. C'était peut-être mieux comme ça. Après tout, à quoi bon vivre si elle n'était plus là ?

VLAD

CHAPITRE II

La nuit avait enveloppé Paris et une fine pluie commençait à recouvrir les pavés du XVIème arrondissement. Même si la ville ne dormait jamais, il existait certaines heures d'obscurité où elle ne semblait plus appartenir à personne. Emmitouflée dans un grand manteau noir, une silhouette se découpa entre deux rayons de lune avant de disparaître au coin d'une rue qui s'enfonçait dans la pénombre. Après quelques pas, elle finit par s'immobiliser devant une porte massive à double battants qui paraissait inviolable. Elle sonna à l'interphone. Une petite lumière au-dessus de la caméra se mit en marche et elle approcha son visage pour que l'agent de sécurité puisse l'identifier. Elle était jeune, blonde, les cheveux courts, le regard enfantin et ne put s'empêcher de tirer la langue. La lumière s'éteignit et le mécanisme de la porte se mit en branle dans un léger grincement, dévoilant la cour intérieure d'un hôtel particulier qui n'avait que pour seule volonté de rester discret. Elle ne se dirigea pas vers le perron et l'entrée principale, mais vers une petite porte sur la droite que seuls les employés de l'établissement empruntaient.
La porte donnait sur un petit hall où un agent de sécurité vint à sa rencontre. Il dégaina son détecteur de métaux et commença la fouille corporelle.
— Ça n'est pas une femme qui devrait me fouiller ?

L'agent de sécurité ne lui répondit pas et son visage fermé lui laissait entendre qu'il n'avait que faire de ses considérations.

— Ouvre ton sac.

— T'as pas dit le mot magique.

— Ouvre ton sac, dépêche-toi, ou c'est moi qui le fais.

Elle s'exécuta, sans ajouter un mot. L'homme était froid, méthodique, professionnel, sans la moindre envie de bavarder avec la jeune inconnue.

Il y plongea la main et sortit son téléphone.

— Hey ! Mais qu'est-ce que tu fais ?

— Les téléphones sont interdits dans l'enceinte de l'établissement. Je te le rendrai tout à l'heure.

Neko souffla de mécontentement. L'agent de sécurité reprit :

— Tout au bout du couloir, à droite.

Il n'ajouta pas un mot et lui intima d'avancer. Le bruit de ses pas résonnait sur le carrelage blanc, jusqu'à ce qu'elle arrive devant une petite porte où était inscrit le mot « Direction ». Elle toqua timidement. Un « Entrez » lui répondit.

En pénétrant dans le bureau, elle fut immédiatement submergée par une forte odeur de parfum. Au sol, une moquette rouge. Au mur, des lambris. Un canapé art déco dans un coin, un bureau croulant sous les papiers dans l'autre, et au mur, des tableaux anciens d'illustres inconnus célèbres, dont on avait oublié autant le nom que les exploits.

La femme assise au bureau leva la tête et ses yeux d'un bleu hivernal transpercèrent la jeune femme qui se tenait debout. Elle posa un stylo et dégagea une mèche de cheveux rouges de son visage. Elle avait passé la quarantaine et son visage abîmé portait les stigmates d'une vie d'excès.

— Tu t'appelles Neko, c'est bien ça ?

— Oui, c'est ça.

— C'est ça, *Madame*, lui rétorqua-t-elle, froidement.

Neko ne répondit rien. Son visage enfantin resta interdit, ne comprenant pas vraiment ce que la directrice attendait d'elle.

— Quand tu t'adresseras à moi, tu veilleras désormais à répondre « oui, Madame » ou « non, Madame ».

Neko s'exécuta sans discuter.

— Oui, Madame.

— C'est mieux. Si tu veux travailler dans cette maison, il va falloir que tu te plies à certaines règles, mais je pense que tu es déjà au courant.

— Oui, Madame.

— Nos clients sont des personnes raffinées et respectables qui attendent que nos filles possèdent une certaine éducation.

Elle attrapa un dossier posé sur une pile qu'elle ouvrit et qu'elle balaya rapidement du regard.

— Tu as l'air plus jeune que sur les photos. Tu es bien majeure ?
— Oui, Madame. J'ai 25 ans.
— Tu as ramené tes tests de dépistage ?

Neko plongea une main dans son sac et en sortit un petit papier plié.

— Oui, Madame. Les voici.

Timidement, elle fit quelques pas en avant et s'approcha du bureau pour tendre le papier. La femme aux cheveux rouges s'en empara pour le lire.

— Hum... Ça a l'air bon. Il ne me manque plus qu'une signature sur cette décharge et ensuite, je donnerai ton dossier à mon assistante qui finalisera tout ça et reviendra vers toi.

Neko prit le stylo et la feuille qui lui étaient tendus et la lut rapidement. Il était stipulé qu'elle s'engageait à ne divulguer aucune information sur ce qu'elle pourrait voir et entendre dans l'enceinte de l'établissement, sous peine de poursuites. Elle savait très bien que dans ce monde qui se cachait de la lumière, les poursuites étaient tout
sauf légales et que si elle manquait à ses engagements, elle serait rapidement réduite au silence. Elle n'avait aucune envie de se retrouver au fond de la Seine. Elle signa la décharge et la remit à la femme aux cheveux rouges.

— J'espère que tu n'es pas une petite effrontée qui va n'en faire qu'à sa tête. Je n'ai pas de temps à perdre avec des filles qui ne savent pas ce qu'elles veulent. Ici, tu vas gagner de l'argent, mais pour ça, il va falloir travailler.

— Non, Madame, je sais exactement pourquoi je suis là.

— Tant mieux, dit-elle en poussant un soupir. Nous verrons combien de temps tu resteras avec nous. La dernière fille a tenu deux jours.

— Je ferai tout mon possible pour ne pas vous décevoir, dit-elle en baissant la tête.

— Je l'espère. Nos clients sont des personnes particulières qui ont des envies particulières et nous sommes le seul endroit dans ce pays où tout est possible. Nous verrons bien jusqu'où tu iras. Tu as l'air fragile. Si ça se trouve, je ne te reverrai pas demain.

— Je vais faire de mon mieux, Madame.

— Je ne sais pas pourquoi, mais je sens quelque chose de différent en toi. J'ai l'impression que tu ne me dis pas tout.

Neko ne répondit rien. La femme assise derrière son bureau se leva et s'approcha d'elle pour mieux la voir.

— Je m'occupe de cette maison depuis si longtemps que j'ai développé un sixième sens. Je sais quand on ne me dit pas la vérité.

Ses yeux d'hiver glaçaient le sang, la peau et les cœurs.

— Je ne vous décevrai pas, Madame.

— Tu es bien docile pour une nouvelle. Je suis sûre que tu me caches quelque chose.

Elle lui attrapa le menton, l'obligeant à la regarder dans les yeux.
— Crois-moi, je finirai par percer tes secrets, ma petite.

La directrice relâcha sa proie et Neko baissa la tête, laissant une petite mèche blonde caresser son visage. Elle n'avait pas bougé. La femme qui lui faisait face était plus grande qu'elle et ses cheveux rouges semblaient irradier. Elle portait un corset noir et une longue jupe fendue qui laissait apercevoir sa cuisse enserrée d'une jarretière en cuir. Elle reprit :
— En attendant, tu peux rejoindre la salle commune. Je vais appeler Massimo pour qu'il t'accompagne.

Quelques instants plus tard, l'agent de sécurité qui l'avait accueillie était sur le seuil et l'invita à le suivre. La directrice ajouta :
— Tu demanderas à Helena de s'occuper d'elle pour qu'elle soit prête pour la vente.

L'hôtel particulier était vaste et l'on pouvait rapidement se perdre dans le dédale de couloirs réservés au personnel. Massimo lui indiqua le chemin jusqu'à une grande salle située dans la partie est. L'endroit avait été aménagé comme une loge de théâtre. Une dizaine de filles étaient en train de se préparer. Certaines, assises devant un miroir, finissaient quelques retouches maquillage, tandis que d'autres parcouraient des portants remplis de tenues, de lingeries et d'autres parures. Personne ne prêta attention à elle quand elle pénétra dans la pièce. Massimo alla murmurer quelques mots à l'oreille d'une jeune femme qui terminait de se coiffer. Neko ne pouvait entendre ce que disait Massimo, mais la jeune femme se retourna et dévisagea la nouvelle d'un œil inquisiteur. Massimo quitta la pièce et Héléna vint à sa rencontre. C'était une jeune femme ronde aux formes généreuses. Des cheveux bruns, un sourire éclatant et une poitrine qui n'en finissait plus de déborder de son soutien-gorge.

— T'es la nouvelle, c'est ça ? dit-elle, froidement.

— Oui, je m'appelle Neko.

— Je m'en fous de comment tu t'appelles. Si ça se trouve, je ne te reverrai jamais.

— Pourquoi ?

— Parce que c'est ce qui arrive souvent. Les filles passent et on ne les revoit pas toujours. Il faut croire que ce métier n'est pas fait pour tout le monde. C'est un peu extrême, si tu vois ce que je veux dire.

— Non, je ne vois pas ce que tu veux dire.

— Et en plus, elle est naïve, dit Helena, se parlant à elle-même.

Elle poursuivit :

— Bon, viens avec moi, tu dois te préparer, et tu n'es pas en avance. La vente a lieu dans une vingtaine de minutes et je ne sais pas du tout comment tu es sous ce grand manteau noir.

— La vente ? Mais c'est quoi, exactement ?
— La directrice ne t'a pas expliqué ?
— Non, pas du tout.
— Tu sais pourquoi tu es là, au moins ?
— Oui, quand même. Ne me prends pas pour une conne non plus.
— Ok, ma belle. La vente, c'est le moment où les clients choisissent une fille.
— Ça se passe comment ?
— Tu le verras bien assez tôt. En attendant, retire ton manteau et prépare-toi. On est en retard.

Le manteau glissa le long de son corps, découvrant un ensemble en dentelle noire. Helena la regarda de haut en bas, et laissa échapper un petit rire moqueur.
— Pourquoi tu ris ? demanda Neko.
— Parce que je t'imagine traversant Paris en sous-vêtements. La prochaine fois, mets un jogging et tu te changeras ici. Tu as cru que tu étais dans un film ?
Neko la fixait du regard, froidement.
— Est-ce que ma tenue conviendra pour la vente ? dit-elle, sans la moindre émotion dans sa voix.
— Oui, oui, ça ira. De toute façon, tu es nouvelle, tu as l'avantage. Pas besoin d'en faire des tonnes. Les clients aiment les petites biches comme toi. Crois-moi sur parole, ce soir, tu seras souillée, dit-elle en ricanant.

Neko ne répondit rien et laissa Helena finir de se préparer.

Trente minutes plus tard, toutes les filles s'étaient regroupées devant une porte en acier au bout de la salle commune. Neko était surprise de voir autant de diversité. Il y avait une femme dans une catsuit en latex, le visage recouvert d'une cagoule, une petite brune en sous-vêtements qui avait les chevilles et les poignets contraints par des bracelets d'acier et Helena, quant à elle, portait un ensemble en dentelle rouge aussi volubile que son sourire. La plus grande de toutes arborait une poitrine arrogante étouffée par un corset et le bas de son corps nu laissait apercevoir un long pénis qui pendait entre ses jambes. Pour clore cet étrange ensemble, une femme noire avait revêtu une tenue de nonne et tenait dans ses mains un chapelet qu'elle manipulait fébrilement. La proposition était hétéroclite et rien ne permettait de comprendre comment avait été confectionnée la sélection de ces corps prêts à être utilisés pour de sombres perversions.

Au-dessus de la porte en acier, une lumière verte s'alluma, indiquant le début de la vente. La porte se déverrouilla et les filles pénétrèrent dans une pièce entièrement vide et sans fenêtres, à l'exception d'une imposante vitre sans tain et d'une porte sur le mur opposé à la porte par laquelle elles étaient entrées. Rapidement, elles s'alignèrent face à la vitre. Devant chacune d'elles était inscrit un numéro au sol. Les lumières crues de la pièce n'étaient pas là pour les sublimer, mais pour que l'on puisse les voir distinctement. La porte en acier se ferma. Un haut-parleur grésilla, et une voix qui ne semblait pas humaine demanda à chacune de faire un tour sur elle-même. À la fin de cet intermède, la voix appela le numéro de la femme qui portait des bracelets d'acier. Son regard était vide et quand son numéro retentit, elle fut parcourue d'un frisson. Neko jeta discrètement un regard et entraperçut la peur dans les yeux de l'heureuse élue. Son corps tremblait, pourtant, il ne faisait pas froid.

Toutes les autres filles quittèrent la pièce. La porte d'acier se verrouilla à nouveau et une lumière rouge s'alluma, indiquant que la vente était terminée. Neko se rapprocha d'Helena.

— Finalement, tu avais tort.

— Comment ça ? marmonna-t-elle.

— Je n'ai pas été choisie.

— Ne fais pas la maligne, ton tour viendra.

— Et maintenant, on fait quoi ?

— On attend.

— On attend quoi ?

— La prochaine vente.

— Il y en a beaucoup chaque soir ?

— Ça dépend des soirs, mais il y en a déjà eu trois aujourd'hui. Avec celle-là, ça fait quatre. Avec un peu de chance, il n'y en aura plus qu'une.
— Tu as déjà travaillé ce soir ?
— Non, pas encore, mais j'avoue que ça me va comme ça. Ça a beau être très bien payé, on ne sait jamais sur qui on va tomber, ni ce qui nous attend. Comme je te l'ai dit, ça n'est vraiment pas fait pour tout le monde.

Neko n'était pas décidée à attendre lascivement la prochaine vente. L'adrénaline coulait encore dans ses veines, tandis que les autres filles étaient déjà retournées à leurs occupations. Elles n'en étaient pas à leur première vente et avaient pris l'habitude de ce protocole. Elle se glissa furtivement hors de la salle commune. L'endroit était mystérieux, et sa curiosité avait besoin d'être rassasiée.
Le couloir était désert. Elle le traversa rapidement jusqu'à un petit escalier en colimaçon qu'elle emprunta. L'hôtel était un véritable labyrinthe, un paquebot de pierres où les coursives semblaient toutes mener à des destinations fabuleuses. Après quelques minutes d'errance, elle finit par se retrouver dans le hall d'entrée. Un escalier majestueux en occupait le centre, et des meubles anciens aux dorures superbes en étaient l'écrin. Un lustre en cristal scintillait au-dessus d'elle comme une étoile dans le silence de l'infini. Un cri déchirant s'échappa du premier étage et la fit sursauter. Il résonna sur le marbre avant d'être étouffé par les tentures

disposées de part et d'autre des fenêtres donnant sur la cour intérieure. Une main puissante attrapa son bras.

— Qu'est-ce que tu fais ici, la nouvelle ? Tu n'as rien à faire là. Retourne en bas.

Massimo la tenait fermement et la fit pivoter pour qu'elle rebrousse chemin.

— Arrête, tu me fais mal. Je me suis perdue.

— Retourne dans la salle commune.

Il accompagna ses mots d'un mouvement de la main, lui indiquant le chemin à emprunter. Elle ne répondit rien et s'exécuta.

De retour dans la loge, Massimo, qui l'avait accompagnée, remit une petite feuille de papier à Helena qui semblait contrariée.

— Ne me fais plus un coup comme ça, toi, dit Helena, sèchement.

— Je voulais juste voir un peu l'hôtel.

— Tu dois rester ici, tu n'as rien à faire dans les étages supérieurs, c'est interdit. On doit se préparer pour la prochaine vente, de toute façon.

Sur la feuille qu'elle tenait dans ses mains étaient inscrits les noms des filles qui allaient participer à cette vente et les tenues qu'elles devaient porter. Neko devait enfiler un tee-shirt rose avec des petits oursons et un mini-short qui moulait ses fesses. Elle devait également porter des chaussettes assorties et des petites baskets de toile.

Helena reprit :

— Tu as bien signé la décharge de consentement et rempli la check-list ?

— Oui, je crois. Tu parles de la liste de toutes les pratiques que l'on accepte ou non ?

— Oui, c'est ça.

— Oui, c'est bon, je l'ai fait.

Sur la liste qu'elle avait remplie et signée, les pratiques étaient toutes accompagnées d'un montant qui correspondait à une prime. Plus la pratique était extrême et risquée, plus le montant était important. Neko avait accepté presque tout, parfois même sans vraiment comprendre à quoi correspondaient certains mots.

— Dépêche-toi, ne reste pas plantée là, ma belle. La prochaine vente commence bientôt. Habille-toi.

Helena lui indiqua où se trouvait la tenue qu'elle devait porter avant d'aller, à son tour, revêtir la sienne.

Vingt minutes plus tard, les filles s'adonnèrent au même rituel. Elles se regroupèrent toutes devant la porte. Les tenues avaient changé. Toutes les filles portaient des tenues enfantines, des tee-shirts amples, une grenouillère, une culotte licorne, des couettes. La demande du prochain client semblait assez explicite.

La lumière verte s'alluma et la porte s'ouvrit. Elles avancèrent et regagnèrent chacune un numéro face à la vitre sans tain. Le haut-parleur grésilla et leur demanda de faire un tour sur elles-mêmes. Le cœur de Neko battait la chamade ; l'excitation avait laissé place à la peur d'être retenue. Pourtant, c'est son numéro qui fut appelé. Sa gorge se noua quand le haut-parleur rendit son verdict. Les filles quittèrent la pièce et la porte se referma, la laissant seule dans cette pièce dénuée de toute vie.

La deuxième porte au fond de la pièce s'ouvrit doucement en coulissant, dévoilant une cabine d'ascenseur. Le haut-parleur grésilla à nouveau : « Montez dans l'ascenseur, s'il vous plaît. »

Neko s'exécuta, la porte se referma et l'ascenseur commença à descendre. Elle fut surprise que ce dernier ne monte pas. Cependant, les cris qu'elle avait entendus venaient bien de l'étage. L'ascenseur s'arrêta enfin, puis s'ouvrit sur un long couloir éclairé par des néons tristes. Il faisait un peu froid, et une odeur pesante d'humidité et de terre l'agressa. Au bout du couloir, elle pouvait voir une porte entrouverte d'où s'échappait un filet de lumière jaune. Au-dessus de la porte, une lumière verte lui indiquait que c'était la pièce dans laquelle elle devait se rendre. Inquiète, elle remonta doucement le couloir jusqu'à la porte.
Arrivée devant, elle prit une grande inspiration et franchit le seuil. C'était une grande pièce carrée, entièrement rose, remplie de peluches et de jouets pour enfants. Au centre, un tapis blanc et moelleux, et sur les murs, des cadres représentant diverses

princesses de dessins animés. Un haut-parleur dissimulé dans une étagère diffusait une comptine enfantine qu'elle ne parvint pas à reconnaître. Dans un des coins de la pièce, un homme en costume gris à rayures, d'une cinquantaine d'années, aux cheveux blancs, était assis sur une chaise en bois rose.

— Ferme la porte, ma chérie, lui dit-il doucement.

Elle referma la porte qui émit un cliquetis en se verrouillant.

Neko ne savait pas vraiment ce qu'elle devait faire, ce qu'elle devait dire, mais tout l'oppressait. L'homme se leva lentement.

— Approche, ma petite, n'aie pas peur. Viens voir papa.

Le mot « papa » lui parcourut la colonne vertébrale dans un frisson, mais malgré cela, elle fit un pas en avant, tout en baissant la tête.

— Tu n'es pas très bavarde, ça n'est pas grave, je parlerai pour nous deux.

Sa voix grave était douce et rassurante, mais elle ne se sentait pas à l'aise pour autant.

— Mets-toi à genoux sur le tapis et prends cette peluche dans tes bras.

Il lui tendit un petit lapin gris.

— Je te présente Biscotte Pompon. Tu vas voir, il est très gentil.

Neko attrapa la peluche qu'elle serra contre elle. L'homme avait de larges mains et un physique athlétique. Il lui sourit avec bienveillance, puis elle s'agenouilla.

— Maintenant, tu vas attendre là que papa se prépare.

Elle ne bougea pas, fuyant autant que possible son regard.

Il retira sa veste qu'il posa délicatement sur la chaise. Sur une petite desserte adjacente, il déposa sa montre et son alliance, ainsi que la cravate qu'il avait dénouée et roulée. Il remonta doucement ses manches.

Il dégrafa lentement sa boucle de ceinture qu'il fit glisser à travers les passants de son pantalon.

— Tu as un visage d'ange, mais papa sait à quel point tu as été méchante.

Neko releva instinctivement la tête. Son cœur battait si fort qu'il était sur le point de perforer sa poitrine.

— Papa n'aime pas les filles méchantes et papa n'aime pas faire ça, mais c'est pour ton bien, ma chérie.

Tout le corps de Neko se tendit, la tension que dégageait l'homme était palpable. À peine eut-il fini de prononcer ces mots qu'il lui décocha un coup avec la ceinture qu'il avait pliée en deux dans sa main. Celle-ci rencontra l'omoplate de Neko qui s'écroula immédiatement dans un cri de douleur. Sur sa peau claire, on pouvait voir la trace rouge de la ceinture qui lui avait cisaillé la peau.

— Tu as été méchante, Marie ! Papa n'accepte pas ça.

L'homme attrapa Neko par la gorge avec vigueur pour la redresser. Son visage était à quelques centimètres du sien, et une odeur de musc s'inséra en elle. Les yeux de l'homme étaient perçants et douloureux. Une fois redressée, il lui mit une lourde gifle qui lui fit à nouveau perdre l'équilibre. Neko laissa échapper un cri strident. Son visage lui faisait mal, ses tempes bourdonnaient. Elle tenta de ramper pour s'éloigner de lui, mais il la plaqua au sol.

— Chaque bêtise que l'on fait a un prix, Marie.

Neko tenta de se débattre, mais l'homme était rapide, ses bras puissants et ses gestes précis. Elle tenta de se libérer, mais l'homme était bien trop fort pour qu'elle puisse faire le moindre mouvement. Elle reçut une nouvelle gifle. Celle-ci était plus forte, il n'avait pas retenu sa main. Cette fois-ci, elle crut qu'elle allait perdre connaissance, sonnée par la force de l'impact. Dans une tentative désespérée, elle lança à son agresseur :

— Je ne suis pas Marie. Arrêtez ! Laissez-moi partir.

Ses mots étaient entrecoupés de sanglots.

— Personne ne peut t'entendre ici, Marie, et Papa n'est pas content du tout. Plus tu seras méchante, et plus je te punirai !

Une pluie de coups s'abattit sur elle. Quelques gouttes de sang perlèrent sur ses lèvres et un goût de fer emplit son palais.

L'homme attrapa la petite poupée blonde par ses cheveux courts, puis la traîna vers le mur. Il la releva, la fit pivoter et écrasa sa tête contre la pierre froide.

— Ici, c'est moi qui décide. Tu feras ce que je te dis, Marie. Tu vas rendre papa fier.

Elle entendit le bruit du tissu, un zip de braguette, et la main large qui agrippa son short et sa culotte les arracha en lui lacérant la peau. Les larmes coulaient sur son visage tuméfié par les gifles qu'elle avait reçues. Les doigts de l'homme parcoururent son entrejambe, caressèrent ses lèvres et s'immiscèrent en elle. Elle se détestait, elle détestait son corps, elle était trempée.

Il y eut un silence. Elle reprit son souffle, et il profita de ce moment pour empoigner sa verge gonflée de sang et la pénétrer sans ménagement. La douleur était si forte que Neko ne put retenir un cri glaçant qui sembla effrayer toutes les princesses dans leur cadre qui assistaient à la scène.

Il la pénétra encore et encore, l'écrasant contre le mur. Elle sentait dans son cou son souffle rauque. L'odeur de musc lui donnait envie de vomir. Elle ferma les yeux pour ne plus exister, mais l'homme continuait à la pénétrer sans relâche. Son sexe était dur et semblait vouloir la transpercer.

— Voilà, ma chérie, tu es une bonne fille. Papa est content, maintenant.

Au bout de quelques minutes, il retira son sexe du vagin ravagé de Neko. Il attrapa la petite poupée

blonde et la jeta au sol. Elle tremblait, choquée, n'osant plus bouger, de peur de recevoir un nouveau coup.
Debout à côté d'elle, l'homme semblait satisfait. Son visage exprimait la joie d'une écrasante victoire.
Il continua à branler son sexe jusqu'à ce que le sperme afflue, et qu'il jouisse dans un râle.
Il visa le visage de Neko qui reçut une décharge de foutre sur la joue. Elle ne bougea pas. Elle pouvait sentir la substance visqueuse couler jusqu'à son menton et la commissure de ses lèvres.
Quand il eut fini de secouer sa queue, et de faire couler le sperme qui restait, l'homme s'empara d'un mouchoir, et s'essuya le sexe, sans lui adresser un mot.
Il remit son pantalon, sa ceinture, sa montre, son alliance et sa veste.
— Tu es une bonne fille, Marie. Papa reviendra bientôt te voir. J'espère que la prochaine fois, tu seras plus sage.
Il quitta la pièce, laissant Neko inerte, gisant sur le sol.

Quelques instants plus tard, Massimo entra dans la pièce. Neko n'avait pas bougé. Il la souleva, la prit dans ses bras et elle ferma les yeux.
Elle les rouvrit dans la loge. Massimo l'avait déposée sur un canapé, et Helena la regardait avec beaucoup de douceur.
— Il ne t'a pas ratée, celui-là. Pour une première fois, tu as sacrément encaissé.

Neko n'arrivait plus à parler, tant son visage lui faisait mal, et elle ne comprenait toujours pas ce qui lui était arrivé. Helena sortit des cotons et un spray antiseptique. Elle désinfecta les égratignures et les plaies que l'homme lui avait laissées en souvenir.

— Il m'a appelée Marie, susurra Neko.

— Il t'a appelée par le prénom qu'il a choisi. Ici, nous n'en avons pas. Ce sont les clients qui les choisissent.

— Pourquoi est-ce qu'il a fait ça ?

— Je ne sais pas, ma belle. Certains clients ont des besoins particuliers. Je suis désolée que tu sois tombée sur lui pour ta première fois. Ils ne sont pas tous comme ça, heureusement. La bonne nouvelle, c'est que pour ce genre de choses, tu devrais toucher une jolie prime.

— L'argent n'achète pas tout, dit-elle à voix basse.

Helena indiqua la porte d'une salle de bain attenante où elle l'invita à prendre une douche.

— Ça va te faire du bien.

Sous la douche, le sang se mêlait à l'eau, et Neko put se rendre compte à quel point l'homme lui avait fait du mal. Elle ne sentait plus son sexe, sa mâchoire était douloureuse et ses côtes, endolories.

Une fois douchée, Helena l'installa devant une coiffeuse.

— Il faut que l'on cache tout ça. Demain, tu vas avoir quelques bleus, mais en attendant, il reste une vente.

Neko la regarda avec stupeur.

— Je n'y retourne pas ce soir !
— Tu n'as pas le choix, malheureusement. Tu es sur la prochaine liste. Ce n'est pas moi qui décide.
— Et si je refuse ?
— Personne ne refuse quoi que ce soit ici. Fais-moi confiance, ça va aller.

Neko sentait les larmes poindre dans ses yeux, mais elle savait qu'elle ne pouvait plus reculer. Malgré la douleur, elle se maquilla à nouveau, mais le sourire qu'elle avait arboré à son arrivée avait disparu.

Elle enfila la tenue qu'on lui avait attribuée : une petite robe noire et une paire de talons. Les autres filles étaient toutes également habillées en noir. La lumière verte s'alluma et les filles prirent place devant leur numéro. Neko priait pour ne pas être choisie, elle savait qu'elle ne supporterait pas les nouveaux assauts d'un homme. La petite voix grésilla dans le haut-parleur : "Retirez toutes vos chaussures et mettez-les derrière vous."

Toutes s'exécutèrent sans dire un mot. Neko attendait, résignée, que le haut-parleur donne le numéro de celle qui serait choisie. Elle crut s'effondrer quand elle entendit le sien.

Les filles quittèrent la pièce. La porte se referma, puis celle de l'ascenseur s'ouvrit. Elle avança lentement sur ce même chemin qui l'avait menée dans les bas-fonds de la perversion humaine, mais cette fois-ci, l'ascenseur se mit à monter. Quelques instants plus tard, la porte s'ouvrit sur un grand couloir cossu qui traversait le premier étage de l'hôtel de part en part. Une lumière verte était allumée au-dessus de la porte où elle devait se rendre. Elle hésita un instant à s'enfuir. Courir vers le grand escalier, le dévaler à toute vitesse, et sortir dans la cour où la pluie continuait de tomber. Elle voulait être lavée de ce qu'elle avait vécu, mais son chemin était déjà tracé. Alors, elle se résigna à pénétrer dans la chambre.

À l'intérieur, un immense lit à baldaquin faisait face à un petit salon dans lequel un homme était assis sur un fauteuil confortable en cuir. Les lumières étaient tamisées et elle ne pouvait distinguer son visage. Il ne prononça pas un mot et ne releva pas la tête. Ses cheveux bruns mi-longs cachaient son visage et une longue veste noire couvrait une grande partie de sa silhouette. Neko resta interdite sur le seuil.

— Ferme la porte et assieds-toi sur le lit, s'il te plaît.

— Vous allez me frapper ?

— Non. Pourquoi ferais-je ça ?

Il releva la tête, laissant Neko apercevoir ses grands yeux verts. Il était incroyablement beau. Ses traits étaient tirés, mais son visage strict dégageait une douceur rassurante. Il reprit :

— Je ne vais pas te faire de mal.

Sa voix était aussi calme que triste. Chaque mot qui sortait de sa bouche semblait être arraché aux ténèbres. La mélancolie qu'il dégageait se mêlait à une énergie

sexuelle intense qu'elle ne pouvait ignorer. Neko finit par fermer la porte et s'asseoir sur le lit, comme l'homme le lui avait demandé.
— Je veux voir tes pieds. Tends-les devant toi.

Neko avait de petits pieds. Une courbure parfaite, un galbe équilibré, et des orteils qui n'attendaient que d'être embrassés. Les yeux verts s'illuminèrent à la vue de cette pointure 36.
— Maintenant, marche dans la pièce, lentement. Je veux pouvoir te regarder.
Elle foula le tapis moelleux et se dirigea vers la fenêtre. Elle s'arrêta un instant, puis s'approcha de l'ombre dans le fauteuil en cuir.
— Assieds-toi sur le fauteuil en face de moi, lui dit-il.

Une fois assise, elle le chercha du regard, mais les yeux verts évitaient de croiser les siens.
— Vous voulez que je fasse quelque chose d'autre ?
— Non, reste là, c'est bien. Je veux juste pouvoir les regarder. Ils me rappellent ceux de quelqu'un que j'ai bien connu et qui, aujourd'hui, me manquent terriblement.

Neko ne savait pas quoi répondre. Elle avait peur de ce que pouvait lui réserver cet homme. Aussi, elle préféra rester silencieuse. L'homme la regarda pendant une dizaine de minutes sans prononcer un mot. Elle ne pouvait s'empêcher de le regarder, et se surprit elle-même à le trouver attirant. Elle n'était pas censée ressentir quoi que ce soit pour ses clients, pourtant, cet homme était différent. À son contact, toute la pièce était devenue rassurante.

— Vous voulez autre chose, Monsieur ?

— Non. Reste juste là, avec moi, comme ça.

— Vous êtes sûr que vous ne voulez rien d'autre ?

— Non, je trouve un peu de plaisir à regarder tes pieds. Ils sont beaux. Suffisamment petits pour me plaire, et sans la moindre arrogance. J'aime tes petits orteils, ton talon et tes chevilles si fragiles.

— Vous n'allez pas les abîmer ? répondit Neko, un peu inquiète.

— Non, ils me rappellent ceux de ma femme.

— Vous n'êtes plus ensemble ?

— Elle est morte.

— Oh, je suis vraiment désolée pour vous, Monsieur.

— Arrête de m'appeler Monsieur.

L'homme releva la tête et écarta une mèche de cheveux. Il la fixa, le regard rempli de désespoir. Neko avait retenu la leçon, et ne voulait commettre aucun impair.

— Très bien, je ferai ce qui vous plaira.

Ce dernier ne répondit rien. Plongé dans ses pensées, il revivait en boucle le jour où il avait perdu sa femme sous ses yeux. La lame du couteau, son sang pourpre ruisselant, et son corps sans vie qui gisait devant lui dans les flammes.

— Tout va bien ?

— Je ne sais pas, mais je suis content de t'avoir choisie. Tu as l'air différente.

Il la dévisagea plus en détails, tentant de percer le secret qu'elle cachait sous son maquillage.

— Qu'est-ce qui t'est arrivé ?

— Un client particulier, on va dire. C'est mon premier jour, ici.

— Il t'a frappée ?

— Ça n'a plus d'importance, je ne suis pas ici pour vous parler de mes petits problèmes.

Elle repoussait ses questions, mais elle arrivait à sentir en lui toute la bonté dont il faisait preuve.

— Je suis désolé pour toi. Comment tu t'appelles ?

Ncko hésita un instant, repensant aux paroles d'Helena, puis elle lui répondit :

— Je m'appelle Neko. Et vous ?

Elle regretta immédiatement sa question. Elle savait qu'elle n'avait pas le droit de demander ce genre de choses aux clients, mais les mots étaient sortis sans qu'elle ait pu les retenir.

— Moi, je ne suis plus qu'un fantôme, mais dans mon ancienne vie, on m'appelait Vlad.

— Vous voulez toucher mes pieds ?

Neko était touchée par toute cette mélancolie. Cette énergie triste qui relie les gens qui souffrent. Elle se sentait proche de lui, même si elle ne le connaissait pas.

Elle voulait lui faire du bien, lui faire plaisir, et peut-être trouver un sourire dans les profondeurs abyssales de ses grands yeux verts.

— Non, je ne souhaite pas te toucher. Je ne souhaite plus toucher quiconque, d'ailleurs.

— Mais que puis-je faire pour vous, alors ?

— Juste être là, regarder tes pieds, te parler. Ça me suffit.

— Très bien, Vlad. Alors, de quoi allons-nous parler ?

— De toi, par exemple. Pourquoi une jeune femme comme toi a fait le choix de travailler ici ? L'argent, je suppose ?

Neko hésitait à répondre. Et si cet homme était un piège ? Un test de la direction pour éprouver sa fiabilité ?

— Nous avons tous un fardeau à porter, lui répondit-elle, et le mien m'oblige à tout cela.

— Quel est ton fardeau, petite Neko ?

— Je ne sais pas si c'est une bonne conversation que nous pouvons avoir ensemble. Je ne suis pas sûre qu'on m'emploie ici pour ça. Je ne voudrais pas avoir de problèmes.

— Rassure-toi, c'est moi qui paie, et si je souhaite que nous parlions, rien ne s'y opposera ou ne nous empêchera de le faire. Pourquoi es-tu ici ?

— J'ai perdu moi aussi quelqu'un qui m'était cher, ma sœur. Ça va faire plusieurs mois qu'elle a disparu, et j'ai découvert dans ses affaires qu'elle venait régulièrement travailler ici.

— À quoi ressemble-t-elle ?

— Tout le contraire de moi, dit-elle avec un large sourire. Une grande brune aux cheveux longs.

— Tu as l'air si heureuse quand tu parles d'elle.

— Oui, parce que je l'aime plus que tout, et même si elle a disparu et qu'elle me manque, son souvenir me remplit de joie. Je m'accroche à elle chaque jour et à l'espoir de la retrouver. C'est pour ça que je suis venue travailler ici. Je me dis qu'en suivant ses pas, je finirai sans doute par la revoir enfin.

Le visage de Neko s'était illuminé. Elle dégageait une énergie si positive que Vlad ne pouvait y rester insensible.

— Je suis sûr que tu vas finir par la retrouver, petite Neko. Seule la mort sépare ceux qui s'aiment, tout le reste n'est qu'un voyage où il faut s'armer de patience.

Vlad se leva et se dirigea vers la fenêtre. Sa démarche hésitante ne laissait aucun doute sur le fait qu'il ne soit pas totalement sobre. Il jeta un œil à la cour extérieure et écouta le silence comme un prélude à sa tristesse.

— Il est temps de nous dire au revoir, petite Neko. J'ai apprécié te rencontrer. Peut-être nous reverrons-nous bientôt.

La porte de la chambre s'ouvrit, et Neko comprit qu'il était temps de laisser Vlad seul avec ses démons.

VLAD

CHAPITRE III

Des bras puissants sont sortis du brasier et se sont emparés de moi. Je pensais que le diable en personne était venu me chercher. Je n'ai pas eu le temps de te dire adieu, ni de sauver les restes de ton corps que je chérissais. Je ne conserve que cette image qui, aujourd'hui, me hante jour et nuit : celle de ton visage angélique en train de se consumer. La police m'a interrogé pendant de nombreuses heures, mais leurs questions et leur café dégueulasse me donnaient envie de vomir. Quand j'ai pu quitter le poste de police, les journalistes m'attendaient. Le crépitement des flashs m'a accompagné jusqu'à ce que je quitte la ville.
Sans toi, je ne savais plus où aller, ni que faire. La police m'a demandé de ne pas quitter le territoire et de rester à disposition des enquêteurs. Je leur ai laissé un numéro de téléphone et j'ai disparu. Je suis parti chez ta meilleure amie qui m'a hébergé. Son mari et elle ont été adorables avec moi et m'ont permis de prendre un peu de temps à l'abri des paparazzis.
Ta photo a été diffusée dans tous les journaux télévisés et notre histoire d'amour est devenue un fait-divers tragique. Certains ont dit que je le méritais, d'autres ont dit que mon succès devait avoir un prix ; je t'ai juste vue mourir sous mes yeux, sans que l'univers s'en

préoccupe. Je ne crois plus que Dieu existe, sinon pourquoi nous infliger toute cette souffrance ?

Le résultat de l'autopsie n'a pas permis aux enquêteurs d'obtenir plus d'éléments sur nos agresseurs, et j'ai même été présumé coupable. Tu sais que je ne t'aurais jamais fait aucun mal, et que j'ai de bons avocats. J'ai dû affronter les larmes de ta mère et la colère de ton père, et nous avons décidé de rapatrier les restes de ton corps en France pour qu'il soit inhumé au Père Lachaise.

J'ai traversé l'Atlantique avec la culpabilité de n'avoir pu réussir à te sauver, et la tristesse de n'avoir pu te montrer l'appartement que j'avais acheté pour toi, près de la place de la Bastille. Je t'avais dit que nous irions en France, j'avais déjà tout préparé. L'appartement manque cruellement de toi, nous aurions dû faire la déco ensemble.

L'enterrement a eu lieu un mardi. La pluie cachait les larmes, mais rien ne pouvait cacher la douleur de voir ton cercueil descendre inexorablement dans les profondeurs de la Terre.

Quelques journalistes avaient fait le déplacement, mais la tristesse était tellement étouffante qu'ils n'ont pas osé s'approcher de nous.

La pluie a cessé, le vent s'est levé, et je suis resté ici, dans ce chez nous qui ne t'aura jamais vue. Je n'arrive pas à me dire que c'est chez moi, parce que mon royaume, c'était toi. Tu me manques tant. Je n'ai plus goût à rien. Je ne suis plus qu'une ombre qui parcourt les rues de Paris dans l'espoir de te voir surgir à un coin de rue, ou à la sortie d'une bouche de métro. Je te cherche, mais au fond de moi, je sais que je ne te trouverai plus que dans mes souvenirs.

Dans le salon, j'avais fait installer un piano à queue, mais je n'ai pas osé y toucher. Tu le sais, je n'ai jamais joué que pour toi, et toute mon inspiration se trouvait dans le creux de tes bras.

Parfois, je revois le visage de ces hommes qui nous ont pris notre vie et notre bonheur. Pour la police, ils n'existent pas, malgré mes descriptions et les portraits robots. Dans mon être, ils vivent à chaque instant. J'entends leur souffle de vie, je sais qu'ils foulent cette terre, la même qui ne verra plus jamais tes petits pieds que j'adorais tant. Je ne sais plus que faire, mon amour. J'ai ce désespoir empli de rage qui me consume et je ne trouve plus d'issue. Il y avait nous, maintenant, il n'y a plus que moi et un vide immense.

Vlad rouvrit les yeux. Devant lui, la tombe d'Alice était désormais le dernier témoignage de son existence passée sur Terre. Deux années s'étaient écoulées depuis sa disparition, et la douleur était toujours aussi pesante. Il leva la tête pour apercevoir les étoiles, mais les lumières de la ville et la pollution ne lui laissèrent apercevoir qu'un ciel gris et si bas que l'on aurait pu s'y pendre.

Il déposa une rose pourpre.

Le gardien qui vint à sa rencontre avait l'air embarrassé. Il était petit, avec une moustache sautillante qui aurait ravi les Américains dans leur vision stéréotypée de l'homme français moyen.

— Je suis désolé, Monsieur, mais je dois vraiment vous demander d'y aller. Je vais avoir des problèmes.

Vlad glissa un billet dans la main de l'homme anxieux, avant de remonter l'allée jusqu'à l'entrée du cimetière.

La nuit était tombée. La berline noire aux vitres teintées s'était fondue dans la circulation parisienne. Assis confortablement à l'arrière, Vlad était un peu anxieux. Cela faisait deux ans qu'il n'avait pas mis les pieds dans un studio d'enregistrement. Son cœur n'entendait plus aucune musique, et ses mains refusaient de caresser un piano depuis qu'elles n'avaient plus caressé le corps d'Alice. Son téléphone vibra dans sa poche, il décrocha.

— Alors, Vlad, comment vas-tu aujourd'hui ? Tu es arrivé au studio ?

Depuis maintenant presque six mois, Milton, le manager de Vlad avait essayé par tous les moyens de le remettre sur le chemin de la production, mais il évitait ses appels.

— Ça va, ça va. Je ne suis pas encore arrivé, mais comme je te l'ai déjà dit, je veux bien rencontrer ta chanteuse. Par contre, je ne te promets rien.

— Aucun souci. Tu vas au studio, tu rencontres Tisha, et tu vois ce que ça t'inspire. Ça va te changer les idées, mon ami.

Ils n'étaient pas vraiment amis, et Vlad le savait. Les derniers titres qu'il avait produits aux États-Unis avaient très rapidement atteint le haut des charts, et rapporté un paquet de fric au petit bonhomme enjoué qu'il avait au bout du fil. Il ne pouvait toutefois pas lui en vouloir. Milton faisait très bien son travail, et n'était pas étranger à son succès.

— Tu vas voir, c'est un super projet. Tisha a beaucoup de potentiel, et la maison de disques est impatiente de te rencontrer.

— Qu'est-ce que tu leur as raconté ?

— La vérité, comme toujours.

— TA vérité, tu veux dire...

— Je leur ai dit que tu étais d'attaque et prêt à leur pondre un hit.

— Milton... je t'ai dit que je voulais bien rencontrer cette chanteuse, mais je ne sais pas si...

— N'en dis pas plus, je suis sûr que tout va bien se passer. Je t'appellerai demain pour qu'on en parle.

La berline aux vitres teintées s'immobilisa devant un immeuble du XXème arrondissement de Paris. Dans le hall d'accueil, une jeune femme d'une vingtaine d'années aux cheveux courts vint à sa rencontre. Elle portait une paire de Converse blanches, un jean moulant et une veste avec beaucoup trop de motifs. Son petit visage rond était rayonnant.

— Bonsoir Vlad, je suis Lexi, lui dit-elle en lui tendant la main. Je suis cheffe de projet chez Yony Music, chargée du développement de la carrière de Tisha. Je suis vraiment ravie de vous rencontrer, c'est un véritable honneur.

— Bonsoir Lexi, ravi de vous rencontrer. J'espère que je ne vous ai pas trop fait attendre.

— Tout le monde est là, on vient à peine d'arriver dans le studio.

— Tout le monde ?

— Oui, Tisha est là avec son manager. Il y a aussi Alban qui dirige le département musique urbaine et notre ingé son.

Vlad semblait contrarié. Milton ne lui avait pas présenté la chose de la sorte. Il était censé rencontrer la chanteuse, pas toute son équipe, ainsi qu'un des directeurs de la maison de disques. Il n'aimait pas être pris au piège, et l'idée de quitter le bâtiment lui traversa l'esprit. Il se contenta d'un sourire entendu et suivit Lexi jusqu'à la régie du studio.

Une table de mixage monumentale, vestige de l'âge d'or de la musique analogique, trônait au milieu de la pièce. Dans un fauteuil confortable, l'ingénieur du son patientait en scrollant sur son téléphone. Dans un canapé attenant, deux hommes étaient en grande discussion. Les lumières étaient tamisées, et une grande vitre derrière la table de mixage donnait directement sur la cabine d'enregistrement où se trouvait un micro, ainsi qu'un piano à queue un peu plus loin.

Quand Vlad pénétra dans la pièce, tous s'arrêtèrent de parler et le dévisagèrent.
Alban se leva le premier et vint à sa rencontre. C'était un homme grand, blond, la mâchoire carrée, avec une prestance démesurée pour un directeur de maison de disques.
— Salut, Vlad, ravi de te rencontrer. Je m'appelle Alban.
Son sourire était carnassier, et on pouvait voir les restes d'artistes, de pseudo-managers et de responsables de radio entre ses dents. Vlad le salua poliment. Il salua également Nassim, manager autoproclamé de Tisha. Avec son survêtement et sa paire de TN, il ressemblait plus à un dealer de shit qu'à un manager. L'ingé son se risqua à lui demander une photo qu'il lui concéda sans le moindre sourire. Il s'adressa à Lexi :
— Je ne vois pas votre chanteuse ?
— Elle est dans la cabine. On s'est dit que, peut-être, vous voudriez l'entendre chanter.
— Si vous voulez, dit-il froidement.
Vlad s'installa dans un fauteuil, croisa les bras et resta interdit. De l'autre côté de la vitre, apparut une jeune femme métisse. De longues tresses venaient caresser les traits fins de son visage. Elle portait une tunique over size bleu marine et la pureté de son sourire interpella Vlad qui releva la tête et la dévisagea longuement. L'ingé lâcha son téléphone, poussa quelques boutons et lança une bande son pré-enregistrée.

Il y eut un silence, une respiration, puis Tisha commença à chanter. Tout le monde se tut dans la régie. Sa voix était aussi claire qu'irréelle. Vlad eut un frisson qui parcourut son corps. La musique n'était pas une chose qu'il rationalisait, il laissait son être la ressentir et s'émouvoir. Contrairement à tous ces directeurs de maisons de disques qui ne faisaient qu'investir dans le talent, lui cherchait une oasis de beauté dans un monde qui lui paraissait abject. Tisha était une sirène qui envoûtait autant les hommes que les femmes et sa voix dégageait une sensualité rarement entendue.

Sans savoir pourquoi, le visage de Neko traversa son esprit. Il balaya rapidement cette idée pour se concentrer sur cette femme qui avait mis à terre tous ceux qui se trouvaient dans la pièce. Sur leurs visages, on pouvait lire une béatitude quasi biblique.

Quand elle eut terminé, elle rejoignit la régie pour saluer Vlad.

— Bonjour, Monsieur, je suis ravie de vous rencontrer.

— Bonjour, Tisha, mais s'il te plaît, appelle-moi Vlad.

— Très bien, Monsieur Vlad, dit-elle en souriant.

Il esquissa à son tour un sourire. Il aimait les femmes de caractère qui s'amusaient de la vie et de ses conventions. Alban les interrompit.

— Bon, Vlad, j'espère que tu es convaincu. On a hâte que tu nous sortes un hit pour notre petite protégée.

Pas besoin de te dire qu'elle a du talent, tu as des oreilles, tu as dû t'en rendre compte en l'écoutant. L'arrogance parisienne était peut-être ce qu'il détestait le plus, et Alban n'avait aucune finesse dans ses propos.

— J'ai des oreilles comme toi, lui répondit-il, mais je crois que nous n'entendons pas la même chose.

— C'est-à-dire ? lui répondit Alban, surpris de sa réponse.

— J'entends la beauté d'un grain de voix là où tu entends le bruit de l'argent. Je ne fais pas des hits, je fais de l'art.

— Je vois, tu es ce genre de mec, mais ça m'est égal, tant que tu nous sors un bon son. Milton m'avait prévenu que tu étais un peu « spécial ».

Vlad jeta un regard à Tisha qui semblait vouloir disparaître dans le canapé, tant la conversation la mettait mal à l'aise. Il avait beau avoir l'habitude de tenir tête à des connards, il détestait ce genre de passe d'armes devant le regard gêné d'une femme. Il aimait remettre les gens à leur place, mais jamais en public.

— C'est vrai, je me considère avant tout comme un artiste, tu as raison, dit-il, sans chercher à alimenter un conflit qui ne servait à rien.

Alban eut un large sourire qui témoignait de son emprise sur la situation. Lexi, en retrait, assistait, impuissante, à ce manque de respect flagrant.

Vlad regarda Tisha et perçut en elle une douce fragilité à laquelle il n'était pas insensible. Elle était belle, solaire, mais sa voix était indéniablement son plus bel atout.

— Écoute, Alban, je te remercie pour tout, mais j'ai besoin de prendre un peu de temps, et de réfléchir.

— Comment ça, réfléchir ? On a booké le studio pour la nuit, de quoi tu me parles ?

— Je n'ai jamais dit que j'allais composer quoi que ce soit ce soir.

— Attends, ça n'est pas ce qui était prévu. Si tu pensais boire un café histoire de faire connaissance, c'est raté.

Dans la régie, le malaise était palpable.

— Écoute, Alban, je ne sais pas ce qu'on t'a dit, mais...

Une ombre traversa la cabine d'enregistrement. Vlad s'interrompit.

Merde... Qu'est-ce qu'il m'arrive ? J'ai des hallucinations, maintenant ?

Il s'avança vers la vitre et sursauta quand il crut voir le visage d'Alice dans un reflet. Il balaya la régie d'un regard, tous étaient suspendus à ses lèvres, attendant la fin de sa phrase qui n'arrivait pas. Sans savoir pourquoi, il se dirigea vers la porte du sas qui menait à la cabine d'enregistrement. Il traversa la pièce et alla s'asseoir derrière le piano noir. Il ne savait pas pourquoi, mais une voix intérieure l'y avait poussé et son corps l'avait emmené, malgré lui. Il entendait le craquement du tabouret et le silence assourdissant de la pièce. Les touches immaculées du clavier devant lui attendaient ses mains, mais il n'osait pas les effleurer.

— Vlad, mon amour, le moment est venu.

Au bout du piano, Vlad aperçut le visage d'Alice qui l'observait avec douceur. Évanescente, elle irradiait d'une lumière blanche. Il voulut se lever pour la prendre dans ses bras, mais une force invisible l'en empêcha.

— Il est temps pour toi de me dire adieu.

— Je ne pourrai jamais, lui répondit-il, les yeux embués par les larmes.

— Pourtant, le moment est arrivé. Tu dois fermer ce chapitre de ta vie. Tu dois le faire pour nous, mais surtout pour toi, parce que tu as encore de nombreuses choses à vivre.

— Mais sans toi, je n'y arriverai pas. Je me sens si coupable de ce qui t'est arrivé, j'aurais tellement voulu pouvoir te sauver.

Elle marqua une pause, lui sourit à nouveau comme si elle comprenait toutes les angoisses qui étouffaient son cœur.

— Les choses arrivent parce qu'elles doivent arriver, ne t'en veux pas, tu le comprendras bientôt.

— Je te vengerai.

— La vengeance n'apaisera pas ton cœur, l'amour le fera.

— Je ne pourrai jamais aimer à nouveau.

— Tu le pourras.

— C'est si dur de te dire adieu.

—Tu y arriveras, tu verras, lui dit-elle avec une bienveillance si altruiste qu'il ne pouvait que lui donner raison.

Il sentit monter en lui une force profonde, une chaleur douce et rassurante que l'on ressent quand on se sent aimé. Le visage d'Alice disparut lentement, laissant derrière elle un parfum floral qui embauma la pièce. Un sourire habilla ses lèvres et une sensation de bien-être s'empara de lui. Elle venait de lui dire adieu, et malgré la tristesse qui débordait de ses yeux, il fut soulagé.

Un murmure caressa le creux de son oreille avec tendresse.

— Maintenant, Vlad, joue.

Dans la régie, Alban se tourna vers Lexi.

— Il parle tout seul ? Il est vraiment bizarre, ce mec.

— Je ne sais pas ce qui lui arrive, mais je suis sûre que ça va aller.

— Je savais que c'était une erreur de le faire venir, on perd notre temps. Depuis que sa femme est morte, tout le monde sait qu'il n'a plus aucune inspiration. C'est un putain de looser. On est en train de faire des courbettes à un mec qui n'a pas sorti un son depuis deux ans.

Le micro régie était resté allumé, mais Vlad, qui avait entendu Alban à travers la petite enceinte de retour, ne répondit rien. Il posa sa main droite sur le clavier, puis sa main gauche. Il ferma les yeux, ne pensa plus à rien et commença à jouer. Les deux premières notes invitèrent les mortels à contempler l'éternité.

En régie, Lexi donna un coup de coude à l'ingé son.

— Allez, enregistre ! Tu fais quoi, là ? Dépêche !

Tisha se leva instinctivement et s'approcha de la vitre. Elle voulait voir qui était ce démon qui avait envoûté leur cœur. Vlad ferma les yeux et continua à jouer. C'était le dernier cadeau d'Alice. Elle lui avait rendu son inspiration et sa liberté, alors il attrapa toutes ces notes venues d'outre-tombe et les offrit au monde des vivants.

Dans la régie, Lexi versa une larme de joie, car elle savait qu'elle vivait un instant précieux.

Quand il eut fini, Vlad se leva sans dire un mot et rejoignit la régie. Il s'approcha de Tisha et s'adressa à elle avec une infinie douceur.

— Le titre s'appelle « Hello from Paris ».

Il sortit de sa poche un petit bout de papier griffonné.

— Voilà les paroles.

Tisha prit le morceau de papier. Elle ne pouvait pas répondre. Elle savait qu'elle fondrait en larmes si elle ouvrait la bouche. Elle fit un hochement de tête en guise de remerciement.

Alban se planta devant lui, interrompant la délicatesse de leur échange quasi mystique.

— Et bah, voilà ! Super morceau ! On va réarranger tout ça, et ça devrait le faire, dit-il avec un sourire capitaliste.

Vlad se redressa et approcha son visage à quelques centimètres de celui d'Alban.

— Si tu touches à une seule note de ce morceau, je te ferai bouffer chacune des touches de ce piano jusqu'à ce que tu chies des partitions.

Ses grands yeux verts étaient devenus noirs. L'énergie qui émanait de lui empestait une domination masculine qu'Alban avait rarement ressentie. Vlad se tourna de nouveau vers Tisha qui essayait tant bien que mal de ne pas éclater de rire. Elle était fascinée par cet homme qui l'impressionnait autant qu'il l'excitait. Il dégageait une force si prenante que plus personne dans la pièce n'osait parler à présent.

Lexi le raccompagna dans le hall.

— Merci beaucoup, Vlad, c'était incroyable.

— Merci à vous, Lexi. Je vous laisse contacter mon manager pour finaliser la suite de notre collaboration.

Il prit congé et disparut en même temps que la nuit qui touchait à sa fin.

De retour dans son appartement, il constata que l'atmosphère avait changé. Les rayons du soleil s'étaient invités par les grandes fenêtres, apportant chaleur et réconfort. L'ombre macabre qui planait autrefois semblait s'être évaporée et un nouvel élan commençait à naître au fond de lui. Les derniers mots d'Alice résonnaient encore : « Il est temps pour toi de me dire adieu. » Peut-être cette vision irréelle avait-elle raison, et qu'après ces deux longues années de deuil, il était enfin temps de mettre un terme à la tristesse de son existence.

Il pensa à Neko, et la culpabilité qui l'empêchait d'accéder à son univers de fantasmes avait disparu. Pendant cette longue période, il avait tout de même continué à se masturber, mais il n'en tirait à chaque fois aucun plaisir. L'acte était hygiénique et le laissait irrémédiablement seul et triste après qu'il ait joui. Cette fois-ci, tout semblait différent. Son corps l'appelait, son esprit s'emballait, et une envie de jouir de manière déraisonnée l'empêchait de penser à autre chose qu'à son sexe engoncé dans son pantalon moulant.

Il se servit un verre de vodka Petrossian, se déshabilla entièrement, et s'installa dans un fauteuil du salon. Il prit son téléphone et commença à scroller un site porno dans l'espoir de trouver une vidéo qui l'exciterait.

Il scrolla pendant un long moment. Entre les fesses format XXL, les *threesome*, les gang bang, les milfs avides de grosses queues et les teen effarouchées suçant du bout des lèvres, rien n'arrivait à l'exciter suffisamment pour que son sexe finisse par bander. Alors, il ferma les yeux et pensa à la seule femme qui lui avait fait du bien ces derniers temps. Il pensa aux petits pieds de Neko qui avaient tournoyé devant lui et foulé le tapis épais de la chambre. Son visage enfantin et son regard impertinent. Son corps qu'il devinait sans l'avoir vu, et ses cheveux blonds qu'il avait eu envie d'attraper pour la soumettre à ses désirs.

Son sexe commençait à se gorger de sang et il commença à le caresser de bas en haut. Sa peau frémissait, et un plaisir dont il avait oublié l'existence ressurgit des entrailles de son être.

Il imagina Neko s'approchant de lui à quatre pattes, la bouche ouverte, les yeux fixés sur son entrejambe. L'image de sa queue s'enfonçant dans sa bouche humide, rencontrant une langue vorace et habile, lui fit empoigner son sexe, qu'il commença à branler lentement.

Les yeux fermés, il voyait cette femme-enfant dévouée à son plaisir. Dans ses pensées, il arracha le t-shirt qu'elle portait, dévoilant une épaule, puis la naissance de ses seins. Il finit par le déchirer entièrement, révélant une poitrine gonflée sur laquelle il se jeta comme une bête. Il s'imaginait goûter sa peau, lécher ses tétons, tout en écoutant les longs soupirs de cette femme qui était offerte à lui. Il accentua le mouvement de va-et-vient sur son sexe qui devenait de plus en plus dur. Il attrapa sur la petite table basse sur laquelle il avait posé son verre un flacon de poppers. Il l'ouvrit et inhala le solvant. Une vague de chaleur réchauffa son visage et lui fit tourner la tête. Son sexe se gonfla encore plus et un plaisir intense l'invita à se branler plus violemment. Sa main allait et venait de ses couilles à l'extrémité de son gland. Il lâcha son sexe, cracha dans sa main, avant d'étaler la salive sur sa queue et de reprendre son mouvement de va-et-vient. Il imagina que ce liquide chaud qui l'enveloppait ruisselait de l'entrejambe trempé de Neko qui le suppliait de la pénétrer encore et encore avec toujours plus de force. Il accéléra le mouvement. Il tapa son sexe contre son bas ventre pour faire circuler le sang et continua à se branler. Les yeux fermés, il voyait le visage de Neko souillé, le maquillage coulait sous ses yeux, et son regard hébété laissait supposer qu'elle avait déjà joui plusieurs fois. Il la mit à genoux d'une simple pensée, se tenant debout près d'elle, prêt à lui éjaculer sur le visage.

Dans le fauteuil où il était installé confortablement, il pouvait sentir un picotement l'envahir, signe avant-coureur d'un orgasme imminent. À l'extrémité de son urètre, il pouvait sentir le liquide séminal abondant et continua à se branler, cette fois avec plus de violence.

Il tentait désespérément de repousser le moment où il jouirait, mais le plaisir était si fort qu'il se fit surprendre. Un épais jet de sperme s'échappa de son gland et s'écrasa sur son ventre. Il poussa un puissant râle de soulagement au moment où une décharge électrisa tout son corps.

Neko avait été souillée, son visage recouvert de sperme qu'il étala de la main, prenant bien soin de lui enfoncer deux doigts poisseux dans la bouche. L'image disparut de ses pensées, et il regarda le sperme couler sur ses flancs. Dans un mélange de vapeur de poppers et d'endorphines, il tenta de reprendre ses esprits. La libération était totale, la culpabilité avait disparu et l'orgasme qu'il s'était donné l'avait ramené à la vie.

Il se leva et se dirigea vers la salle de bain pour prendre une douche. Quand il eut terminé, il noua une serviette de bain autour de sa taille et s'observa longuement dans le miroir. La tristesse de ces deux années avait laissé des séquelles sur son corps. Son torse, autrefois musclé, avait perdu de sa superbe et ne rendait pas hommage aux tatouages qui le recouvraient. Sa coupe de cheveux était très approximative et sa barbe naissante avait besoin d'être domestiquée. Il regarda son visage plus en détails et les cernes foncés qui s'étaient creusés sous ses grands yeux verts.

Du fantasme à la réalité, il n'y avait qu'un pas, et se branler en pensant à elle n'était pas suffisant. Il avait besoin de plus. Rien de tel que l'énergie d'un rapport sexuel avec une personne que l'on désire pour contenter sa masculinité et sa confiance en lui. Il voulait posséder Neko et rendre sa liberté à un démon intérieur trop longtemps muselé, mais son reflet dans le miroir ne lui plaisait pas. Avant de pouvoir se plonger en elle, il lui fallait faire quelques réajustements. Il n'avait toujours pas dormi, mais cela pourrait bien attendre.

Vlad prit son téléphone et appela la conciergerie qui s'occupait de ses besoins quotidiens. Il demanda à ce

qu'on lui réserve un rendez-vous chez le coiffeur, mais aussi à ce que sa *personal shoppeuse* habituelle lui prépare une sélection de vêtements pour renouveler sa garde-robe. Il donna ses consignes et arrêta un rendez-vous avec elle pour le soir même. Il commanda également une collation. Il n'arrivait plus à se souvenir de son dernier repas, et la faim commençait à lui donner des vertiges.
Il alla s'allonger sur le vaste lit aux draps blancs qui occupait sa chambre à coucher. Sur la table de nuit, un cadre avec une photo d'Alice et lui le regardait somnoler. D'un geste lent, il prit le cadre et le déposa face contre la table pour ne plus le voir. Il était temps d'entamer une nouvelle vie, de renouer avec l'homme qu'il était, celui qu'elle avait aimé pendant toutes ces années et qu'il n'était plus depuis longtemps.
Son téléphone vibra.
— Salut, Vlad, comment ça s'est passé au studio ?
— Salut, Milton. Tout s'est très bien passé, mais s'il te plaît, arrête de raconter n'importe quoi à la maison de disques.
— J'étais sûr que tu me remercierais. Tu as vu, cette Tisha a un talent incroyable, sa voix est faite pour toi.
Milton n'avait que faire des reproches de sa poule aux œufs d'or. Il fallait qu'il travaille, il fallait qu'il compose, et s'il fallait qu'il mente pour cela, il savait qu'il le faisait pour son bien.
— J'ai dit à Lexi que tu la contacterais pour qu'on avance sur la collaboration.

— C'est déjà fait, mon grand, et j'ai déjà pu écouter la maquette. C'est du grand toi ! Bravo.

— Si tu sais déjà tout ça, pourquoi est-ce que tu me demandes si tout s'est bien passé ?

— Parce que je m'inquiète pour toi, et j'espère que ça t'a fait du bien de jouer à nouveau.

Vlad ne voulait pas lui donner raison, mais c'était le cas. Il était ressorti du studio soulagé, et désormais, il était prêt à bouffer le monde.

— Appelle-moi pour la suite. Là, j'ai besoin de dormir un peu.

— Ça marche, je te tiens au courant.

Vlad, exténué, ferma les yeux et pour la première fois, s'endormit serein.

La sonnerie de l'interphone le tira de son sommeil. Il n'avait dormi que quelques heures, mais à présent, une nouvelle énergie coulait dans ses veines. Il récupéra sa commande et s'installa au salon pour dîner. L'argent confère certains privilèges et bien manger était une chose primordiale pour lui. En passant par la conciergerie et avec son abonnement ultra-premium, il avait accès à la carte de nombreux restaurants étoilés parisiens, directement livrés chez lui. C'était un luxe dont il ne s'était jamais privé et qui lui faisait toujours autant de bien. Il posa le plateau de sushis qui venait de chez Jin sur la table basse du salon et avala un morceau de gingembre.

Quand il eut fini, il enfila un jogging noir, une casquette et une paire de Ray-Ban, puis descendit devant l'immeuble, où il s'engouffra dans la voiture qui l'attendait. Quelques heures plus tard, il revint à son domicile avec une coupe et des contours de barbe impeccables.

Sa *personal shoppeuse* attendait dans le hall de l'immeuble avec de nombreux sacs siglés aux couleurs de marques prestigieuses.

— Bonsoir, Monsieur, lui dit-elle à son arrivée.

Janis était une grande brune aux cheveux mi-longs, avec un accent anglais charmant et des taches de rousseurs sur les pommettes. Elle portait un jean, un chemisier fleuri et un trench beige foncé.

— Je suis désolé de vous avoir fait attendre, Janis.

— Aucun souci, Monsieur. J'ai tout ce que vous m'avez demandé.

Il prit les sacs et tous deux empruntèrent l'ascenseur jusqu'à son appartement. Une fois qu'ils furent arrivés, Janis disposa sur le grand canapé toutes les tenues qui lui avaient été demandées.

— Je sais que vous n'aimez pas beaucoup la couleur, mais pourquoi ne me laisseriez-vous pas vous faire quelques propositions, Vlad ?

— Parce que je sais que je ne les mettrai pas. Je n'ai rien contre la couleur, mais je préfère la voir sur les autres.

Sur le grand canapé, Janis avait disposé une série de chemises noires, de pantalons noirs, plusieurs manteaux, quelques chemises blanches, des chaussures, ainsi que deux tenues de sport, elles aussi noires. Vlad aimait être discret, et son métier de producteur reflétait son état d'esprit. Il aimait voir les autres briller, mais ne cherchait pas spécialement à vivre dans la lumière.

— Vous savez, Janis, je vis la nuit, je vis dans l'ombre, et si certains producteurs comme moi aiment se montrer, j'ai appris qu'il vaut mieux parfois rester à l'abri de la lumière pour mener sa vie comme on l'entend.

— Je sais que vous portez le deuil de votre épouse depuis longtemps et vous savez à quel point je suis sincèrement désolée pour vous. Peut-être est-il temps de passer à autre chose, si je peux me permettre.

Elle savait qu'elle jouait certainement sa place, mais son cœur était rempli de compassion et elle espérait sincèrement voir un jour un sourire sur son visage.

— Mon deuil est terminé, Janis, mais je continuerai à m'habiller en noir.

CHAPITRE IV

Quand on revient à la vie, on retourne inexorablement vers ceux qui ont marqué la précédente.

Vlad pénétra dans la boucherie des Halles située dans une rue calme du XVIIIème. Derrière le comptoir, un homme noir, massif, au visage rond et fermé découpait une carcasse de bœuf au hachoir. Son tablier maculé de taches de sang témoignait d'une longue journée de travail. Il passa devant les présentoirs sur lesquels étaient disposées en abondance des pièces de viandes, de la charcuterie et des poulets prêts à être embrochés. Au fond de la boutique, près des frigos, se trouvaient quelques tables où l'on pouvait se restaurer. Un jeune homme athlétique, avec un sweat Calvin Klein moulant et une montre de contrefaçon, l'installa et l'invita à passer commande.

— Je vais prendre un coca, j'attends un ami.

— Très bien, je vous apporte ça, Monsieur.

Son élocution parfaite et son raffinement tranchaient avec le lieu qui accueillait quotidiennement une clientèle d'habitués aux activités douteuses. Vlad retira sa casquette et son long manteau noir et jeta un regard autour de lui. Il se sentait bien, à l'abri des regards, dans les entrailles chaudes de ce quartier populaire où il avait longuement traîné par le passé. Une dizaine de minutes plus tard, un colosse au crâne rasé et tatoué portant une longue barbe rousse s'immobilisa devant sa table. Ses bras étaient larges, son visage fermé, et malgré le froid qui régnait dans la boucherie, il n'était vêtu que d'un t-shirt noir et d'un jean troué.

— Je ne comprendrai jamais comment tu fais pour ne jamais avoir froid, dit Vlad en souriant.

— Mon ami !

Vlad se leva et la montagne le prit dans ses bras. Il le serra si fort qu'il crut que ses os allaient se briser.

— Sören, je suis tellement content de te revoir.

— Moi aussi, ça fait un bail maintenant !

Cela faisait presque 10 ans qu'ils ne s'étaient pas vus et pourtant, ils avaient la sensation de s'être quittés la veille. Sören faisait partie de ces hommes qui n'avaient pas besoin qu'on l'appelle tous les jours, car quand il donnait son amitié, le temps et la distance n'avaient plus d'importance. Sa loyauté était inéluctable.

Vlad regarda la main gauche du colosse et y retrouva le même tatouage que celui qu'il portait sur la sienne. Ce n'était pas un hasard, mais le souvenir d'un soir d'hiver où les mains puissantes du géant lui avaient sauvé la vie. Pour ne jamais oublier ce qui leur était arrivé ce soir-là, ils avaient décidé de marquer leur main gauche d'une croix latine, symbole de leur pénitence pour les actes qu'ils avaient commis. Sören s'assit face à lui et commanda une côte de bœuf saignante. Vlad commanda à son tour une entrecôte. Sören n'était d'ordinaire pas très bavard, mais la joie de revoir son vieil ami le rendait étonnamment volubile.

— Je suis vraiment désolé pour toi, mon ami, j'ai appris ce qu'il s'était passé. Je te présente toutes mes condoléances.

— Merci. Il m'a fallu du temps pour accepter tout ça, mais je crois qu'aujourd'hui, je sors enfin la tête de l'eau.

— Quand tu m'as appelé, j'ai cru que tu avais encore un cadavre à enterrer, dit-il amusé.

— Non, pas cette fois, heureusement, dit Vlad en souriant à son tour. J'ai voulu t'appeler quand je suis rentré à Paris, mais je n'en avais pas la force. Je ne sais pas, je n'ai pas osé.

— T'es con, tu aurais dû. Et t'as fait quoi pendant ces deux ans ? Je pensais que j'allais te croiser à l'Enfer.

— Je n'ai rien fait. Je suis resté terré dans mon appartement à attendre que le temps passe. J'aurais bien aimé faire un tour là-bas, mais je n'en avais pas le cœur. Je ne sais pas pourquoi, peut-être parce qu'Alice n'avait jamais apprécié ce genre d'endroit et que je me sentais coupable d'y retourner, maintenant qu'elle n'était plus là.

— Coupable de quoi, enfin ? Tu n'as pas cherché un autre donjon à Miami ?

— J'ai rencontré Alice peu de temps après mon arrivée, et très vite, je me suis rendu compte que ce genre de pratiques ne lui parlaient pas plus que ça. C'est con, mais je crois que par amour, je me suis un peu oublié.

— Mais elle savait ce que tu faisais ici, avant de la rencontrer ? Quand même, Vlad ! Je ne te vois pas dans le monde vanille, pas toi.

Il soupira.

— Pas vraiment, elle savait que j'étais différent et elle m'avait accepté comme ça, mais j'ai peut-être volontairement mis de côté certains aspects de ma personnalité.

— C'est pas une bonne chose ça, dit-il en engloutissant un large morceau de viande.

— Je sais, ne me fais pas la morale. Parfois, on fait des trucs cons par amour. Et toi, tu fais quoi maintenant ?

— Toujours rien de bon, dit-il en esquissant un sourire. Moins je t'en dis, moins tu en sais. Si on te demande, dis que j'offre des fleurs.

— À qui ? Aux familles des victimes ?

Tous deux éclatèrent de rire. Vlad se rendit compte que cela faisait deux ans qu'il n'avait pas réellement ri. Un rire franc, insouciant, généreux, un rire qui donne au moment présent de la consistance et de la chaleur. Vlad reprit :

— Très bien, ne m'en dis pas plus, tant que ça va pour toi, ça va pour moi.

— Je ne veux pas te manquer de respect, mais tu sais qui t'a fait ça ? Ils ont dit aux infos que c'était un incendie, mais je te connais et je n'arrive pas à y croire.

— Ils étaient trois, des mecs des pays de l'Est. Je ne sais pas trop, je n'ai pas reconnu leur langue.

— Tu vas faire quoi ? dit Sören avec un sérieux soudain. Tu as besoin de moi ? Tu n'as qu'à demander.

— J'ai eu beau tout expliquer à la police en long, en large, et même en travers, personne ne m'a cru. Je me demande même si quelqu'un n'a pas payé les flics pour qu'on étouffe l'affaire.

Sören le regardait avec attention, cherchant le moindre indice sur son visage. Il se sentait impliqué, parce qu'ils étaient amis, parce qu'ils étaient frères, et que depuis ce soir d'hiver, leurs vies étaient liées à jamais. Il reprit :

— Tu sais que dans ce genre d'affaires, la police ne sert pas à grand-chose, mais si tu veux, je peux me renseigner de mon côté. Entre fleuristes, ça parle, tu sais, dit-il à voix basse.

— Je sais, et je compte bien retrouver ces mecs. Jusqu'à présent, je n'en étais pas capable. Maintenant, les choses sont différentes. Je sais que cela ne ramènera pas Alice, mais je refuse de continuer à vivre sans que justice soit faite. Je ne peux pas te dire tout ce qui s'est vraiment passé, mais crois-moi qu'ils méritent ce que je compte leur faire.

— Et tu comptes leur faire quoi ?

Vlad ne répondit rien et finit son assiette. Il avala une gorgée de coca et sortit trois feuillets pliés de la poche de son manteau.

— Voilà une copie des portraits robots réalisés par la police.

Sören prit les feuilles et les examina. Il continua :

— Je n'aime pas faire du délit de faciès, mais ils ont de belles têtes de fleuristes. Je peux les garder ?
— Bien sûr, c'est pour toi. J'espère que tu arriveras à en tirer quelque chose.
— Je vais voir ce que je peux faire, dit-il en rangeant les feuillets dans sa poche.

Les tables autour d'eux s'étaient remplies. La boucherie était ouverte tard, même si plus aucun client ne venait chercher une brochette ou un rôti.

L'homme noir au hachoir avait nettoyé ses ustensiles et rangeait peu à peu les pièces de viande. Le serveur s'inquiéta de savoir si tout se passait bien pour les deux convives et leur proposa un café. Sören avala d'un trait l'italien serré sans sucre et poussa un soupir de contentement.

— Il faut que tu sortes, mon ami, il faut que tu voies des femmes, il faut que tu touches des culs. Ça ne te ressemble pas, ça. Dis-moi au moins que pendant ces deux ans, t'as joué un peu ?
— Rien du tout.

Sören n'en revenait pas. Il n'arrivait pas à imaginer son ami, chaste et résigné, renoncer aux plaisirs de la chair.

— Viens avec moi, on fait un saut en Enfer ce soir.

Vlad semblait hésiter.

— Tu as raison, il est temps de renouer avec de bonnes vieilles habitudes, et puis, on ne va pas se quitter comme ça.

— Ahhhhh, tu me fais plaisir ! Comme au bon vieux temps !
Une étincelle était apparue dans les yeux de Sören.
— Ne dis pas ça, j'ai l'impression d'être vieux.
— On s'en fout, le principal, c'est que nos bras soient forts et que nos sexes soient durs.
— Ça a bien changé depuis tout ce temps ?
— Non, pas vraiment.
— Et qui est le Maître du Donjon maintenant ?
— Ça n'est plus un Maître, mais une Maîtresse...

L'Enfer était bien sur Terre, et plus précisément dans une petite rue de Paris que les non-initiés et les GPS avaient du mal à trouver. La façade discrète de l'immeuble n'affichait aucun signe visible des mystères que celui-ci renfermait. Sur la porte, un œilleton renfermant une caméra permettait d'identifier celles et ceux qui avaient décidé de s'y risquer. Sören sonna, puis colla son visage devant la caméra en faisant une grimace.
— C'est comme ça qu'ils savent que c'est moi, dit-il à Vlad avec légèreté.

Quelques instants plus tard, la porte s'ouvrit, et une créature en combinaison de latex noire intégrale les accueillit. Une cagoule masquait son visage. Impossible de savoir s'il s'agissait d'un homme ou d'une femme, malgré sa frêle silhouette. Sur sa combinaison, un harnais de cuir avec un anneau en métal au centre de la poitrine indiquait sa position de soumission. La créature leur indiqua du bout de sa main gantée l'escalier qui s'enfonçait dans les profondeurs de la terre. L'écho étouffé d'un son de Rammstein parvenait jusqu'à eux, et on pouvait ressentir une vague de chaleur qui semblait souffler du cœur des abysses. Sören attrapa Vlad en passant un bras au-dessus de son épaule.

— Comme au bon vieux temps, mon ami, j'ai longtemps espéré ce moment !

— J'ai hâte d'en voir un peu plus. Si j'avais su, je me serais habillé pour l'occasion.

— De quoi tu parles, t'es en noir, tu as la bonne tenue.

— Je suis toujours en noir, rétorqua Vlad.

— Alors tu as toujours la bonne tenue, dit-il en souriant.

Ils s'engouffrèrent dans le passage sombre jusqu'à ce que la musique devienne plus distincte et que la chaleur les invite à retirer leur manteau. En bas des marches, ils pénétrèrent dans un petit hall d'accueil éclairé de lumières rouges. Les murs étaient recouverts de crucifix et d'images bibliques, la vierge Marie, Jésus, et une tripotée de saints patrons aux visages tous plus angéliques les uns que les autres.

— Ça n'a pas changé, dit Vlad, j'ai l'impression de faire un voyage dans le temps.

— Pourquoi ça changerait ? L'Enfer reste et restera toujours l'Enfer.

Ils déposèrent leurs manteaux au vestiaire, et Vlad dut remplir un petit formulaire que la réceptionniste lui tendit. Elle était totalement nue, un collier d'acier autour du cou surmonté d'un anneau. Ses chevilles étaient également enserrées dans deux anneaux de métal où une lourde chaîne fixée au mur venait contraindre la jeune femme à ne jamais quitter sa place. Sören murmura à l'oreille de Vlad.

— Et si elle veut aller aux toilettes ? Tu crois qu'elle se pisse dessus ?

— Regarde sur le côté, il y a un seau, elle doit sûrement s'en servir en cas de besoin. En tout cas, je vois que la Maîtresse des lieux a des directives strictes.

— J'ai hâte de te la présenter, même si j'avoue que parfois, elle me fait un peu flipper.

— Depuis quand une femme te fait peur ?

— Je n'ai pas peur, s'offusqua-t-il, mais ça n'est pas qu'une femme. Si tu ne la connais pas, ici à Paris, tout le monde la connaît.

Vlad parcourut rapidement le formulaire. En le signant, il acceptait plusieurs conditions primordiales et nécessaires pour avoir le droit d'aller plus loin. Toute personne qui pénètre en Enfer s'engage à respecter le consentement d'autrui. Toute personne qui pénètre en Enfer s'engage à respecter le safeword quand celui-ci est prononcé.

Toute personne qui pénètre en Enfer s'engage à accepter ce qu'elle pourrait voir comme étant l'expression d'un art de vivre, aussi extrême qu'il soit.
Toute personne qui pénètre en Enfer décharge l'établissement de toute responsabilité quant aux conséquences des pratiques qu'elle pourrait avoir.
Toute personne qui pénètre en Enfer s'engage à ne pas utiliser son téléphone portable et à respecter la vie privée des personnes présentes.
L'un des manquements à ces règles entraînera l'exclusion définitive et permanente du club.
Il signa et remit le formulaire à la réceptionniste. Ses tétons pointaient et elle baissa les yeux. Elle pouvait ressentir une énergie en lui qui renaissait doucement, une attraction étrange qui poussait les femmes qui le croisaient à perdre leurs moyens, sans qu'elles sachent pourquoi.

À droite du vestiaire, un épais rideau dissimulait le reste du club. Sören écarta la tenture et tous deux pénétrèrent dans la pièce suivante.
Le bar était sur la gauche, et deux femmes en sous-vêtements et porte-jarretelles noirs s'affairaient à préparer les commandes des clients. La musique crachait des riffs de guitare électrique assourdissants. En face du bar, des canapés blancs étaient disposés le long du mur. Seuls les Dominants avaient le droit de s'y installer. Les personnes soumises étaient autorisées au mieux à s'asseoir sur des petits poufs, mais la grande

majorité préférait être à genoux, aux pieds de leur Maître ou Maîtresse.

— Nous boirons un verre après, Vlad. D'abord, j'aimerais te présenter à la Maîtresse des lieux.

Dans cet environnement aux lumières rougeâtres et tamisées, personne ne prêta attention à eux, et ils se dirigèrent vers le fond de la pièce qui donnait sur une autre salle. Des hommes habillés tout en noir discutaient entre eux, tandis que leurs soumis et soumises s'amusaient à leurs pieds. L'un d'entre eux avait disposé une gamelle au sol pour que la petite brune aux cheveux frisés qui l'accompagnait puisse laper et se désaltérer.

Une créature en combinaison de latex portait un masque de chien et avait adopté un comportement canin qui la poussait à venir réclamer des caresses et des friandises auprès des personnes assises. Elle s'approcha de Vlad et aboya tout en remuant la queue fixée à sa combinaison.

— Je crois qu'il t'aime bien, dit Sören

— Il a dû sentir que j'aimais les animaux.

Il passa sa main sur le crâne de la créature. Le BeGloss qui donnait son aspect brillant au latex lubrifia la main de Vlad qu'il fit glisser doucement. La créature aboya à nouveau, satisfaite de s'être fait un nouvel ami.

— Voilà, j'ai encore les mains pleines de lub, dit-il en s'essuyant avec une serviette en papier.

— Je te présente le *dog* de la maison, c'est un habitué.
— Ravi de te rencontrer.

Il mit la tête près du sol, tout en remuant la queue en signe de soumission. Une Domina, portant un fouet, sortit d'une alcôve, tenant en laisse un homme cagoulé avec un harnais et une cage de chasteté. Elle s'arrêta et lui demanda de s'allonger sur le dos. À la vue de tous, elle retira ses talons aiguilles, puis lui enfourna son pied dans la bouche qu'il avala goulûment.

— C'est bien, petite merde.

Personne ne prêta attention à cette scène qui, pour eux, était quelque chose d'habituel. Elle remit ses chaussures, le mit à quatre pattes près d'une banquette, s'assit sur son dos et entama une discussion avec une autre femme qui portait une paire de Pleaser interminables. Chaque recoin de la pièce puait le vice. C'était le lieu qu'ils avaient tous choisi pour laisser s'exprimer la part sombre qui vivait en eux et qui les maintenait en vie, dans une existence où leur quotidien cherchait à les tuer jour après jour. L'Enfer n'en avait que le nom. Pour eux, c'était le paradis.

Arrivé au bout de la pièce, un homme surveillait l'accès à la zone suivante. Il était petit, le crâne dégarni, portait une paire de lunettes et était vêtu d'une tenue de soubrette qui laissait apparaître un sexe proéminent et gonflé.

— Vous ne pouvez pas aller plus loin pour l'instant, Maîtresse est avec ses invités.

Sören se pencha pour approcher son visage et se faire entendre :

— J'ai le mot de passe : « petite pute mondaine ».

— D'accord, d'accord, tu peux passer, dit-il d'un air agacé, mais le mot de passe n'est pas complet.

— Si tu y tiens.

— Bien sûr que j'y tiens, dit-il avec un sourire aussi pervers que son regard.

Il se tourna et tendit son petit cul poilu. Sören lui mit une fessée avec sa main de bûcheron qui fit tituber le petit bonhomme.

— Aouch, tu n'y es pas allé de main morte.

Vlad, qui regardait la scène, lança à son tour :

— Tu veux aussi mon mot de passe ?

Marco tourna la tête et regarda Vlad avec envie.

— Je ne suis pas contre.

Vlad l'attrapa par l'épaule, le fit se tourner avec délicatesse et lui asséna une fessée sonore qui vint rougir sa peau et imprimer la trace de sa main.

Il leva une jambe de douleur, mais son sourire vicieux n'avait pas quitté son visage. Sören se tourna vers Vlad :

— Laisse tomber, il adore ça, dit-il en rigolant.

Les deux hommes pénétrèrent dans la pièce suivante. L'endroit était vaste et majestueux, témoignant de la grandeur et du panache de ce royaume gouverné par le vice.

D'un côté, une zone était réservée aux jeux. Une croix de Saint-André monumentale trônait au milieu. Au plafond, une poulie électrique permettait de suspendre les corps et le temps. Sur le mur, tout un ensemble d'accessoires et d'instruments étaient accrochés, attendant d'être choisis pour infliger souffrance et plaisir. Vlad s'approcha d'un flogger aux lanières épaisses. L'odeur du cuir lui rappelait cette nuit où il avait fait jouir cette partenaire masochiste qui le suppliait de la dégrader. À sa demande, il avait joué si fort qu'elle avait fini par plonger dans un subspace aussi profond qu'espéré. Il lui avait fallu presque une heure pour en sortir et revenir à un équilibre fragile.

Il ne toucha pas aux autres instruments, car il savait que dans ce club, tout était désinfecté après utilisation et que manipuler sans nettoyer était un manque de respect envers les autres pratiquants et la Maîtresse du donjon.

De l'autre côté, un petit salon était disposé et en son centre, un large fauteuil ressemblant à un trône.

Elle était assise, un verre à la main, une jambe sur l'accoudoir. Loin du cliché des Dominas et autres putes à coupettes, elle était le mélange improbable entre une reine viking forgée par les vents froids du nord, et un dandy de la Belle Époque aux manières raffinées. À ses pieds, deux femmes entièrement nues se tenaient prêtes à réaliser ses moindres désirs. Elles étaient à genoux, tenues en laisse. L'une avait une peau nacrée, diaphane, un port de tête altier, reine déchue qui aurait été mise en esclavage à la vue de tous. Quant à l'autre, son corps recouvert de tatouages racontait une histoire longue et douloureuse. Un périple où la violence faite aux femmes dans un univers vanille l'avait transformée en créature vindicative et sauvage. Seule cette femme assise sur son trône avait le pouvoir de la contraindre sans qu'elle morde celui qui s'en approcherait.

— Bonsoir, Perséphone, je vous présente mon ami de longue date, Vlad, un ancien habitué.

Elle le regarda un long moment sans dire un mot, instaurant un climat de tension qui le mit mal à l'aise. Elle finit par prendre la parole.

— Bonsoir, Sören, laisse-moi lire dans les yeux de ton ami s'il fait partie des nôtres.

Elle parlait comme une impératrice, pesant chacun de ses mots, tant ils étaient capables de déclencher une guerre ou d'imposer la paix.

Vlad n'eut pas le temps de répondre. Elle se leva, tout en gardant fermement ses chiennes en laisse. Elle était presque aussi grande que lui, mais son charisme était déroutant. Ses traits étaient anguleux et durs, et sa beauté froide inspirait le respect. Une longue tresse châtain descendait jusque dans le creux de son dos, et les côtés de son crâne étaient rasés. À la base de son cou, une cicatrice témoignait de sa volonté de n'accepter aucun compromis avec ses détracteurs. Elle portait un costume cintré noir parfaitement coupé, et

sous sa veste qui caressait sa peau, on pouvait deviner la naissance de ses seins.
Elle s'approcha de Vlad et tira sur les laisses. Les deux femmes avancèrent à quatre pattes pour la suivre sans qu'elle ne s'en préoccupe. Elle approcha son visage à quelques centimètres de celui de Vlad et tenta de pénétrer le rempart de ses yeux verts. Vlad pouvait sentir son parfum, un mélange conquérant, audacieux et extrêmement sexuel. À n'en pas douter, tout comme lui, elle portait en elle un feu ardent qu'elle avait du mal à rassasier. Elle le regarda longuement, il la fixa sans détourner le regard. Il resta impassible face aux assauts de cette femme qui ne semblait ne craindre ni rien ni personne. Elle finit par esquisser un léger sourire. Elle savait éprouver les cœurs et lire dans les âmes. Elle savait distinguer les vrais Dominants des apprentis, elle pouvait changer le cours d'une vie, mettre fin aux espoirs des uns et révéler la vraie nature des autres. Elle finit par murmurer :

— Je te vois, Vlad. Bienvenue en Enfer. Maintenant, j'ai hâte de voir de quoi tu es capable.

Sören souffla de soulagement. Être accepté à L'Enfer n'était pas donné à tout le monde, et l'adoubement de Perséphone encore moins. Il était temps pour tous de profiter de la soirée. Vlad s'assit dans le petit salon et sans qu'il demanda quoi que ce soit, une jeune femme soumise vint s'agenouiller près de lui. Elle était belle, nue, voluptueuse, et ses cheveux roux élégamment

tressés sublimaient les traits fins de son visage. Ses lèvres étaient roses et ses mains fines et manucurées.
— Bonsoir, Monsieur, lui dit-elle avec douceur, puis-je vous apporter quelque chose à boire ?
Vlad ne semblait pas surpris de son comportement et accepta avec plaisir la déférence qu'elle lui témoignait spontanément. Proposer à boire à un Dominant était pour elle la manière adéquate de s'approcher de l'homme qu'elle avait remarqué dès son entrée dans la pièce.
— Merci, avec plaisir. Comment tu t'appelles ?
— Je suis Calliopée, soumise sous la protection de Madame Perséphone.
— Ravi de te rencontrer, je m'appelle Vlad, et je vais prendre une vodka avec des glaçons. Aurais-tu la gentillesse d'en apporter une autre pour mon ami ?
Elle se leva sans attendre et se dirigea vers le bar. Sören, qui avait pris place près de lui, ne put s'empêcher de lui lancer à voix basse :
— Je vois que tu as toujours autant de succès, il faudra un jour que tu me donnes ton secret...

Vlad se contenta de sourire pour seule réponse. Quelques instants plus tard, Calliopée revint avec deux verres. Elle posa celui de Sören sur la petite table devant eux, puis elle s'agenouilla à nouveau devant Vlad, baissa la tête et lui tendit le verre comme une offrande.

— Je crois que tu lui plais, dit Sören qui trouvait la scène absolument normale. Je sens que la soirée va être agréable.

Au-delà de l'énergie sexuelle que dégageait Vlad, il était convenu que les personnes soumises choisissent le Dominant à qui elles souhaitaient offrir leur soumission. C'était un cadeau qu'on ne pouvait qu'offrir et qui ne se demandait pas. Perséphone regarda la scène avec bienveillance et ne pouvait qu'être satisfaite de voir sa protégée se comporter avec dévotion. Elle était le fruit de son éducation et elle respectait à la lettre le protocole qu'elle lui avait inculqué. Elle s'adressa à Vlad :

— Je suis heureuse de voir que Calliopée t'ait choisi ce soir, c'est une bonne soumise en apprentissage, extrêmement maso. J'espère avoir la chance de vous voir jouer tous les deux si elle t'en fait la demande.

— Merci Perséphone, votre éducation est parfaite et Calliopée doit vous rendre fière.

— En effet, quand je l'ai prise sous mon aile, c'était une junkie qui n'avait plus aucun repère ni but dans la vie. Aujourd'hui, c'est une personne droite, équilibrée, qui a su trouver sa place parmi nous et qui, chaque jour, me remplit de fierté.

L'enfer n'était pas qu'un endroit de perdition, c'était aussi un purgatoire où l'on pouvait tirer un trait sur sa vie passée et embrasser une nouvelle destinée. Vlad leva son verre : « À l'Enfer, et à Perséphone qui

domine ce royaume. » À leur tour, tous levèrent leur verre, et Perséphone le remercia d'un hochement de tête.
— Monsieur ? demanda Calliopée timidement.
— Oui ?
— J'aimerais beaucoup avoir le privilège d'être votre muse ce soir. Accepteriez-vous de m'offrir une séance ?
Sören chuchota à son oreille :
— Tu as de la chance, tout le monde essaie, mais elle n'accepte jamais. Je crois que c'est la première fois qu'elle fait une demande à une autre personne que Perséphone.

Vlad appréciait le protocole, et encore plus venant d'une soumise exigeante. Il pouvait ressentir une énergie qui émanait de cette jeune femme. Un mélange de timidité et d'excitation. Même si elle ne le connaissait pas, elle s'était laissé guider par son instinct, et ressentait en lui l'homme qui pourrait lui faire lâcher prise.
— Avec plaisir, répondit-il, mais avant cela, j'aimerais savoir s'il y a des choses que tu refuses.
— Puis-je vous répondre avec franchise ?
— Bien sûr.
— Je suis en apprentissage et je suis prête à explorer ce que vous désirez m'offrir. Je reste sous la protection de

ma Maîtresse, et je m'en remets à elle pour veiller sur moi.

Les yeux de Vlad s'étaient embrasés et les flammes vertes qui consumaient son regard trahissaient son excitation. Pendant toutes les années qu'il avait consacrées au bonheur d'Alice, il avait mis entre parenthèses son appétit pour ces pratiques qu'elle ne partageait pas. Il reprit :

— Installe-toi en position « nadu » devant la croix, et attends-moi.

Perséphone ne cachait pas sa joie d'assister à un tel spectacle. Elle resserra l'emprise sur ses chiennes qui vinrent se caler contre ses jambes. Elle passa une main dans leurs cheveux comme on caresse un animal de compagnie. Calliopée obéit et alla se positionner devant la croix. Elle se mit à genoux, la tête baissée, les mains posées sur les cuisses, les paumes tournées vers le ciel. Elle garda cette pose jusqu'à ce que Vlad la rejoigne.

Sören trépignait. Il but une gorgée de vodka, impatient de voir son vieil ami laisser sortir la bête qui sommeillait en lui.

Il s'approcha d'elle et la musique assourdissante sembla s'évaporer pour laisser place au silence. Il remonta les manches de sa chemise qui dévoilèrent ses nombreux tatouages. Il s'accroupit pour lui parler doucement à l'oreille.

— « Rouge » sera ton mot de sécurité. Si tu veux que je m'arrête, prononce-le. Prononce le mot « orange » si tu

sens que j'ai atteint une limite et que tu ne souhaites pas que j'aille plus loin. Est-ce que tu as compris ?
— Oui.
— Oui, qui ?
— Oui, Monsieur.
Il se leva et commença à marcher autour d'elle. Malgré ces nombreuses années sans pratique, il n'avait rien oublié. Instinctivement, il reprenait sa place et les automatismes qu'il avait enfouis en lui.
— Calliopée, la séance que nous allons vivre n'a pas pour but de t'abîmer. C'est un parcours que nous allons mener à deux. Je vais t'accompagner, et dans cette traversée, je serai ton gardien.
— Oui, Monsieur.
— Nous ne sommes pas ennemis, alors, ne me crains pas. Seras-tu obéissante ?
— Oui, Monsieur.
— Tu pourras avoir confiance en moi. Est-ce que je peux, à mon tour, avoir confiance en toi ?
— Oui, Monsieur, dit-elle sans hésiter.

Il la fit se lever et l'attacha face à la croix. Il passa les bracelets autour de ses poignets et de ses chevilles, et désormais contrainte, elle était tout offerte à lui. Le monde autour d'eux disparaissait peu à peu et les regards qui les observaient se perdirent dans le brouillard. Il attrapa au mur un martinet aux lanières de latex et commença à caresser ses fesses d'un geste vigoureux. Le bruit des lanières était cinglant, mais la sensation qu'éprouvait Calliopée était celle d'une douce caresse qui la plongea immédiatement dans un plaisir langoureux. Il donna de plus en plus d'intensité à son mouvement, et la répétition du geste commença à rougir sa peau. Elle frissonnait de plaisir. Il fit claquer par deux fois le martinet avec violence, dans une chorégraphie qu'il semblait préparer depuis longtemps. Il attrapa ensuite sur le mur à côté de lui un autre martinet avec des lanières en cuir fines qui s'abattirent à leur tour sur les fesses offertes de la jeune soumise. Le cuir mordait la peau, arrachant les premiers soupirs de plaisir et la timidité qui la caractérisait.

Il sentait en lui cette excitation perdue, ce plaisir de donner du plaisir tout en faisant souffrir. Un sadisme délicieux qu'il se devait quotidiennement de cacher au monde sous peine de révéler sa vraie nature. Au bout de quelques minutes, Calliopée commença à se tortiller dans ses entraves, et Vlad s'arrêta. Il s'approcha d'elle et passa une main sur son dos. Sa peau était douce, son corps était chaud, ses yeux s'étaient fermés. Il lui décocha plusieurs fessées qui arrachèrent la jeune femme de son mutisme. Ses petits cris excitaient Vlad, et désormais, il n'avait que pour seul but de l'entendre gémir plus fort. Elle se mordait les lèvres pour se contenir, mais la douleur infligée par la main de Vlad était trop forte pour qu'elle y arrive sans le moindre bruit. Il attrapa ses tresses rousses et tira sa tête en arrière. Elle lâcha un râle, agréablement surprise de la tournure que prenait la séance. Il continua à lui asséner de violentes fessées, jusqu'à ce que sa main lui soit douloureuse.

Les fesses de Calliopée étaient écarlates, et l'on pouvait même deviner l'empreinte laissée par la main de Vlad. Il passa son autre main autour de son cou et lui coupa la respiration pendant de longues secondes. Elle tenta de respirer, mais l'air n'arrivant plus, elle fut prise de panique. Il relâcha son étreinte et elle put enfin reprendre son souffle. Ses joues étaient rouges, il pouvait sentir le parfum de sa peau. Son corps tout entier tremblait de plaisir, son souffle s'accélérait et ses mains tiraient sur les chaînes qui l'immobilisaient à la croix.

— Comment te sens-tu ?

— Bien, Monsieur, dit-elle dans un souffle court.

Vlad la prit à nouveau à la gorge et elle accepta le sort qu'il lui réservait. Elle pouvait sentir le plaisir couler dans ses veines, l'excitation la parcourir, et son sexe humide qui trahissait son masochisme.

Il s'éloigna d'elle, marqua une pause et reprit le flogger en latex avec lequel il joua à nouveau avec dextérité. Il composait une symphonie où les claquements répétés marquaient le tempo. Calliopée avait rendu les armes, et désormais, ne retenait plus aucun de ses cris. Son corps ne lui appartenait plus, il était une toile vierge offerte à la créativité d'un homme qui avait attendu ce moment depuis bien longtemps. Elle avait mal, elle

voulait jouir, son être tout entier appelait à l'aide. Elle dit dans un cri :
— Faites-moi jouir, Monsieur, je vous en supplie.
— Dites-le encore.
— Faites-moi jouir, s'il vous plaît. Monsieur, faites-moi jouir.
— Pas tout de suite, vous ne l'avez pas encore mérité.

Il s'approcha du mur où il prit avec délicatesse une badine en noisetier. Le manche en cuir s'agrippa à la paume de sa main.
— Vous allez désormais compter chacun de mes coups.

Elle ne l'avait pas vu prendre la badine, mais savait que les prochaines minutes seraient douloureuses, et ce, pour son plus grand plaisir. La baguette en bois pourfendit l'air moite de la pièce dans un sifflement, et s'écrasa dans la chair de Calliopée qui se raidit instantanément.
— Un, compta-t-elle en serrant les mâchoires.

La badine s'abattit sur elle à nouveau.
— Deux.

Elle plissa les yeux pour retenir une larme qui perlait sur le coin de ses yeux.
— C'est bien, nous allons aller jusqu'à cinq.

Calliopée savait qu'il était inutile de protester.
— Trois.

Le coup égratigna un peu plus sa peau, et le sang commença à perler à l'endroit de l'impact.
Le quatrième coup lui arracha un cri que son orgueil tenta d'étouffer. Son esprit était troublé tant la douleur qu'elle ressentait lui procurait du plaisir. D'un geste sûr et précis, Vlad asséna le cinquième coup. La jambe de Calliopée tenta de se plier par réflexe, mais les chaînes l'en empêchaient.
— Cinq.
Ses oreilles bourdonnaient, et les larmes glissèrent jusqu'à ses lèvres qui s'étaient vêtues d'un sourire de contentement.
Vlad passa sa main sur les fesses meurtries de la jeune femme, et la douceur de son geste calma momentanément la piqûre de la tige en bois.
— Monsieur, je n'en peux plus, je vous en supplie, faites-moi jouir, lança-t-elle à celui qui, désormais, la tenait sous son emprise.
Il posa sa main sur la nuque de Calliopée, la serra avec fermeté, tout en lui murmurant : « Je vais plonger en vous. »

Vlad mit son index et son majeur dans sa bouche pour les enduire de salive avant de venir caresser l'entrejambe de Calliopée qui semblait en transe. Il pouvait sentir les phéromones qui s'échappaient de son corps, sa peau vibrante, sa respiration haletante. Il jeta un rapide coup d'œil à Perséphone qui semblait hypnotisée et ravie par le spectacle.

D'un hochement de la tête, elle lui donna l'autorisation de poursuivre ce qu'il avait entrepris. Toucher le sexe d'une autre femme l'électrisa, et sentir son corps vibrant lui procurait un plaisir intense qu'il avait oublié. Ses doigts s'enfoncèrent en elle ; elle jubilait. Il allait et venait, puis se retira soudainement pour lui asséner une nouvelle fessée qui la fit crier de plaisir. Il tira ses cheveux, bascula sa tête en arrière, et enroula ses tresses autour de son poignet pour assurer sa prise. Il s'enfonça à nouveau en elle jusqu'à atteindre ce moment de grâce où plus rien n'existe. Elle avait la bouche ouverte, la gorge sèche.

Elle jouit si fort que son cri couvrit le son des enceintes de la pièce. Son corps fut parcouru d'une décharge si intense qu'elle sembla perdre l'équilibre, mais les bracelets attachés à la croix l'empêchèrent de tomber.

Ses yeux fermés étaient la porte ouverte d'un autre monde où elle s'était réfugiée. Vlad s'arrêta, puis il la pénétra à nouveau, sa main fouillant avec habileté son entrejambe, et malgré tous ses efforts pour se retenir, elle jouit à nouveau. Il la détacha enfin et la prit dans ses bras pour la déposer, tremblante, sur le sol devant lui. Il s'accroupit près d'elle et Calliopée vint placer sa tête contre sa cuisse.

Elle murmura un « Merci, Monsieur » dans un souffle de satisfaction que seul lui put entendre et qui le contenta. Son plaisir n'avait pas besoin de passer par

son sexe, c'est son esprit qui exultait. Il fallut à la jeune femme de longues minutes pour renouer avec la réalité et son environnement. Vlad se releva, et en guise de remerciement, Calliopée à genoux, vint embrasser ses chaussures.
Elle retourna doucement vers sa Maîtresse, et se lova à ses pieds. Une jeune femme lui apporta une couverture qu'elle déposa sur le corps nu, blessé et tremblant de bonheur.
Vlad était exténué, mais il avait enfin renoué avec l'homme qu'il avait toujours été, et qu'il ne trahirait plus jamais à l'avenir. Perséphone semblait heureuse et elle lui dit :
— Je te vois, Vlad, tu es des nôtres. Je me trompe rarement quand je croise un Maître.
Il lui répondit par un signe de la tête et un sourire. Il attrapa son verre, et l'engloutit d'un trait avant de s'asseoir.

La soirée se poursuivit jusqu'à ce que l'Enfer se vide peu à peu de ses pénitents. Vlad et Sören remercièrent une fois encore Perséphone pour son accueil, et s'extirpèrent des entrailles de la Terre pour retrouver le monde des humains. Les créatures disparurent dans la noirceur de la nuit, et la porte se referma derrière eux, les abandonnant sur le trottoir sale de la capitale.
— Quelle soirée, Vlad !

— Mais pourquoi tu m'appelles Vlad ? Tu fais partie des rares à connaître mon prénom.
— Je trouve que ça te va bien, et puis c'est comme ça que tout le monde t'appelle maintenant.
— C'est vrai, mais venant de toi, je n'ai pas l'habitude !
— On s'en fout, peu importe comment je t'appelle, tu seras toujours mon frère.

Une voix taillada les ténèbres.

— Maintenant qu'on est dehors, on va pouvoir parler un petit peu tous les deux, « Vlad », dit la voix avec une pointe de mépris.

À quelques mètres d'eux, un homme de grande taille, habillé en noir, les cheveux et la barbe grisonnants, le regardait avec défi.

Vlad reconnut un des Dominants qui était installé dans la première pièce du club, mais ils n'avaient pas échangé pendant la soirée. Vlad ne lui avait pas spécialement accordé d'importance. Sören se tendit immédiatement. Il avait un sixième sens pour percevoir le danger. Vlad lança à son tour :

— Il est tard, l'ami, si tu veux, toi et moi, on parlera la prochaine fois, dit-il encore grisé par la soirée.

Trois autres hommes sortirent de l'ombre et rejoignirent la silhouette noire qui leur faisait face. L'un d'eux tenait une barre de fer. On pouvait à peine distinguer leur visage.

Sören murmura à Vlad :

— Je crois que la soirée n'est pas tout à fait finie.
L'homme en noir fit un pas en avant et poursuivit :
— Je ne sais pas qui tu es, mais la seule chose que je sais, c'est que j'exècre les hommes comme toi. Je pense que tu as besoin d'une petite leçon qui te remettra à ta place.
Sören murmura à Vlad :
— Je prends celui avec la barre de fer, tu prends le Père Fouras ?
Les oreilles de Vlad furent envahies d'un sifflement, et le temps sembla se ralentir. Il pouvait sentir l'odeur du bitume, la lumière incertaine des réverbères, une fenêtre allumée au troisième étage d'un immeuble, le bruit d'un chien au loin qui aboie. L'homme en noir se jeta sur Vlad qui esquiva rapidement son coup de poing.
— Il va falloir que tu pratiques un peu plus, mais c'est pas mal pour un débutant, dit-il avec dédain.
Il tenta à nouveau de lui asséner un coup, mais Vlad écarta son poing d'un revers de la main. L'homme ne lui répondit pas, et deux autres vinrent lui prêter main forte. Sören esquiva un coup de barre de fer avant de décocher une droite à son assaillant, mais son poing heurta son épaule et ne le fit que reculer d'un pas.
Ils savent se battre, ces cons !

Vlad esquiva un autre coup, avant qu'un des acolytes ne réussisse à le frapper au genou. La douleur lui fit plier la jambe. Il n'eut pas le temps de se relever que l'homme en noir matraquait son visage de coups. Un autre homme passa derrière lui pour l'immobiliser, l'obligeant à encaisser les poings qui pleuvaient. Le goût du sang dans sa bouche lui rappelait qu'il était encore vivant, et avec toute la force qui lui restait, il se releva en donnant un coup de tête à la barbe grise qui se recula en poussant un grognement.

— Finissez cette petite merde, dit-il, agacé.

— Vlad, cria Sören qui se démenait avec son assaillant, tout en évitant qu'il lui casse une jambe ou un bras avec sa barre de fer.

L'homme en noir essuya une petite goutte de sang qui perlait de sa narine et envoya un coup de Rangers dans le visage de Vlad qui tentait tant bien que mal de se libérer. La semelle de la chaussure s'écrasa sur sa joue, lui arrachant un filet de bave rougeâtre.

Un claquement de fouet imposa le silence.

Perséphone était sortie du club et se tenait devant eux.

— Hans, lâche-le. Je t'ai déjà prévenu que je ne voulais pas de ça.

Il la regarda avec défiance.

— Ça fait des mois que je réclame une séance avec Calliopée et tu me la refuses. Ce mec débarque de nulle part, et...

Elle fit à nouveau claquer son fouet.

— Tais-toi, je ne tolérerai plus aucun de tes comportements.

— Et tu vas faire quoi ? Tu n'es plus dans ton club et tu as beau jouer les reines dans les bas-fonds, tu n'es rien de plus qu'une petite pute qui n'est bonne qu'à se faire baiser par un vrai Dominant.

Il y eut un long silence et les mots d'Hans résonnèrent dans la ruelle déserte. Perséphone enroula son fouet et l'attacha à sa ceinture. Elle jeta un regard à la caméra de sécurité de L'enfer, et fit un petit geste qui signifiait qu'elle voulait qu'on coupe l'enregistrement. Elle se tourna vers l'homme qui l'avait insultée :

— Je n'ai pas besoin d'être en Enfer pour être le Diable, dit-elle, le regard incandescent.

Elle se jeta sur Hans avec une rapidité animale et lui griffa le visage de ses ongles coupants. Il hurla de douleur. Son genou fit connaissance avec ses couilles et la barbe grise se plia en deux. L'homme qui tenait Vlad lâcha prise et se jeta sur elle. Perséphone lui envoya un coup de poing si violent qu'il s'écroula devant elle et finit sa course dans le caniveau. Vlad reprit ses esprits et se releva pour se jeter à son tour sur le dernier assaillant qu'il fit plier en quelques coups bien placés. Sören, galvanisé d'une nouvelle énergie, s'élança de tout son poids sur la barre de fer qu'il esquiva avant de plaquer son porteur au sol. Son poing s'abattit et fit craquer l'os de la mâchoire de celui qui, maintenant, gisait inerte.

Hans se redressa et tenta d'attaquer Perséphone, mais Vlad lui envoya un crochet du droit qui le repoussa avec violence. Perséphone, à son tour, lui envoya un coup de pied qui le fit tomber à genoux.

Les quatre hommes étaient au sol, et Perséphone toisa Hans.

— La petite pute que je suis va te montrer ce qui arrive à ceux qui lui manquent de respect.

Les portes de l'Enfer s'ouvrirent, et deux hommes cagoulés sortirent pour s'emparer d'Hans, et le traîner à l'intérieur. Perséphone jeta un œil à Vlad.

— Tu te défends bien, le nouveau, dit-elle avec un petit sourire.

— Toi aussi, lui dit-il en reprenant son souffle. Tes clients sont toujours comme ça ? Je crois qu'il n'a pas aimé sa soirée.

— Non, pas tous, mais je crois que celui-là a besoin d'un petit recadrage. Je vais rouvrir le Donjon spécialement pour lui. Ce soir, c'est lui qui sera ma pute, et il n'oubliera jamais pourquoi on m'appelle Perséphone, reine de l'Enfer.

CHAPITRE V

— Je me suis pris une porte, dit Vlad à l'infirmière qui finissait de désinfecter les plaies sur son visage.

— Je me demande surtout dans quel état est la porte maintenant, répondit-elle. Ne bougez pas, je reviens dans quelques instants.

Sören regardait Vlad avec amusement.

— *Je me suis pris une porte*, dit-il en le singeant.

— Oh ça va, mec, tu voulais que je lui dise quoi ?

— Non, rien, t'étais mignon comme un gosse qui ne voulait pas se faire gronder. Par contre, je vais devoir te laisser, j'ai des trucs à gérer.

— Pas de souci. De toute façon, je ne devrais pas traîner ici encore longtemps. On se voit plus tard.

— Il y a pire, l'infirmière n'est vraiment pas mal. Tu crois qu'elle est nue sous sa blouse ?

— Allez, va dormir, tu dis n'importe quoi.

Sören quitta la petite pièce de l'hôpital Saint-Antoine où Vlad attendait assis sur un brancard. Son visage tuméfié et sa pommette recousue le faisaient horriblement souffrir.

Il ne m'a vraiment pas raté, ce con de Hans. Il faut vraiment que je reprenne le sport.

Les lumières blanches agressaient ses yeux, et de l'autre côté de la porte restée fermée, il pouvait entendre le tumulte qui régnait dans le service des urgences. L'infirmière revint dans la pièce avec un bon de sortie. Elle avait des courbes, une poitrine généreuse et de longs cheveux bruns qu'elle avait attachés à la hâte. Il ne put s'empêcher de penser à la dernière phrase de Sören et tenta de deviner la forme de ses sous-vêtements sous sa blouse blanche.

— Vous devez signer ici et déposer ce papier à l'accueil en partant.

— Merci, dit-il en maintenant une poche de glace sur son visage.

— À l'avenir, faites un peu plus attention aux portes.

— Je suis vraiment très maladroit, mais je vais faire de mon mieux.

— Je pense que vous y arriverez très bien, mais si vous avez besoin d'aide, n'hésitez pas à revenir me voir.

Dans la voiture qui le ramenait chez lui, Vlad ne pouvait s'empêcher de repenser à cette infirmière. Il n'avait pas réussi à savoir si elle était nue sous sa blouse. Malgré l'inutilité de ce questionnement, il n'arrivait pas à balayer cette pensée de son esprit. Il pouvait sentir que quelque chose était en train de changer en lui, et le fait d'avoir touché le corps de Calliopée pendant leur séance lui rappelait qui il avait été avant Alice et qui il était à nouveau. Pendant toutes ces années, il avait refréné ses envies et ses pulsions. Combien de fois

Alice lui avait-elle dit qu'il était insatiable, et que ses penchants borderline lui faisaient parfois peur ?
Il avait tout fait pour lui plaire, jusqu'à oublier l'homme hypersexuel qu'il avait toujours été. Il avait besoin de beaucoup, souvent, sans forcément de contexte ou de préliminaire. Alice en avait besoin régulièrement, mais de manière raisonnable, et toujours dans un schéma défini où la sensualité était nécessaire pour stimuler ses envies.
Elle lui avait si souvent répété qu'il était pervers et vicieux qu'il avait fini par admettre qu'il était peut-être malade. Lui avait juste besoin de plus, malgré le fait qu'elle l'ait accepté dans toutes ses différences.
Depuis sa mort, il n'avait ni réussi à toucher un autre corps ni à se donner du plaisir, car à chaque fois que sa libido s'éveillait, il la voyait allongée devant lui, la gorge ouverte et maculée de sang. Le traumatisme avait été violent et avait inhibé toute forme de sexualité, mais désormais, les choses changeaient peu à peu. Son esprit était obsédé par la symphonie des corps. Il voulait à nouveau vivre et rassasier son appétit démesuré. L'abstinence qu'il avait vécue tout ce temps s'était transformée en un gouffre sans fond qu'il fallait aujourd'hui combler. Doigter Calliopée avait été un bon apéritif, mais certainement pas le plat principal qui pourrait mettre fin à son jeûne forcé.
C'était dur à admettre, mais ces derniers jours l'avaient questionné sur sa relation passée. Il avait fini par accepter l'idée que, peut-être, il s'était oublié toutes ces

années. Pour en avoir le cœur net, il fallait qu'il possède un autre corps, selon ses envies, selon ses propres termes.

Une fois arrivé chez lui, il s'allongea et s'endormit en pensant à toutes ces femmes qui avaient fait irruption dans sa vie depuis quelques jours et qui le poussaient inexorablement à reprendre le contrôle de ses envies. Le visage de Neko se mélangea à celui de l'infirmière, l'entrejambe humide de Calliopée et la poitrine à peine visible de Perséphone, puis Morphée vint le chercher avec douceur pour lui offrir un sommeil réparateur.

*

La voiture s'immobilisa dans la cour de l'hôtel particulier. Les lumières qui filtraient des fenêtres de l'établissement éclairaient la nuit de tous leurs vices. Vlad se dirigea vers le perron et gravit les marches. Il pénétra dans le hall principal. Une jeune femme au tailleur aussi strict que son visage l'invita à se diriger vers le boudoir.

La pièce était richement décorée dans un style régence. Les murs étaient recouverts de fresques représentant des nymphes cerclées de dorures. Un petit canapé faisait face à un fauteuil de velours rouge, et devant la fenêtre, un secrétaire en marqueterie attendait qu'un aristocrate vienne y écrire ses mémoires. Le parquet grinça sous ses pas, et il prit place dans le canapé, comme il en avait l'habitude. Il n'attendit pas longtemps pour que la directrice aux cheveux rouges et au regard hivernal le rejoigne. Elle portait une longue robe noire fendue et une paire d'escarpins aux talons vertigineux. Elle écarta une mèche de cheveux, et s'assit dans le fauteuil face à lui.

— Bonsoir, Monsieur, dit-elle avec une déférence exagérée. Je suis ravie de vous revoir dans notre établissement.

— Bonsoir, répondit Vlad.

— Comment puis-je vous aider à réaliser vos fantasmes ce soir ? Vous savez que la seule limite reste votre imagination.

— Merci. Ce soir, j'aimerais quelqu'un en particulier.

— Bien sûr, et à qui pensez-vous ?

— J'aimerais passer un moment avec Neko.

La directrice marqua une pause, l'air embarrassé.

— Je suis désolée, mais malheureusement, Neko n'est pas là ce soir. Cependant, je suis sûre que nous pourrons vous trouver une autre femme pour réaliser vos fantasmes. Mais peut-être que ce n'est pas une femme qui vous contenterait le plus ?

— Ah... C'est fort regrettable.

Vlad ne cachait pas sa déception, mais son besoin irrépressible de posséder enfin un autre corps devrait se passer d'elle. Il reprit :

— Très bien, alors je me laisserai surprendre. Je suis sûr que vous pourrez me proposer une alternative.

— En effet, je me ferai un plaisir de vous proposer une sélection, à moins que vous ayez une requête particulière.
— Non, pas vraiment de critères particuliers ce soir. Je m'en remets à vous.
— Très bien, je vous remercie pour votre confiance. Concernant le lieu, souhaitez-vous vivre cette expérience dans un contexte spécifique ?
— Ma chambre habituelle sera parfaite.
— Bien sûr, Monsieur. Je vous invite à patienter quelques instants pour que nous puissions préparer votre arrivée.

La directrice quitta la pièce, referma la porte, et traversa le hall. Ses talons claquaient sur le sol et résonnaient dans ce décor grandiose. La jeune femme au visage strict vint à sa rencontre.
— Prépare la suite Impériale.
— Bien, Madame.
— Dispose sur la table basse une bouteille de champagne et deux coupes.
— Y a-t-il autre chose que je doive prévoir ?
— Non, avec lui, c'est toujours pareil : il prend une fille, et il passe sa soirée à la regarder, à boire son champagne et à ne rien faire. Tant qu'il paie, de toute façon, on s'en fout.
— Bien, Madame.

La directrice s'engouffra dans une porte dérobée et disparut dans les entrailles de l'hôtel particulier. Vlad n'aimait pas attendre, mais il savait qu'il y avait un protocole à respecter dans cet établissement.

« Elle aurait au moins pu me proposer quelque chose à boire », pensa-t-il en se raclant la gorge.

L'assistante finit par revenir et l'accompagna au premier étage où elle lui ouvrit la porte de la suite. Il prit le temps de se mettre à l'aise, d'ouvrir la bouteille et de se servir une coupe. Il aimait cet endroit perdu dans Paris et même si chacune de ces soirées lui coûtait une somme exorbitante, il ne souhaitait pas être vu publiquement n'importe où, et surtout en compagnie d'une femme. Il se méfiait de la presse et des paparazzis, quand bien même il n'était plus un sujet d'actualité pour eux. Au moins, ici, il pouvait être libre d'être lui-même et n'avoir à se soucier que de son plaisir. Il se dirigea vers le bureau sur lequel était posée une tablette. Il la déverrouilla avec ses codes d'accès personnels. Il patienta quelques instants et l'image apparut sur l'écran. Cinq filles étaient alignées dans une pièce vide avec un numéro devant chacune d'elles. Il les regarda attentivement. Sur le côté droit de l'application, il pouvait s'adresser à elles via un chat connecté. Un générateur vocal pouvait transformer chacun de ses mots et les diffuser via des enceintes grésillantes dans la pièce.

Il n'eut pas de mal à faire son choix lorsqu'il posa les yeux sur la fille numéro 5. Ses longs cheveux noirs glissaient le long de son visage de porcelaine. Il n'arrivait pas à déterminer ses origines, mais ses yeux foncés avaient réussi à l'hypnotiser à travers l'écran. Elle avait de jolies hanches, une petite poitrine et des lèvres roses qui cachaient un joli sourire qu'il se surprit à imaginer. Il n'avait pas besoin de voir ses pieds. Ce soir, il voulait du sexe, sentir un corps, toucher sa peau et se perdre entre ses jambes.

À l'aide de la tablette, il sélectionna le numéro correspondant. L'interface lui demanda de confirmer une dernière fois son choix et l'écran devint noir. Il la reposa sur le bureau et retourna s'installer dans le canapé pour boire une nouvelle gorgée de champagne.

Quelques instants plus tard, la jeune femme pénétra dans la pièce. Elle était d'une beauté à couper le souffle et son visage s'illumina quand elle vit Vlad assis dans le canapé. Les filles ne savaient jamais sur qui elles allaient tomber et celui qui l'avait choisie aujourd'hui était pour elle une agréable surprise. Son visage sévère aurait pu la rebuter, mais de lui émanait un charisme étouffant qui ne la laissait pas indifférente.

— Approchez, lui dit-il calmement.

Elle s'avança sans un mot, pour qu'il puisse mieux la voir. Elle portait une veste de costume oversize sous laquelle on pouvait deviner un ensemble en dentelle qui contrastait avec la blancheur de sa peau. Ses pieds nus foulèrent l'épais tapis, puis la moquette, mais il n'y prêta pas attention.

— Comment tu t'appelles ?

— Iara, mais si vous le souhaitez, vous pouvez m'appeler comme bon vous semblera.

— C'est un joli nom.

— Merci, Monsieur.

Sa voix était une douce mélopée qui ravissait son oreille musicale. Vlad n'arrivait pas à décrocher son regard du visage de cette jeune femme qui, désormais, était assez proche de lui pour qu'il puisse la toucher. Il prit la bouteille de champagne et lui servit une coupe qu'elle accepta. En lui, se déroulait un combat violent où la bête qui l'animait hurlait de se jeter sur elle pour la posséder, mais l'anxiété profonde d'ouvrir son intimité à une femme qu'il ne connaissait pas lui intimait de prendre son temps.

Il n'avait connu aucune douceur depuis Alice, aucune caresse, aucun baiser et la séance qu'il avait eue avec Calliopée ne l'avait pas pour autant préparé à devoir se dévoiler à nouveau.

La bête en lui se débattait comme un loup monstrueux assoiffé de chair et de jouissance. Il sortit de sa poche un petit flacon de Black Kink qu'il inhala. Les vapeurs lui montèrent directement à la tête, faisant tomber ses dernières défenses et laissant s'échapper le chasseur qu'il avait toujours été. Il se leva et se tint face à elle.

— Iara, vous êtes très belle.

— Merci.

— Merci, qui ?

Elle sembla surprise. Il lui donna la réponse :

— Merci, *Monsieur*.

Ses grands yeux verts s'étaient plongés en elle et la bête ne pensait plus qu'à souiller ce joli visage qui le regardait d'un air candide.

— Oui... Enfin, je veux dire... Oui, Monsieur.

Il l'attrapa à la gorge et elle sursauta. Il approcha son visage plus près pour sentir l'odeur de sa peau et passa son autre main sur son épaule, sous sa veste, puis la fit glisser. Elle tomba sur ses chevilles. À moitié nue devant lui, elle ne savait plus que penser. Iara était autant excitée qu'intimidée, mais elle ne perdit pas son aplomb pour autant. Elle continuait de se tenir droite, prête à toutes les éventualités.

Il caressa doucement son visage, puis son cou, avant de laisser glisser sa main sur sa poitrine. Sa peau était douce, et du creux de ses reins, il commença à se perdre dans la cambrure de son dos. Sa main finit sa lente épopée sur ses fesses qu'il empoigna avec force. Elle poussa un petit cri.

Dans son pantalon, son sexe s'était réveillé d'un long sommeil. Il prit la main de Iara et la posa sur son membre.

— Mets-toi à genoux.

Elle s'exécuta immédiatement. Il ouvrit les boutons de sa chemise, dévoilant son torse recouvert de tatouages. Il retira son pantalon, dévoilant son sexe gonflé. Il attrapa son visage avec fermeté, la contraignant à ouvrir la bouche. Elle se laissait faire, mais il pouvait sentir une certaine inquiétude dans ses yeux. Il pénétra sa bouche doucement, l'obligeant à sucer. Elle ferma les yeux et saliva pour lubrifier le membre qui était désormais si dur qu'elle ne pouvait le prendre entièrement. Iara posa une main sur la cuisse de Vlad pour tenter de gérer le rythme des va-et-vient. Elle était sur le point de vomir à chaque fois qu'il s'enfonçait plus profondément vers sa gorge. Elle recula dans un râle et toussa un peu, tentant de ravaler sa salive. Vlad la prit par les cheveux.

— Qui t'a dit de t'arrêter ? lui dit-il avec autorité.

Elle le reprit en bouche et tenta de le sucer du mieux qu'elle pouvait. Ce sexe conquérant était là pour la soumettre, pour l'utiliser, pour cracher en elle tout le sperme qu'il n'avait jamais voulu donner à une autre femme depuis toutes ces années.

Il posa sa main sur son cou et la mit à quatre pattes sur le sol. Il s'éloigna d'elle et avança à pas lents, le sexe dressé vers le lit.

— Viens vers moi.

Elle commença à se relever.

— Viens vers moi à quatre pattes.

Elle se remit en position, sans vraiment savoir ce que ce démon aux yeux verts attendait d'elle. Il s'assit sur le lit et la regarda arriver vers lui. Elle était sublime, mais un peu gauche. Elle avait beau avoir un visage angélique, aucune sensualité n'émanait de son corps. L'animal qu'il était s'impatientait. Il hurla dans la pièce :

— Dépêche-toi !

Elle accéléra le mouvement, tétanisée par la voix puissante de Vlad qui ne laissait place à rien d'autre qu'à son plaisir. Lorsqu'elle fut enfin arrivée devant lui, il lui enfourna à nouveau son sexe dans la bouche.

— Suce-moi encore.

Elle plissait les yeux et faisait de son mieux pour répondre à ses attentes, mais Vlad pouvait sentir qu'elle n'avait pas l'habitude d'un homme comme lui. Elle devait être nouvelle, mais il n'en avait que faire.

Il la redressa et la pencha en avant sur le lit. Debout derrière elle, il caressa ses lèvres qui étaient sèches. Il mit deux doigts dans sa bouche et commença à caresser son entrejambe. Il n'était pas là pour lui donner du plaisir, il était là pour la pénétrer et qu'elle le sente en lui. Il empoigna son sexe et la pénétra avec force. Elle laissa échapper un petit cri de douleur qu'il n'entendit pas. Son sexe était au fond d'elle.

Il commença à aller et venir, d'abord doucement pour ressentir chaque recoin de son anatomie, puis rapidement, ses mouvements s'intensifièrent. Il allait et venait en elle. Ses mains avaient agrippé ses hanches, ne lui laissant plus d'autre choix que d'être offerte à l'appétit dévorant de cet homme dont elle ne voyait pas le visage.

Il attrapa ses longs cheveux et les tira en arrière, tandis que son sexe continuait de la prendre sans relâche.

— Aïe !

Elle tenta de se débattre.

Vlad tira plus fort, l'obligeant à se redresser sur ses coudes. Elle était sur la pointe des pieds, à moitié sur le lit et la position lui semblait inconfortable, mais Vlad ne pouvait plus s'arrêter. Il lâcha ses cheveux, la fit se redresser un peu plus et passa son bras musclé autour de sa gorge qu'il commença à serrer. Ses yeux s'écarquillèrent. Les coups répétés que lui infligeait ce sexe en elle lui ordonnaient de crier de douleur, mais le bras de Vlad lui coupait la respiration et la faisait suffoquer. Elle se mit à pleurer et ses larmes noires emportèrent avec elles son mascara autrefois bien appliqué.

Il retira son sexe de son entrejambe et d'un geste vigoureux, la retourna face à lui sur le lit. Il attrapa ses cuisses fermement et la tira vers lui, toujours debout. Il pouvait voir ses lèvres parfaitement épilées et offertes à son plaisir. Il attrapa son sexe et du bout de son gland, il les caressa.

Iara croisa son regard. Ses grands yeux verts étaient devenus noirs. Son visage était impassible, et tout son être semblait être focalisé sur la manière dont il allait la prendre, encore et encore. Une nouvelle larme naquit à la commissure de ses paupières. Une fois en elle, Vlad attrapa le bas de son visage et lui imposa ainsi son emprise. Il ne réfléchissait plus, il était juste un animal sexuel qui avait besoin de se repaître de ce corps.

Il lui décocha une gifle. Iara, surprise, tenta de lui dire :

— Non s'il vous plaît, arrêtez.

Il fut surpris de ses mots, mais il savait qu'elle avait rempli une décharge et que toutes les pratiques faisaient l'objet d'une check-list qu'ils avaient acceptée tous deux au préalable. Il lui asséna une autre gifle.

— Tais-toi, salope, lança-t-il.

Son sexe gonflé explorait la moindre partie de son être.

Elle sanglotait. Iara avait accepté ce genre de pratiques en remplissant son dossier, mais la réalité était parfois plus brutale que l'idée que l'on pouvait s'en faire.

— S'il vous plaît.

— Tais-toi, je t'ai dit, je ne veux plus t'entendre parler.

Dans un râle, Vlad sortit son sexe et éjacula sur le ventre de cette petite poupée qui avait, semble-t-il, pris les choses un peu à la légère en travaillant dans cet établissement.

Une décharge parcourut son corps et toutes les tensions de ces dernières années se répandirent du nombril jusqu'à son pubis. Il poussa un long grognement qui se transforma en un cri de délivrance. Il la laissa sur le lit et fit quelques pas en retrait pour reprendre son souffle.

Il aurait pu la prendre encore et encore, mais il n'arrivait pas à sentir cette connexion. Il en avait besoin pour s'épanouir pleinement, mais il sentait qu'il lui faisait du mal. Il ne pouvait s'y résoudre.

Iara se redressa péniblement et glissa vers la table de chevet pour prendre un mouchoir et essuyer ses larmes.

Il alla s'asseoir dans le canapé et servit deux autres coupes de champagne.

Ne sachant pas comment réagir face à lui, elle se mit à genoux, espérant avoir le bon comportement pour plaire à cet homme qui attendait d'elle ce qu'au fond elle n'était pas. Dans sa douleur, son visage était toujours aussi resplendissant et Vlad se surprit à la trouver toujours aussi belle, malgré son maquillage qui coulait.

Il se leva pour aller s'accroupir près d'elle. Il passa une main sur ses épaules, ce qui la fit trembler.

— Comment vas-tu ?

— Ça va, Monsieur, dit-elle d'une voix hésitante.

— Pourtant, tu avais bien rempli une check-list avant ?

— Oui, Monsieur, mais je ne sais pas... Je ne pensais pas que ce serait comme ça.

Sa tête regardait le sol et elle n'osait confronter les grands yeux de Vlad, redevenus verts. Elle savait qu'elle n'avait pas été à la hauteur et désormais, elle était inquiète qu'il se plaigne auprès de la directrice. Elle ne voulait surtout pas être réprimandée par la femme aux cheveux rouges et encore moins être renvoyée.

Vlad lui prit la main avec douceur et l'invita à venir s'asseoir avec lui sur le canapé.

— Ce n'est pas grave, lui dit-il avec compréhension.

— Vous êtes sûr ?

En prenant sa main, Vlad remarqua qu'elle portait une bague magnifique, un diamant scintillant sur un anneau d'or blanc.

Il la fit s'asseoir et lui tendit une coupe. Elle trempa les lèvres timidement, puis prit une grande respiration.

— Je suis vraiment désolée, Monsieur, je ne sais pas ce qu'il m'a pris.

— Ne t'inquiète pas, tout va bien.

Il ne savait pas pourquoi il minimisait la situation. Il avait payé une fortune pour ce moment, pour laisser libre cours à ses pulsions dans cet endroit, à l'abri des regards, et cette beauté fascinante arrivait à se faire pardonner d'un simple sourire.

— Est-ce que je pourrais voir ta bague, s'il te plaît ?

Elle s'étonna d'une telle demande, mais après ce qui venait de se passer, elle obtempéra sans résistance.

Vlad regarda attentivement la bague. À l'intérieur, on pouvait lire son vrai prénom et celui d'Alice.

La pièce devint sombre et tout s'effaça autour de lui. Iara disparut dans un brouillard épais et les flammes embrasèrent les épais rideaux. La fumée vint étreindre sa gorge, et les cris d'une femme résonnèrent au loin. Devant lui, il pouvait voir le corps d'Alice au sol et le visage du balafré qui tenait dans sa main ensanglantée le diamant maudit. Vlad regarda la bague dans sa main et revint à la réalité. Iara le regardait sans vraiment comprendre ce qui se passait. D'une voix calme, Vlad s'adressa à elle :

— Comment as-tu eu cette bague ?

— Cette breloque ? C'est un client de l'établissement qui me l'a offerte.

— C'était il y a longtemps ?

— Non, hier. Pourquoi ?

— Tu te souviens de son nom ?

Elle hésita un instant.

— Je ne sais pas. Je me rappelle juste l'avoir croisé dans le hall. Il me l'a offerte parce que je lui ai dit que j'aimais les jolies bagues. Je crois que je lui ai plu.

— Est-ce qu'il avait une balafre sur le visage ?

— Non, je ne m'en souviens pas. Mais pourquoi toutes ces questions ? J'ai fait quelque chose de mal ?

— Bien sûr que non, tu n'as rien fait de mal, lui dit-il en souriant. Au contraire, je te remercie énormément pour tout ce que tu as fait pour moi.

— Ah, alors ça va. Si vous êtes content de moi, je suis heureuse.

— Bien sûr, et ce soir, tu m'as donné plus que tu ne l'imaginais.

Dans sa tête, les idées étaient trop nombreuses pour qu'il arrive à faire le tri, mais il fallait qu'il sache qui avait donné cette bague à Iara. La réponse était dans cet hôtel particulier et il était bien déterminé à la trouver. Il se leva du canapé et se rhabilla.

— J'ai réservé toute la nuit avec toi, tu peux te reposer un peu si tu le souhaites. Je pense qu'après tout ça, tu en as besoin.

— Merci, Monsieur, dit-elle avec gratitude.

Elle savait qu'une nuit avec un client lui éviterait de devoir se représenter à nouveau dans la salle du choix. Elle pourrait se reposer sans pour autant que cela impacte son salaire.

— Je reviens dans un instant. Mets-toi au lit, relaxe-toi, je ne serai pas long.

Vlad quitta rapidement la pièce et se retrouva dans le couloir de l'étage. Il ne savait pas où aller, mais il se doutait que la directrice devait avoir un bureau dans ce labyrinthe. Il descendit l'escalier par lequel il était arrivé en prenant bien soin de ne faire aucun bruit. Il pensait tomber nez à nez avec l'assistante de la directrice, mais le hall était désert et la grande porte d'entrée était fermée. Il se dirigea vers une petite porte à l'opposé du boudoir dans lequel il avait été accueilli. Elle n'était pas verrouillée et donnait accès à un petit escalier qui descendait dans les niveaux inférieurs. Il remonta un couloir éclairé par des néons et traversa une pièce qui, autrefois, devait être une vaste cuisine. Ensuite, il emprunta un autre couloir plus étroit qui donnait sur un escalier en pierres, lequel descendait encore plus profondément dans les entrailles du bâtiment.

Il s'arrêta quand il entendit le son étouffé de la voix d'un homme. Elle venait d'une petite pièce un peu en retrait d'où filtrait, par les interstices de la porte, une lumière bleutée. Il s'approcha avec précaution pour essayer d'entendre la conversation. L'homme semblait être au téléphone.

« Non, ça n'est pas terminé, on a encore plusieurs scènes en cours. Non, non, ne vous inquiétez pas, tout va bien. »

Il marqua une longue pause.

« Oui, Madame, je vais m'en occuper, mais pour le reste, les collecteurs doivent passer à la fin de la nuit. »

L'homme cessa de parler et Vlad entendit l'homme se déplacer dans la pièce. Il s'éloigna rapidement et se dissimula dans un renfoncement du couloir plongé dans l'obscurité.

Massimo sortit de la pièce et partit à grands pas dans la direction opposée, laissant la porte entrouverte. Vlad attendit que les bruits de pas s'éloignent suffisamment pour s'y introduire.

L'endroit n'était pas très grand. Un des murs était entièrement recouvert d'écrans et sur le bureau posé devant, une console permettait de contrôler tout un dispositif de caméras de surveillance. Il s'attendait à voir les extérieurs de l'hôtel ou encore le grand hall, mais ce qu'il y vit lui glaça le sang. Vlad découvrit des pièces de l'hôtel qu'il n'avait jamais vues et dont il n'avait même pas connaissance.

Sur un des écrans, on pouvait voir une femme ligotée avec une corde autour du cou. La corde était reliée à une poulie et à son autre extrémité, un homme en tenue de sport l'avait empoignée avec force. Il tira jusqu'à ce que la femme soit soulevée de terre. Il la pendait pendant qu'elle suffoquait. On pouvait voir son érection grandir sous son pantalon d'une grande marque de luxe. Elle tentait de se débattre, mais elle ne faisait qu'accentuer le balancement de son corps. Il donna du mou et elle retomba sur le sol. Son corps convulsait. Vlad n'avait pas le son, mais il pouvait deviner que l'homme lui parlait avec agressivité. Il reprit la corde et la souleva de terre à nouveau.

Sur un autre écran, un homme nu avec un masque de latex était assis sur une chaise gynécologique. Ses chevilles étaient attachées aux étriers, et ses jambes écartées donnaient un accès idéal à son anus. Une femme en combinaison rouge était en train d'enduire de lubrifiant un gode géant qu'elle vint fixer sur un strap. L'homme ne se débattait pas. Elle attrapa une cravache et elle lui frappa l'entrejambe à plusieurs reprises jusqu'à ce qu'il se torde de douleur. Quand il se calma, elle le sodomisa avec force et Vlad crut entendre son cri résonner dans les méandres du sous-sol. Quand elle se retira, il put voir un épais flot de sang couler de ses entrailles. La femme semblait satisfaite et sans attendre, elle le pénétra à nouveau.

Il balaya rapidement du regard un autre écran et vit une autre pièce qui était mal éclairée et qui ressemblait plus à une cave qu'à une chambre. Une femme en tee-shirt blanc était allongée dans une baignoire remplie d'une substance blanche qui devait être du lait. Elle portait un bâillon sur la bouche. Un homme bedonnant en costume de tweed était à côté d'elle et caressait doucement ses cheveux ruisselants. Il approcha son visage du sien, lui murmura quelques mots et enfonça sa tête jusqu'à ce qu'elle soit immergée totalement. Ses mains et ses pieds devaient être attachés. Son corps se tortillait dans le liquide sans qu'elle puisse en échapper. Il retira sa main, la jeune femme tenta de reprendre son souffle, les yeux écarquillés. Il posa à la surface un petit jouet pour enfant qui devait être un bateau et plongea à nouveau la tête de la femme qui, en se débattant à nouveau, fit tanguer le petit navire. L'homme avait un visage rond et enfantin. Tout en maintenant la captive immergée, il jouait avec le bateau que les vagues de détresse faisaient tanguer de gauche à droite. Les secondes étaient interminables et les vagues étaient de moins en moins violentes, jusqu'à ce que le corps plongé dans ce bain de lait ne semble plus bouger. Vlad fut pris d'un haut le cœur en voyant toutes ces scènes atroces. Il savait que ce lieu était réputé pour réaliser les fantasmes les plus sombres, mais il n'imaginait pas que cela puisse aller jusque-là. Ces filles en ressortaient-elles vivantes ? Il n'osa pas se poser la question et décida de quitter la pièce. Il devait faire vite, il ne voulait pas que l'on s'aperçoive qu'il avait quitté sa chambre et il ne savait toujours pas où se trouvait le bureau de la directrice. Il remonta le couloir qu'avait emprunté Massimo jusqu'à un nouvel escalier qui remontait. Il passa devant une porte, puis une autre et trouva enfin le bureau sur lequel on pouvait lire « Direction ». Il colla son oreille à la porte et n'entendit aucun bruit. Vlad tenta d'ouvrir la porte, mais elle était verrouillée. L'aventure semblait toucher à sa fin, mais c'était sans compter sur les compétences qu'il avait acquises aux côtés de Sören. « Aucune porte n'est vraiment verrouillée, il suffit de savoir trouver comment lui parler », aimait-il lui répéter.

Vlad trouvait que cette phrase s'appliquait plus aux femmes qu'aux portes, mais Sören était un poète de l'effraction. Il sortit une carte bancaire de sa poche et par un mouvement habile, fruit d'une longue expérience, il réussit à entrer. Dans cette pièce à la moquette rouge et au style ancien, Vlad se dirigea immédiatement vers le bureau qui croulait sous des montagnes de papier. Il chercha un ordinateur, mais il n'y en avait pas. Il se rappela alors le processus d'admission qu'il avait dû effectuer avant de pouvoir être admis dans ce lieu confidentiel. Un coursier de l'hôtel était venu lui apporter une enveloppe contenant un formulaire d'inscription. Il avait dû remplir celui-ci de manière manuscrite avec le stylo qui lui avait été fourni. Dans ce dossier, il y avait une fiche détaillée sur lui, une check-list extrêmement longue concernant ses attentes intimes, ainsi qu'un dossier médical auquel il fallait ajouter toute une série de documents complémentaires. Il avait dû effectuer une prise de sang, ainsi qu'un check-up complet. Les copies de ses examens devaient également être soumises à une validation de la direction. À la fin du dossier, il y avait un numéro de téléphone à composer une fois que celui-ci était complet. Le même coursier de l'hôtel était venu récupérer son dossier en main propre et était reparti à bord d'un SUV aux vitres teintées. Le coursier n'avait d'ailleurs absolument pas l'air d'un coursier, mais plus d'un garde du corps. Vlad avait même remarqué qu'il portait une arme. Cela l'avait choqué dans un premier temps, mais avec le recul, les informations qu'il transportait étaient d'une extrême confidentialité. S'il n'y avait pas d'ordinateur, peut-être que cela était voulu et que le papier, à l'ère du numérique, était un bon moyen pour éviter toute tentative de piratage et garder en sécurité ces informations sensibles. L'hôtel était un bunker, inaccessible aux personnes qui n'en étaient pas membres.

Il parcourut rapidement les papiers sur le bureau, mais il n'y avait aucun dossier de membre. Il y avait des factures, des devis et une foule de documents administratifs sans intérêt.

Il scruta la pièce à la recherche d'une armoire dans laquelle ceux-ci auraient pu être rangés, mais il n'y avait aucun mobilier de bureau. Un canapé, une table basse, des sculptures, des tableaux.
Si j'avais des documents aussi précieux, où les mettrais-je en sécurité ?
Il devait y avoir un coffre-fort dans cette pièce, probablement derrière un des tableaux. Il commença à les examiner un par un jusqu'à remarquer que celui qui représentait une fresque épique, où un diable flamboyant affrontait une armée d'archanges, était mal positionné et avait sûrement dû être bougé. Il le souleva délicatement du mur et aperçut un reflet métallique.
Des bruits venant du couloir s'approchaient rapidement. Il était trop tard pour s'enfuir. Il ne fallait surtout pas que la directrice le trouve et il chercha rapidement un endroit où se cacher dans cette pièce sans fenêtres. Il se dissimula derrière une large tenture de velours rouge. La cachette était grossière, mais il n'avait pas trouvé mieux.
La directrice entra dans la pièce et s'étonna d'avoir oublié de verrouiller la porte en partant. Elle était suivie par un homme de petite taille au costume gris et aux cheveux grisonnants. Elle ferma la porte.

— On a un arrangement, je ne vois pas pourquoi je devrais vous payer plus.

— Je suis navré, Madame, mais je ne fais que représenter les intérêts de mon client.

Vlad reconnut cette voix qu'il ne pourrait jamais plus oublier. Dans la pièce, se tenait celui qui avait ordonné au balafré de tuer Alice, le petit homme raffiné au complet impeccable et à l'accent des pays de l'Est.

Il dut se contenir pour ne pas lui sauter à la gorge. C'était lui qu'il cherchait et il venait de le trouver.

— Je ne vois pas ce qui justifie une augmentation de vos tarifs.

— Mon client voudrait que vous compreniez que certaines de nos prestations sont devenues plus difficiles à remplir. Pour convenir à vos exigences de qualité, nous avons dû déployer plus de moyens. Les jeunes femmes que vous désirez doivent être également préparées, et le contexte actuel nous oblige à investir plus. Dans ces circonstances, nous sommes obligés d'augmenter nos tarifs.

— Nous avons un accord, c'est scandaleux.

— Mon client, en guise de sa bonne foi, vous propose de vous offrir une collecte gratuite.

— C'est gentil, mais ça ne représente pas grand-chose par rapport à ce que vous me demandez.

Elle se dirigea vers le bureau, et sortit d'un des tiroirs une liasse de feuillets qu'elle examina.

— Les collectes aussi ont augmenté il y a deux mois.

— Encore une fois, Madame, je suis désolé, mais vos clients sont très exigeants, et l'état des corps que nous devons évacuer est très souvent déplorable. De plus, pour garantir la discrétion de nos activités, nous devons mettre en place tout un processus lourd et coûteux.

— Je ne veux pas savoir comment vous faites, mais je trouve que vous profitez de la situation.

La directrice passa une main dans ses cheveux, et se dirigea vers une table basse sur laquelle était disposée une carafe en cristal remplie d'un liquide rouge, épais et visqueux. Elle se servit un shooter qu'elle avala cul sec. Elle reprit :

— Bon, de toute façon, je n'ai pas vraiment le choix.

L'homme resta silencieux et affichait un visage impassible. La directrice prit une grande respiration et soupira longuement. Elle tendit à l'homme une petite feuille de papier.

— Voilà ce dont j'ai besoin pour la semaine prochaine.

L'homme examina sa requête.

— Aucun souci, je transmettrai à notre ami commun. Vous serez livrée en temps et en heure.

Vlad était écœuré de la discussion qu'il pouvait entendre. Il y avait les femmes qu'il avait pu voir et sélectionner à chacune de ses visites, mais il venait de comprendre que d'autres femmes étaient dissimulées et livrées pour des pratiques beaucoup plus extrêmes. Il ne les avait jamais vues et il ne les reverrait

probablement jamais. Il pensa à Neko, à sa sœur, et se demanda si elles avaient été collectées comme toutes ces pauvres filles que le monde avait oubliées.
— Merci, Madame, c'est toujours un plaisir de faire affaire avec vous.
L'homme prit congé et quitta la pièce.
Vlad aurait voulu se lancer à sa poursuite, mais il était coincé derrière cette tenture épaisse. Il retenait sa respiration autant que possible.
La directrice retourna s'installer à son bureau et prit son téléphone :
—Massimo, où en est-on avec les séances ? ... Très bien... Vérifie une dernière fois, et ensuite on clôture... Combien pour la collecte de ce soir ?... Bon, tant mieux. Une seule, ça nous coûtera moins cher. Les autres partiront dans le van.

Vlad se demanda si elle parlait de la jeune femme pendue ou de celle qui semblait inerte dans sa baignoire de lait. Il fut pris d'un haut-le-cœur et dut se contenir pour ne pas vomir.
La directrice raccrocha et quitta à son tour le bureau. Vlad sortit de sa cachette et tenta de respirer normalement. Il savait désormais pourquoi l'endroit était si confidentiel, mais par-dessus tout, il avait trouvé ce qu'il était venu chercher. À son tour, il quitta le bureau. Il retourna avec précaution dans sa chambre en évitant de croiser quiconque, mais l'heure tardive avait

plongé l'établissement dans une sérénité et un calme apparent. Maintenant qu'il savait ce qui se cachait dans les sous-sols du bâtiment, il ne pourrait plus jamais y retourner avec la même légèreté.

Dans la chambre, Iara s'était endormie dans le grand lit. Il s'assit sur le canapé et la regarda. Son visage était paisible. Il ne put s'empêcher de penser à ce que cette machine infernale lui réservait.

Un ange perdu qui aurait peut-être un jour les ailes brisées.

CHAPITRE VI

— J'étais au téléphone avec la maison de disques hier. Ils m'ont envoyé la version mixée, tu as pu l'écouter ? Je te l'ai envoyée sur ta boîte mail.
— Merci, Milton, répondit Vlad. Je ne l'ai pas encore écoutée, j'étais un peu occupé.
Dans son vaste bureau situé à Downtown, le quartier d'affaires de Miami, le producteur regardait par la grande baie vitrée. Par-delà les buildings, le soleil se couchait, et ses reflets scintillants avaient transformé la ville en cité d'or. Tout y était possible et Milton en avait fait son credo.
— Les nouvelles vont vite et tout le monde ici sait que tu as repris du service. Ça fait deux jours que mon téléphone n'arrête pas de sonner.
— Excellente nouvelle, mais est-ce que l'on peut se rappeler plus tard ?
— Plus tard ? Tu rigoles ! Il faut qu'on avance, Vlad ! Je ne vais pas pouvoir botter en touche éternellement. J'ai eu le manager de Nicky et tu peux encore placer un titre sur son prochain album.
— C'est vraiment une bonne nouvelle, mais tu ne veux vraiment pas qu'on se fasse un point plus tard ?
— Son album n'est même pas sorti et on sait déjà qu'il va être nommé aux Grammys. Ça serait bête de rater ça.

Je te prends un billet d'avion pour Miami demain, si tu veux et je t'organise un rendez-vous.

— Écoute, Milton, dis au manager de Nicky que je suis partant. Pour le reste, je te rappelle. Là, je dois gérer un truc, c'est très important.

— Damn ! Qu'est-ce que tu peux avoir de plus important que ça, Vlad ?

— Je te rappelle... Vraiment, là, je ne peux pas.

— Ok, ok, appelle-moi vite, alors... We're back in business!

Vlad raccrocha. Dans la camionnette qui sentait le kebab, Sören le regardait avec étonnement.

— T'as bien dit Nicky ?

— Oui, pourquoi ? répondit Vlad, impassible.

— Nicky, quoi ! Merde !

— On peut revenir à nos affaires, s'il te plaît ? Et d'ailleurs, pourquoi t'as pris cette vieille bagnole ? Ça pue.

— Si tu veux qu'on soit discret, rien de mieux qu'une camionnette de livraison de kebabs à Paris. C'est un pote qui me l'a prêtée pour la nuit. Si on pouvait la rendre avant demain midi, ça serait bien, dit Sören.

— Promis, je ne vais pas m'y attacher ! Donc, tu me disais...

Sören, assis derrière le volant, sortit son téléphone et continua :

— Les mecs dont tu m'as parlé appartiennent à un réseau mafieux polonais. J'ai fait mes recherches. Ça n'a pas vraiment été dur de les retrouver. À Paris, tout le monde les connaît, mais j'avoue que tout le monde préfère éviter de les croiser. Trafic d'armes, trafic de drogue et trafic d'êtres humains.

Il prit un air dégoûté.

Sören posa son téléphone, reprit son kebab emballé dans un papier gras et regarda par la fenêtre.

— Le mec en costume s'appelle Tomasz Nalewajko. Ce n'est pas n'importe qui. Il a gravi tous les échelons et aujourd'hui, c'est un exécutif.

— C'est-à-dire ?

— Ça veut dire que c'est lui qu'on envoie quand le boss a besoin de parler directement à quelqu'un, de régler une affaire urgente, ou de régler ses comptes. Et toi, tu veux aller lui rendre visite. Vlad, t'es vraiment taré, mon ami.

— On a un contentieux, lui et moi.

— Je sais, mais là, on s'attaque à un gros poisson. En général, on évite de les emmerder.

Sören avala la dernière bouchée de son kebab, et s'essuya les mains dans une serviette en papier trop petite pour les siennes. Il reprit :

— Le mec habite au troisième étage de l'immeuble d'en face. J'ai récupéré le code des portes d'entrée. Maintenant, à toi de voir.

À travers les immeubles, on pouvait apercevoir la tour Eiffel. Dans ce quartier bourgeois de Paris, la nuit, les rues étaient désertes.

— Tu n'es pas obligé de me suivre, tu sais, tu n'as rien à voir là-dedans. Je ne t'en voudrai pas, dit Vlad avec sérieux.

Il respirait doucement. Ses paroles étaient maîtrisées, et ses yeux fermés cherchaient en lui la plénitude. Il était le calme, il se préparait à devenir la tempête.

— Dis pas de conneries, mon frère, je viens avec toi. Vu les mecs en face, je suis sûr que tu auras besoin de moi. Tu vas faire quoi tout seul ? Leur jouer une chanson ?

— Tu sais très bien de quoi je suis capable.

— Te vexe pas, j'essayais juste de détendre l'atmosphère. Quitte à aller au charbon, autant y aller avec le sourire. Je sais de quoi tu es capable, mon frère, mais là, c'est du sérieux.

Il sortit un Colt noir et vérifia le chargeur. Vlad regarda l'arme et remarqua la croix dorée qu'avait fait rajouter Sören sur la crosse. Il la rangea dans son pantalon.

— J'espère qu'on n'aura pas besoin de s'en servir, mais ça ne sera pas de trop. Je préfère de toute façon miser sur l'effet de surprise.

— Comment ça ? demanda Vlad.

— On est les seuls cons de cette ville à oser faire une descente chez eux. Tu peux être sûr qu'ils ne s'y attendront pas. Allez, on bouge !

Sören attrapa un sac en papier. Ils descendirent de la camionnette, traversèrent la rue déserte, entrèrent dans le hall de l'immeuble paré de deux grands miroirs aux moulures dorées et prirent l'ascenseur jusqu'au troisième étage. L'immeuble était cossu, l'ascenseur était ancien avec des grilles en fer forgé et le grincement du mécanisme, ainsi que la petite cabine, mettaient mal à l'aise Sören qui se sentait beaucoup trop à l'étroit. Il sortit un chewing-gum de sa poche et commença à le mâchouiller. Arrivé sur le palier, Sören demanda à Vlad de rester un peu en recul.

— On fait le coup du livreur, lui dit-il avec sérieux.

— Je te laisse faire, tu empestes le kebab. Au moins, t'es crédible.

— Ce n'est pas moi qui sens, c'est le sac en papier, dit-il en haussant les épaules.

Il prit le chewing-gum qu'il mâchait nerveusement et le colla sur le judas de la porte. Il tendit à Vlad une cagoule noire et en enfila une à son tour. Il toqua trois fois. Personne n'ouvrit, mais une voix lointaine avec un accent des pays de l'Est demanda :

— Qu'est-ce que c'est ?

— C'est le livreur.

— On n'a rien commandé, barre-toi.

Sören se racla la gorge et tenta de prendre un ton étonné.

— Pourtant, je suis à la bonne adresse. Je fais quoi ? Je laisse la commande devant la porte ?
— Barre-toi, je t'ai dit.
— Bon, ok, je la laisse devant la porte. Vous avez un numéro à me donner pour valider, s'il vous plaît ?
La porte s'ouvrit. Un homme au visage mal rasé, aux lèvres épaisses, et habillé en jogging avec une chaîne en or autour du cou s'avança sur la moquette rouge à motifs noirs du palier.
— Je t'ai dit de te barrer, on veut pas de ta...
Vlad se jeta sur lui et décocha un coup dans la mâchoire du Polonais qui tituba. Sören le poussa de tout son poids à l'intérieur pour l'éloigner de la porte. Vlad pénétra à son tour et referma rapidement la porte derrière lui. Le Polonais tenta de se défendre, mais Sören lui envoya un coup de poing à la poitrine qui lui coupa instantanément la respiration. Il le frappa à nouveau au visage et l'homme tomba à la renverse. Sören sortit son arme qu'il pointa devant lui tout en balayant l'entrée du regard.
— Attache-le, dit Vlad, je vais checker l'appart.
Sören sortit une paire de menottes et une gag ball de sa poche.
— Mais qu'est-ce que tu fous avec ça ?
— Je n'ai pas eu le temps de récupérer mon matos pour ce genre d'excursion, alors j'ai pris ce que j'ai trouvé. Ne t'inquiète pas, ça fera largement l'affaire. C'est de la qualité !

Vlad avança dans l'appartement pour repérer les lieux, mais l'homme était seul.

— Merde ! Il n'y a personne. Tu m'avais pourtant dit que le mec devait être là !

Sören avait fini de ligoter et de bâillonner le Polonais, puis l'avait traîné jusque dans le salon.

— Je sais, mais à cette heure-ci, il est censé être là. Le mec qui m'a filé l'info est sûr. Je ne sais pas ce qui s'est passé.

L'appartement était spacieux et décoré avec goût. Dans le salon, un grand canapé écru en arc de cercle trônait devant une table ronde en marbre. Le parquet grinçait sous leurs pas qui résonnaient dans la vaste pièce. Sören reprit :

— Il devrait être là. Vraiment, je ne comprends pas.

— Laisse-moi réfléchir une seconde.

— Bon, Vlad, on fait quoi ? On attend ton bonhomme ? Pour ce qui est de l'effet de surprise, c'est raté, et en plus de ça, il y a de fortes chances qu'il ne revienne pas seul.

— T'as raison, on se casse, ça ne sert à rien de traîner ici. On trouvera une autre occasion de mettre la main sur cette ordure.

Un bruit sourd interrompit leur discussion. Ils s'immobilisèrent.

— Ça vient de la pièce là-bas, je vais aller voir. Toi, reste là et surveille notre ami.

— Fais gaffe, Vlad. Tiens, prends le flingue, on ne sait jamais.

Vlad prit le Colt, retira le cran de sécurité et avança doucement dans la direction d'où venait le bruit. Il n'aimait pas les armes à feu, mais la situation lui imposait de prendre toutes ses précautions. Il s'arrêta devant une porte blanche en bois, s'accroupit et y colla son oreille. Il y avait quelqu'un à l'intérieur. Il posa sa main sur la poignée, mais avant de l'ouvrir, il remarqua qu'une clé était insérée dans la serrure.

« En général, quand on s'enferme, c'est de l'intérieur », se dit-il.

Il tourna rapidement la clé, puis la poignée et entra dans la pièce. Il tomba nez à nez avec une petite culotte blanche qui gigotait sur un lit. La moitié du corps avait basculé sur le sol, et des petites chaussettes blanc et noir avec une tête de panda se débattaient pour tenter de retrouver l'équilibre. Il n'arrivait pas à détacher son regard de ces pieds à la taille et à la courbure si parfaites, mais la culotte se trémoussa à nouveau, et Vlad s'assura qu'ils étaient seuls dans la chambre.

Elle avait les mains attachées dans le dos par une corde en jute. Un tee-shirt blanc couvrait sa poitrine, et son visage écrasé au sol s'était perdu dans un enchevêtrement de longs cheveux noirs. Quand elle entendit Vlad pénétrer dans la chambre, elle releva la tête, et ses yeux en amandes s'écarquillèrent en voyant un homme cagoulé, une arme à la main. Elle mit toutes

ses forces pour rouler sur le sol et rampa autant qu'elle le put vers le mur. Les cris qui s'échappaient de sa bouche étaient étouffés par le bâillon qu'elle portait.
Vlad remit le cran de sécurité et rangea son arme. Il s'approcha doucement d'elle. Adossée au mur, sa respiration rapide trahissait sa peur, et l'effort qu'elle venait de faire avait maquillé ses joues d'un rose délicat. Vlad mit un doigt devant sa bouche, lui signifiant qu'elle devait garder le silence. Il s'accroupit ; elle était tétanisée. Il retira son bâillon.
— Allez vous faire foutre, dit-elle.

Puis, elle lui cracha au visage avec toute la rage de quelqu'un qui n'a plus rien à perdre. Il retira sa cagoule et mit la paume de sa main sur sa bouche pour la faire taire.
— Tais-toi ! lui dit-il avec sévérité. Je ne vais pas te faire de mal.
Ses yeux aussi noirs que ses cheveux contrastaient avec sa peau translucide. Elle ne ressemblait pas à toutes ces filles qu'il avait croisées à l'hôtel, elle était différente, mais il n'aurait su dire pourquoi. Sören arriva dans la chambre.
— Mais qu'est-ce que tu fous, Vlad ? On se casse maintenant, on verra plus tard pour ton gars. Là, c'est mort.
— Attends une seconde, dit-il calmement.
Il savait que le destin qui était réservé aux filles que fournissait Tomasz était souvent funeste. Il repensa aux

écrans de l'hôtel, à celle qui avait été pendue, et à l'autre noyée dans un bain de lait.

— Mais c'est qui, elle ? demanda Sören. On va la laisser là, ce ne sont pas nos affaires. On est venus pour un mec, pas pour elle. Ça pue les emmerdes.

— De toute façon, c'est trop tard, elle a vu mon visage.

Vlad retira sa main de la bouche de la jeune femme. Ses grands yeux verts n'arrivaient pas à se détacher de ce visage aux traits fins et apeurés.

— Fais comme tu veux, mais là, on doit y aller. J'ai pas envie de me faire buter pour cette nana.

— Donne-moi une seconde, dit-il avec autorité. Je n'ai pas envie de me faire buter, mais il est hors de question que je la laisse là.

— Faites ce que vous voulez, toi et ta conscience, tant qu'on se met en route, et qu'on dégage d'ici.

La jeune femme avait repris des couleurs et lança à son tour :

— Mais ils sont mignons, tous les deux. Un vrai petit couple. Détachez-moi, et après, je me débrouille.

— Vlad, décide-toi.

Sören commençait à perdre patience, malgré son tempérament calme.

— Passe-moi ton couteau, on la libère et on y va.

Sören tendit à Vlad un couteau à cran d'arrêt et Vlad lui rendit son Colt à la croix dorée. Il fit pivoter la jeune femme sur le ventre.

— Aïe, tu me fais mal.

— Reste tranquille si tu ne veux pas que je te coupe le bras.

Sören quitta la pièce précipitamment et se dirigea vers l'une des fenêtres du salon. Le bruit d'un moteur V12 résonnait entre les immeubles. Dans la rue, une berline allemande noire venait de se garer.

— Ça urge ! cria-t-il à travers le salon. Il faut qu'on y aille !

Dans la chambre, Vlad faisait tout son possible pour trancher la corde qui sciait les poignets de la jeune femme.

— Merde, arrête de bouger, je ne vais jamais y arriver.

Il finit par réussir à trancher la corde et libéra les bras frêles et endoloris.

— Allez, debout, on y va. On n'a plus le temps, dit-il à la jeune femme qui se releva.

Elle était petite et Vlad lui apparut comme un géant. Son tee-shirt blanc laissait apparaître sa poitrine généreuse et gonflée. Sören les rejoignit sur le seuil de la chambre. L'angoisse sur son visage était palpable à travers la cagoule noire.

— Trois mecs et ton gars arrivent, crois-moi, ils n'ont pas l'air sympa du tout. Je veux bien plein de choses, Vlad, mais là, on ne fait pas le poids. Il nous faudra plus qu'un flingue pour nous sortir de là.

Vlad attrapa la jeune femme en tee-shirt par le poignet, et la tira hors de la chambre.

— Aïe ! Mais tu me fais mal ! Lâche-moi ! Je sais marcher toute seule.
— Tais-toi, on y va. Tu pourrais au moins me dire merci.
— Si on s'en sort... répondit-elle. De toute façon, ils vont vous tuer.

Vlad était concentré et fit mine de ne pas l'entendre. Le Polonais s'était réveillé et se débattait dans le salon. Sören s'approcha de lui.
— Putain ! Ma gag ball et mes menottes, fait chier de les laisser.
— On s'en fout, je t'en offrirai d'autres.

Le regard de Vlad croisa celui du Polonais qui semblait avoir vu un fantôme. Il tenta de se défaire de ses menottes, mais tous ses efforts ne lui permettaient que de se tortiller sur le sol comme une chenille grassouillette.

Vlad, Sören et la jeune femme retournèrent à la porte d'entrée et sortirent de l'appartement. Sören, résigné à affronter le cortège de Polonais, ferma la porte et commença à descendre les marches.
— Attends, lui dit Vlad, on monte.

Sören et la jeune femme le regardèrent sans vraiment comprendre ce qu'il voulait faire.
— Monte, je t'ai dit, fais-moi confiance.

Tous les trois montèrent par les escaliers jusqu'à l'étage supérieur.

— Maintenant, taisez-vous. On attend.

Dans la cage d'escalier, on pouvait entendre les pas lourds des hommes en train de gravir les étages. L'ascenseur se mit en route. Tous les trois retenaient leur respiration. Une fois arrivé sur le palier, l'un des hommes ouvrit la porte. L'ascenseur arriva et Tomasz en descendit. Le petit homme en gris au costume trois pièces ajusté pénétra dans l'appartement. Une fois rentrés, ils fermèrent la porte.

— Maintenant, dit Vlad.

Ils dévalèrent les escaliers, passèrent devant l'appartement du troisième où, au même moment, ils entendirent les hommes crier dans l'appartement : « *Dziewczyny już tu nie ma* ! »[3]

La porte de l'appartement s'ouvrit, et un des hommes, qui portait un jean bleu et un blouson en cuir, passa une tête pour inspecter les lieux. Il aperçut le trio qui descendait aussi vite qu'il le pouvait.

« *Są na schodach* ! [4] », cria-t-il aux autres qui étaient restés dans l'appartement.

Il sortit une arme, et tenta de les mettre en joue, mais il était déjà trop tard et l'ascenseur ancien, qui occupait le centre de la cage d'escalier, lui permettait de les voir, mais l'empêchait de les atteindre. Sören descendait les marches quatre à quatre et Vlad tentait de le suivre,

---

[3] *La fille n'est plus là !*
[4] *Ils sont dans l'escalier!*

sans lâcher la jeune femme en chaussettes qu'il tenait par le poignet.

Tomasz sortit sur le palier et ordonna à ses sbires de les poursuivre.

Deux hommes dévalèrent à leur tour les escaliers, une arme à la main. Quand ils arrivèrent en bas, Sören était en train d'ouvrir la portière de la camionnette quelques mètres plus loin dans la rue.

— Arrête, dit un des deux hommes avec un fort accent polonais, tandis que l'autre reprenait son souffle.

Vlad et la jeune femme n'étaient toujours pas montés. La camionnette n'avait pas d'ouverture centralisée, et tant que Sören ne leur avait pas ouvert de l'intérieur, ils ne pouvaient pas monter. Ils restèrent en retrait derrière le véhicule. Sören était à découvert.

La jeune femme en culotte se tourna vers Vlad :

— Vous êtes vraiment des amateurs. Et tu pensais que j'allais te dire merci ?

— Tais-toi, merde ! On verra ça plus tard, lui répondit Vlad.

Sören avait levé les mains, et s'adressa aux deux Polonais :

— Ok, les gars, on va se détendre, je suis sûr qu'on peut s'arranger.

— Mets-toi couché sur sol, connard.

Son français était approximatif, mais ses capacités à utiliser une arme l'étaient moins.

— Je ne couche pas le premier soir, dit Sören en souriant.

Il avait l'humour des situations désespérées. Il tourna brièvement la tête en direction de Vlad et lui souffla à voix basse :

— Barrez-vous, je m'en occupe.

— Tu ne t'occupes de rien du tout, on va trouver une solution, dit Vlad.

Le Polonais s'impatientait.

— Dépêche-toi, coucher sur sol maintenant ou je tue toi.

— On y va à trois, souffla Sören à Vlad.

La jeune femme regarda Vlad avec des yeux interrogateurs.

— On va juste se faire tuer ! dit-elle.

Sören fit mine de se tordre de douleur.

— Ahhhhh, j'ai mal...

Les deux Polonais se regardèrent sans comprendre le jeu auquel jouait le grand barbu. Définitivement, il n'était pas un bon acteur, mais sa prestation eut tout de même le mérite de créer la surprise chez leurs assaillants. Il profita de cette distraction pour dégainer son arme avec une rapidité qui surprit les deux hommes, et commença à faire feu.

— Trois ! hurla Sören. Barrez-vous !

Vlad jaillit de la camionnette derrière laquelle ils étaient dissimulés et se mit à courir, entraînant avec lui la jeune femme. Sören avait volontairement évité de toucher ses cibles et utilisa le court répit qu'il avait obtenu pour monter dans la camionnette qu'il démarra aussitôt. Il passa la première vitesse, l'embrayage grinça.

— Putain de bagnole de merde ! Pas maintenant !

Les Polonais se relevèrent et ouvrirent le feu sur la camionnette de Döner Kebab qui finit par démarrer. Elle se mit en route dans un crissement de pneus. La vitre côté conducteur éclata sous l'impact d'une balle, et la camionnette alla s'encastrer dans un véhicule stationné un peu plus loin.

Vlad et la jeune femme avaient couru une trentaine de mètres jusqu'à une intersection. Ils eurent le temps d'apercevoir le véhicule accidenté, et les deux Polonais s'approchant de Sören, encore coincé à l'intérieur.

Vlad voulut rebrousser chemin pour aller le secourir, mais la jeune femme le retint à son tour.

— Tu ne peux rien pour lui, tu vas te faire tuer si tu y retournes.

— Laisse-moi ! Je ne peux pas le laisser !

— C'est trop tard ! cria-t-elle.

L'homme en jogging et aux lèvres épaisses qu'ils avaient ligoté dans le salon sortit à son tour dans la rue et les aperçut au bout de la rue. Son regard était noir et son visage fermé. L'humiliation d'être attaché de la sorte n'avait fait qu'alimenter un besoin irrépressible de vengeance.

— *Tam*, hurla-t-il, tout en les pointant avec son arme. *To dziewczyna, której chcemy ! Bierz ją !*[5]

Il se mit à courir dans leur direction, tandis que les deux autres hommes se détournèrent de la camionnette. Ils s'élancèrent à leur tour.

— Merde ! dit Vlad On y va.

Il empoigna la jeune femme et faillit lui arracher le bras. Elle tentait de courir aussi vite que lui, mais elle n'y arrivait pas. Elle avait froid, elle avait peur, et elle savait que c'était sa seule chance de leur échapper. Parfois, le hasard faisait bien les choses, et même si elle devait s'enfuir en chaussettes et en culotte dans les rues de Paris, elle était libre.

Ils remontèrent la rue, mais les trois hommes à leur poursuite gagnaient du terrain. Vlad tourna dans une rue, puis dans une autre. Ils manquèrent de se faire renverser par un taxi, bousculèrent deux jeunes qui fumaient un joint devant une épicerie, et s'engouffrèrent dans une bouche de métro encore ouverte à cette heure tardive. Ils descendirent les escaliers de la station jusqu'à sentir le souffle chaud des souterrains, l'odeur de pisse et de moisi et le bourdonnement des tunnels. Vlad sauta avec agilité au-

---

[5] *Là-bas ! C'est la fille qu'on veut ! Attrapez-les !*

dessus du tourniquet que la jeune femme escalada plus péniblement.

Elle avait mal aux pieds, et ses chaussettes noircies par les trottoirs puants glissaient. L'espace d'un instant, Vlad pensa à la laisser derrière lui et à sauver sa peau, mais il n'avait pas fait tout cela pour qu'elle retourne à son triste sort. Il regarda son visage, sa peau claire et ses cheveux noirs ébouriffés. Peu importe ce qu'il devrait faire, il savait au fond de lui qu'il devait la sauver à tout prix. Les trois Polonais surgirent en bas des marches de l'entrée de la station de métro. L'homme en jean bleu pointa son arme dans leur direction, mais celui en jogging lui ordonna de la ranger.

— *Chcemy ją żywą, idioto! Odłóż broń!*[6]

Ils sautèrent à leur tour au-dessus du tourniquet et un agent de la RATP qui prenait son service les interpella. Il n'eut pas le temps de poursuivre. L'homme en jean le poussa violemment et le fit tomber à la renverse.

Vlad et la jeune femme remontèrent un long couloir où des écrans publicitaires faisaient la promotion d'une application de rencontre. Les néons crépitaient et la chaleur était de plus en plus étouffante. Ils descendirent plus profondément dans les entrailles de la station, traversèrent un autre couloir et arrivèrent enfin sur le quai presque désert.

---

[6] *On la veut vivante, imbécile! Range ton flingue!*

Il regarda le panneau lumineux d'informations qui indiquait l'heure d'arrivée du prochain métro.

— On a de la chance, le dernier métro arrive dans 2 minutes.

— De la chance ? Tu trouves qu'on a de la chance ? dit la jeune femme qui haletait.

Son corps la faisait terriblement souffrir, et cette cavalcade avait endolori ses petits pieds.

— T'es toujours vivante ?

— Oui, mais...

— Alors, t'as de la chance. Maintenant, ferme-la.

Elle baissa la tête, et fit une moue boudeuse qui indiquait qu'elle détestait qu'on la remette à sa place. Ils remontèrent le quai à grands pas jusqu'à l'extrémité opposée qui était une impasse. La jeune femme tentait de suivre Vlad, mais ses petites jambes l'obligeaient à trottiner à côté de lui.

— On ne va pas aller dans le tunnel, quand même !

— Tais-toi, et fais-moi confiance, dit Vlad d'une voix plus calme.

Le métro arriva dans un bruit de tonnerre et de crissements métalliques. La rame finit par s'immobiliser. Les portes s'ouvrirent, et Vlad et la jeune femme montèrent à bord. À l'intérieur, se trouvaient des travailleurs endormis, un couple de fêtards encore éméchés et une femme seule avec de grosses valises.

Tous attendaient patiemment la fermeture des portes et que le métro se remette en route. Les trois hommes dévalèrent quatre à quatre les marches de l'escalier qui menait au quai.

Vlad empoigna la jeune femme et sortit de la rame, pour que les trois hommes qui inspectaient le quai les aperçoivent. Ils pouvaient les voir près du wagon de tête, mais n'avaient pas le temps de remonter le quai jusqu'à eux avant que le métro ne redémarre.

Le signal de la fermeture des portes retentit. Vlad tira la jeune femme à nouveau dans le wagon.

— Aïe, tu me fais mal au bras.

Les passagers les dévisagèrent en silence. Personne ne bougea en voyant un homme vêtu de noir traînant une jeune femme asiatique à moitié nue en plein milieu de la nuit. La porte commença à se fermer et les hommes qui les avaient aperçus montèrent dans le wagon de queue.

— Lâche-moi ! insista-t-elle.

La main de Vlad tenait toujours le poignet de la jeune femme avec fermeté, ne lui laissant aucun moyen de s'échapper. Il resta silencieux et compta à voix basse : un, deux, trois, quatre...

Avant d'avoir pu compter jusqu'à cinq et avant que les portes ne se referment totalement, Vlad poussa la jeune femme hors du wagon et sortit à son tour. Les portes se verrouillèrent et un signal sonore annonçant le départ retentit. Le métro se mit en route, emportant avec lui les Polonais, les laissant seuls sur le quai. Ils regardèrent la rame passer devant eux, emportant avec elle les trois hommes au regard rempli de colère, les mains collées à la vitre du dernier wagon, impuissants. Vlad eut à peine le temps de voir leur visage, mais il les toisa avec arrogance. Ils étaient piégés dans la rame qui filait vers une autre station. Un souffle d'air souleva les longs cheveux de la jeune femme et le métro disparut dans le tunnel béant.

Vlad sortit son téléphone. Il avait abandonné malgré lui son ami, et il avait besoin de savoir s'il était sain et sauf. Sören avait pris les devants et lui avait déjà envoyé un message : « T'es où ? Ça va ? J'ai réussi à me barrer, appelle-moi dès que tu peux. » Il poussa un soupir de soulagement en lisant ces quelques mots. Il écrivit à son tour : « On a réussi à s'enfuir, je t'appelle dès que je suis dans un endroit safe. »

Il chercha la jeune femme du regard. Elle s'était assise sur un siège en plastique orange. Elle avait également replié ses jambes pour que ses pieds ne touchent plus le sol, et caché sa tête contre ses genoux. Il s'approcha d'elle et s'assit à son tour. Il ne pouvait plus voir ses yeux, mais il entendit les larmes couler sur son visage. Son corps tremblait. Elle resta interdite. Il n'osait pas rompre le silence ; l'adrénaline redescendait peu à peu, et il avait besoin de souffler quelques secondes.

— Tu vas bien ?

Elle ne répondit pas et commença à sangloter. Il aurait voulu la prendre dans ses bras pour la rassurer, pour lui dire qu'elle était tirée d'affaires, mais il savait que ça n'était pas vrai et qu'elle n'était toujours pas en sécurité. Il se contenta de poser sa main sur son épaule.

— Allez, calme-toi, ça devrait aller maintenant.

Elle releva la tête et le regarda droit dans les yeux. Les larmes avaient coulé sur ses joues et ses yeux exprimaient un sentiment complexe où se mêlaient la peur, la tristesse et la fatalité.

— Je m'appelle Vlad, et toi, comment tu t'appelles ? demanda-t-il avec douceur.

C'était un petit animal apeuré qui avait vécu l'enfer et qui, entre ses mains, était en train de renaître. Elle laissa sa question en suspens le temps de regarder plus en détails le visage de celui qui l'avait sauvée des griffes de ses ravisseurs. Ses grands yeux verts étaient remplis d'une bienveillance qu'elle n'avait plus vue depuis trop longtemps.

— Yaeko, dit-elle en passant une main sur ses joues humides.

— C'est très joli.

La voix de Vlad était devenue douce et rassurante.

— Tu as un endroit où aller ? De la famille, peut-être ? Des amis qui te cherchent ?

— Non, personne, répondit-elle avec tristesse.

— Tu as bien des parents qui doivent s'inquiéter ?

— Ils sont morts, et je n'ai personne ici, mais ne t'inquiète pas pour moi. Maintenant, je vais me débrouiller toute seule.

Elle baissa la tête, et se tut.

Ils ne devaient pas s'attarder, au risque de voir les Polonais revenir les chercher. Vlad le savait, mais il ne voulait pas la brusquer.

— Yaeko, on ne peut pas rester là. On doit y aller.

— Va où tu veux, tu n'as plus besoin de t'occuper de moi, désormais.

Un haut-parleur les interrompit, invitant les derniers usagers à quitter la station avant sa fermeture pour la nuit.

— On ne peut pas rester ici, de toute façon. Viens.

— Je m'en fiche, laisse-moi.

Sa voix était aussi triste que douce et même si Vlad n'aimait pas ce qu'elle disait, il aimait l'entendre.

L'univers les avait réunis ici, à cet instant précis, sur ce quai de métro désert où la chaleur de la terre berçait les âmes égarées en son sein. Le hasard n'existe que pour ceux qui ne savent pas voir les signes et dans ces petits pieds entortillés et ces cheveux noirs, Vlad y voyait toute la beauté d'un monde qu'il avait oublié. Il ne savait pas pourquoi, mais il avait envie de la protéger. Sauver les vestiges d'une pureté que le monde avait tenté de broyer. Elle était triste, mais elle était belle dans son tee-shirt déchiré.

— Yaeko, on y va.

Elle releva la tête et le fixa. Elle se demandait si elle pouvait le suivre, mais après tout, ne l'avait-il pas sauvée de ceux qui auraient fini par la tuer ? Elle ne lui répondit pas, parce qu'elle savait qu'il aurait le dernier mot, et se leva. Elle grelottait. Sans un mot, Vlad retira sa veste et la lui mit sur les épaules. Elle était beaucoup trop grande pour elle, mais elle couvrit son corps glacé. Le parfum de Vlad la rassura, sans qu'elle sache pourquoi et ils marchèrent tous deux jusqu'à la sortie de la station. Les grilles se fermèrent derrière eux.
Seul, perdu dans l'immensité de la capitale, Vlad chercha en lui une bonne raison de l'emmener avec lui. Il regarda ses grands yeux en amandes, ses chaussettes trouées et ses petites mains qui s'agrippaient fermement à sa veste. Il ne la connaissait pas, il aurait dû lui appeler un taxi et la laisser partir, mais il appela son chauffeur et l'emmena avec lui.

La Berline traversa Paris. Ils longèrent la Seine où des péniches restaurants retournaient tranquillement à quai. Au loin, la tour Eiffel scintillante veillait sur la ville. Yaeko regardait par la fenêtre, attirée comme un papillon de nuit par les lumières de la capitale. Elle ne voulait rien rater de ce spectacle banal, mais qui, pour elle, était merveilleux.
Vlad prit son téléphone et appela Sören qui décrocha immédiatement.
— T'es où, mon frère ? Ça va ?

— Tout va bien, on a réussi à les semer. Là, je suis en voiture. Et toi, comment ça va ? Je me suis tellement inquiété.

— Mon pote va me tuer ! La camionnette est HS.

— Merde, Sören, on s'en fout, je croyais que t'étais mort !

— Mais non, il en faut plus quand même. Au moment où ils se sont mis à votre poursuite, j'ai réussi à sortir par le côté passager. Deux autres mecs sont arrivés quelques secondes après, mais j'ai un putain de bon cardio. Je les ai fait cavaler ! T'aurais dû voir ça ! Ils ont craché leurs poumons.

— T'es où, là ?

— Du côté de Pigalle, mais maintenant que je sais que tu vas bien, je vais rentrer chez moi. Et toi ?

— Je suis en voiture, mais je vais rentrer aussi. Je vais mettre Yaeko à l'abri le temps qu'elle se repose.

— Qui ça ?

— La nana qui était avec nous. Elle s'appelle Yaeko.

— T'es encore avec elle ? lui demanda-t-il, surpris.

— Je n'allais pas la laisser dans la rue.

— Vlad, putain ! Les femmes, c'est vraiment ton point faible. Fais gaffe à toi quand même. Tu ne la connais pas.

— Je sais.

— Reste sur tes gardes. On s'appelle plus tard.

Vlad raccrocha. Il n'arrivait pas à effacer de sa mémoire le visage de Tomasz. Sa haine ne s'était pas apaisée, et son cœur réclamait sa vengeance. C'était un feu ardent qu'il n'arrivait pas à calmer. Il aurait voulu le tenir entre ses mains, lui rendre tout le mal qu'il lui avait fait. Pour lui, rien n'était fini, et il n'arrivait pas à accepter d'être passé si près du but. Cette nuit ne lui avait pas offert la revanche qu'il espérait, mais une petite femme aux yeux en amandes et aux cheveux noirs.

— On va où ? demanda-t-elle avec inquiétude.

— Quelque part où tu seras en sécurité.

Il regarda par la fenêtre, et tous deux profitèrent d'un moment de calme après le tumulte de leur rencontre.

Quand la voiture s'arrêta devant le domicile de Vlad, Yaeko s'était endormie. Il la prit dans ses bras et la porta jusqu'à l'ascenseur. Elle était légère comme une brise de printemps. Elle ouvrit les yeux.

— On est où ?

— Chez moi. Tu vas te reposer un peu, et on verra ce qu'on fait demain.

Il la déposa délicatement au sol, mais elle tituba de fatigue. Elle était toute petite à côté de lui.

Une fois dans l'appartement, Vlad abandonna Yaeko dans le salon et disparut dans la chambre. Il revint quelques instants plus tard avec un tee-shirt noir du groupe Megadeth qu'il lui tendit.

— Je te laisse ma chambre, je vais dormir sur le canapé et voici un tee-shirt pour te changer. Ça risque d'être un peu grand.

— Merci, dit-elle avec gratitude.

Elle prit le tee-shirt et se dirigea vers la chambre. Elle ferma la porte, laissant Vlad seul dans le calme surnaturel qu'apportait le jour en train de se lever. Il prit une bouteille d'eau fraîche dans la cuisine et s'allongea encore tout habillé sur le canapé. En fermant les yeux, il repensa à Tomasz, mais c'est le visage de Yaeko qu'il vit avant de sombrer dans un sommeil profond.

VLAD

CHAPITRE VII

Un bruit tira Yaeko de son sommeil. Elle ouvrit péniblement les yeux et essuya un léger filet de bave qui avait coulé sur l'oreiller. Cela faisait bien longtemps qu'elle n'avait pas eu un sommeil aussi paisible et réparateur. Elle ne savait pas pourquoi, mais auprès de cet homme qui l'avait sauvée de sa captivité, elle s'était sentie en sécurité. Elle pouvait sentir son odeur dans les draps et cela l'avait apaisée. Elle s'étira doucement comme un chat et se frotta les yeux.

Le bruit provenait de la salle de bain attenante à la chambre. Elle glissa sur le bord du lit. Ses pieds ne touchaient pas le sol. Elle s'avança discrètement vers la porte qui était restée entrouverte et jeta un œil dans l'entrebâillement. Vlad était nu sous une douche brûlante dont les vapeurs d'eau remplissaient la pièce. L'eau ruisselait sur sa musculature saillante et les tatouages de son torse. Il portait sur son dos une pièce imposante qui représentait une figure biblique tenant une épée et un bouclier. Probablement un saint, mais elle n'aurait su dire lequel. Elle ne put s'empêcher de regarder ses fesses rebondies, les veines qui couraient sur ses mains comme les racines d'un chêne et son sexe gonflé qu'elle trouva imposant au repos. Il était parfaitement épilé et elle fut surprise par la taille de ses couilles. Dans cette nudité totale, il était d'un charisme à couper le souffle. Son entrejambe la trahit et elle sentit monter en elle une excitation face à cette incarnation d'une virilité puissante qui ne la laissait définitivement pas indifférente.

Vlad tourna la tête et aperçut des petits yeux en amandes qui l'observaient discrètement. Il sourit et continua à laver son corps endolori par les péripéties de la veille. Il lui lança :

— Si tu aimes mater, pas besoin de te cacher, tu peux ouvrir la porte.

Yaeko rougit, mais elle n'arrivait pas à détacher son regard de cet homme qu'elle connaissait à peine. Elle n'avait pas pour habitude de perdre ses moyens, mais indéniablement, Vlad dégageait un je-ne-sais-quoi qui la troublait. Elle reprit ses esprits et ouvrit la porte. Elle n'était pas le genre de femme à se laisser déstabiliser, même par un homme aussi beau et excitant que lui.

— Je suis sûr que tu as envie de prendre une douche. Tu peux me rejoindre, si tu veux, dit-il en passant une main sur son sexe qui s'était gonflé un peu plus malgré l'eau brûlante qui coulait sur sa peau.

Elle prit son courage entre ses petites mains et pénétra dans la salle de bain. Elle pouvait sentir ses tétons se durcir sous le tee-shirt beaucoup trop grand.

La douche italienne était spacieuse, suffisamment pour qu'elle puisse le rejoindre sans qu'ils se sentent à l'étroit. Elle était fière et ne voulait pas laisser transparaître le trouble qu'il créait en elle.

— Tu devrais retirer ton tee-shirt, lui dit-il.

Elle avait du caractère, mais dans cette situation particulière, elle s'exécuta sans poser de questions. Elle le jeta au sol, dévoilant sa poitrine généreuse.

— C'est vrai que je ne serai pas contre le fait de prendre une douche, mais je crois que tu as terminé.

— Si tu viens, je crois que je vais rester encore un peu.

Elle n'eut pas le temps de retirer sa culotte qu'il avait déjà ouvert la porte transparente et l'invita à le rejoindre. Sans réfléchir, elle avança vers lui, à moitié déshabillée, et poussa un petit cri au contact de l'eau qui était bien trop chaude pour elle. Vlad baissa le thermostat. Elle se sentait toute petite face à lui et l'eau qui coulait de ses épaules ruisselait sur ses cheveux. Sa bouche entrouverte ne voulait plus dire un mot, mais seulement goûter ce corps et cette queue qu'elle regardait avec envie. Il la prit par le bras et la tira délicatement vers lui. Sa main large glissa jusqu'à la sienne qu'il posa sur son sexe de plus en plus dressé. Elle l'empoigna et sentit toute la virilité qui émanait de son corps.

Vlad posa une main sur son cou et la colla contre le mur. Ses yeux verts étaient perçants et elle pouvait lire en eux toute la perversion qui se cachait au fond de lui. Il approcha son visage du sien, l'eau coulait de son front jusqu'à la commissure des lèvres. Sa respiration était plus rapide, comme celle d'un prédateur prêt à se jeter sur sa proie. Il fit mine de l'embrasser, mais il agrippa sa poitrine et lécha son téton qui s'était durci au point de lui faire mal. Elle poussa un petit cri aigu de plaisir et ferma les yeux pour se concentrer sur les mouvements de langues qui électrisaient son corps. Elle serra plus fort le sexe qui était maintenant si gros et si dur que la pensée qu'il puisse la pénétrer l'inquiéta. Elle était étroite et ne savait pas si elle pourrait recevoir des coups répétés sans hurler de douleur.

Vlad serra un peu plus fort le cou de Yaeko qui respirait avec difficulté, mais cela eut pour effet de décupler son excitation. De son autre main, il s'immisça dans sa culotte souillée et trempée. Son majeur caressa ses lèvres qu'il écarta pour venir sentir la chaleur brûlante de son être.

Yaeko haletait, poussant des petits cris de plaisir. Elle ferma les yeux, le suppliant intérieurement de plonger en elle. Son doigt tenta de la pénétrer, mais la culotte serrée rendait la chose inconfortable. À la surprise de Yaeko, il se retira, empoigna l'élastique au niveau de la hanche et tira si fort qu'il l'arracha comme une feuille de papier. La culotte anéantie tomba sur le sol. Il posa la paume de sa main sur son entrejambe qu'elle couvrait en totalité. Ses doigts retrouvèrent le chemin de ses lèvres trempées par l'excitation et il la pénétra à nouveau.

L'eau coulait sur ses cheveux qui se perdaient sur son visage. Il savait comment donner du plaisir à une femme et chacun de ses gestes était maîtrisé. Le plaisir montait de plus en plus en elle.

Non, je ne vais pas jouir si vite, qu'est-ce qui se passe ? Pourquoi est-ce que je suis si excitée ?
Il allait et venait avec délicatesse, tout en la regardant droit dans les yeux. Yaeko fuyait son regard. Elle savait que c'était son point faible et qu'en croisant ses yeux verts, elle jouirait instantanément. Elle n'eut pas le temps de calmer son corps que celui-ci lâcha en elle une bombe d'endorphines qui la fit pousser un cri strident de jouissance. Ses jambes tremblaient, mais collée contre le mur, elle réussit à garder l'équilibre.
Vlad la regarda avec satisfaction et attrapa son membre. Il commença à se branler en la regardant. Yaeko tremblait toujours, tentant de reprendre ses esprits malgré son corps qui avait rendu les armes.
Il écarta les mèches de cheveux qui se perdaient sur son visage et la força à le regarder, puis il les regroupa en une queue de cheval qu'il agrippa, tout en l'obligeant à se mettre à genoux. Elle comprit qu'elle allait pouvoir enfin goûter ce sexe qui lui avait tant donné envie. Elle ouvrit la bouche et commença à le sucer. Vlad pencha la tête en arrière et lâcha un soupir de plaisir. Son sexe était si gros qu'elle ne pouvait l'avaler tout entier. Elle pouvait sentir les veines irriguer son membre et la chaleur de son corps dans sa bouche. De sa main qui tenait ses cheveux, il l'obligea à accélérer le mouvement. Il se retira soudainement et commença à tapoter sa queue sur sa joue. Ses petits yeux en amande étaient écarquillés et elle pouvait sentir la dureté du sexe de Vlad gifler sa petite joue. Il pénétra sa bouche à

nouveau et commença à aller et venir avec plus de fermeté. Elle restait concentrée sur ce sexe dur et énorme qui venait titiller sa glotte. Elle se recula de peur de vomir et toussota. Vlad lui laissa un instant pour reprendre son souffle et lui intima de le sucer à nouveau. Il était inarrêtable et son sexe était devenu une arme de soumission à laquelle Yaeko ne pouvait plus échapper. Il prit sa tête entre ses mains et s'enfonça encore plus en elle. Le rythme était infernal. Elle était devenue un petit jouet dont la bouche humide n'avait que pour seul but de l'emmener vers la jouissance. Il finit par se retirer, empoigna son membre recouvert de salive qu'il branla avec force et jouit dans un râle sur la poitrine de la petite asiatique qu'il recouvrit de son sperme blanc et épais. Il continua de se branler encore quelques instants après avoir joui pour extraire tout le sperme qui ne demandait plus qu'à sortir.

Yaeko était si troublée qu'elle aurait pu jouir à nouveau rien qu'en le regardant. Il éclata de rire tout en la relevant. Elle ne comprenait pas ce qui lui arrivait, mais elle arrivait à sentir le plaisir intense qu'il avait également ressenti.

— C'est exactement le genre de douche que j'aime prendre, dit-il en souriant.

Yaeko reprenait son souffle et n'arrivait pas à détacher son regard de cet homme qui avait su comprendre son corps et la faire jouir si rapidement. Il attrapa le gel douche et déposa une noisette dans la paume de sa main qu'il frotta entre ses mains pour la faire mousser. Il l'appliqua d'abord sur la poitrine de Yaeko, puis lui frotta avec douceur le cou. Il passa ensuite sa main sur son ventre, mais Yaeko l'écarta machinalement et sembla gênée. Son ventre était rebondi. Un ventre naturel, vivant, qu'on aurait probablement retouché sur Photoshop plutôt que de l'assumer, mais là où Yaeko voyait une imperfection, Vlad y voyait un corps authentique et naturel qui l'excitait encore plus, tout comme les petits bourrelets qu'elle avait autour de ses hanches. Il n'insista pas, mais il espérait qu'un jour, il pourrait le caresser plus longuement. Il la fit pivoter et nettoya son dos. Vlad examinait chaque centimètre carré de son corps, se demandant si ce dernier portait les stigmates de maltraitances passées. Elle n'avait aucune cicatrice. Il reprit un peu de gel douche et commença à frotter ses jambes sur lesquelles quelques bleus avaient trouvé refuge sur ses cuisses. Il ne savait pas s'ils provenaient de leur course poursuite ou de coups que lui auraient donnés les hommes de Tomasz. Quand il eut fini, il la tourna à nouveau face à lui. Il rinça à son tour son corps qui vibrait encore de leur étreinte, nettoya son sexe et sortit de la douche. Il attrapa une serviette blanche qu'il noua autour de sa taille.

— Prends ton temps, je vais nous préparer un petit quelque chose à manger.

Il quitta la pièce, laissant Yaeko perdue dans ses pensées et dans le trouble qu'il avait su créer en elle.

Dans la cuisine, Vlad avait enfilé un jogging noir et avait préparé une omelette, quelques tranches de lard et des toasts. Yaeko apparut dans l'encadrement de la porte, une serviette dans les cheveux, vêtue d'un tee-shirt blanc sur lequel était inscrit « Borderline ».

— Je vois que tu as trouvé le tee-shirt que je t'avais laissé dans la chambre. Tu as faim ?

— Oui, merci, je meurs de faim, dit-elle en se frottant les mains. Ça sent bon !

Elle s'assit devant la table sur laquelle Vlad avait disposé deux assiettes. Yaeko se jeta sur les toasts et commença à manger avec gourmandise. Il la regarda manger, heureux de voir qu'elle avait de l'appétit. Elle s'arrêta et ses petits yeux en amandes cherchèrent son approbation. Elle s'était jetée sur la nourriture sans se préoccuper des bonnes manières. Vlad souriait, heureux de voir que son omelette avait du succès.

— Tu peux manger, tu as besoin de reprendre des forces, lui dit-il sur un ton rassurant.

Il attrapa un toast et commença à manger à son tour. C'était la première fois qu'il partageait un repas avec quelqu'un dans cet appartement. Il n'aurait jamais pu imaginer que son premier tête-à-tête serait avec cette petite asiatique. Il n'avait jamais voulu recevoir de femme chez lui, par respect pour Alice, mais aujourd'hui, tout ça lui semblait loin. Elle mangeait avec appétit quand lui la mangeait encore du regard. Il aurait voulu lui poser mille questions, mais il préféra rester silencieux pour ne pas gâcher leur repas.

Le téléphone de Vlad se mit à vibrer.
— Finis tranquillement, je réponds et j'arrive.
Elle acquiesça d'un signe de la tête sans poser de questions, tout en enfournant un gros morceau de lard. Vlad sortit sur le balcon attenant au salon.

— Vlad, c'est la merde !
À l'autre bout du fil, Sören avait l'air inquiet.
— Qu'est-ce qui se passe ?
— Les mecs d'hier sont en train de retourner toute la ville. Ils cherchent la fille partout. Je t'avais dit qu'on n'aurait pas dû l'embarquer avec nous.
— Qu'est-ce qu'elle a de si important ? interrogea Vlad.
— J'en sais rien, mais depuis hier, ils ont lancé plusieurs équipes à sa recherche. Clairement, tu n'es pas en sécurité avec elle.
— Je ne vais pas la jeter dans la rue. Qu'est-ce que tu veux que je fasse ?
— Je n'ai pas de solution, mais si j'étais toi, je me ferais discret pendant un moment. Avec un peu de chance, ils finiront par lâcher l'affaire.
— Je vais la garder chez moi le temps que ça se calme et après, on verra.
— Fais gaffe quand même, mon frère, ces mecs-là sont sérieux et s'ils mettent la main sur vous, ça risque d'être très compliqué, dit Sören d'un ton préoccupant.

— Ne t'inquiète pas, je vais faire attention. Et puis, je ne vois pas comment ils pourraient me retrouver là où je suis. Je vais faire ce qu'il faut.
— De mon côté, je vais essayer d'en savoir plus, mais tout le monde est tendu. Je te l'avais dit que ce n'était pas une bonne idée.
— Je sais, tu me l'as déjà dit.
— Putain, Vlad, t'es vraiment le spécialiste pour te mettre dans des situations de merde.
— Mais non, tu dramatises, ça va aller.
— En tout cas, fais-toi discret, ça vaut mieux pour tout le monde.
— Ça marche.

Quand Vlad retourna dans le salon, Yaeko était assise dans le canapé et avait allumé la télé. Elle s'était lovée confortablement sans se préoccuper de la situation et de tout le tumulte qu'elle avait engendré. Il la trouva mignonne dans cette simplicité enfantine qu'elle dégageait et ne put s'empêcher de fixer ses petits pieds qu'il trouvait magnifiques. Elle avait mis un dessin animé et semblait captivée. Il hésita à l'interrompre, mais c'est elle qui coupa le son quand elle le vit. Elle le regarda, sachant déjà ce qu'il allait lui dire, mais qu'elle n'avait pas forcément envie d'entendre. Elle était persuadée qu'il allait la mettre dehors, maintenant qu'il l'avait baisée et qu'elle devrait affronter la ville

inhospitalière où personne ne l'attendait ni ne la désirait.
— Si tu veux, tu peux rester un moment ici. L'appartement est grand, ça ne me dérange pas.

Un sourire illumina son visage et, comme un petit animal, elle courut vers lui pour lui sauter au cou. Surpris d'une telle joie, il tenta de se dégager.
— Merci, dit-elle avec un sourire lumineux.
— Ne me remercie pas trop vite. Si tu veux rester, il y a des conditions.

Elle se planta devant lui et fit une moue aussi boudeuse que désarmante.
— Je t'écoute, dit-elle en bougonnant.
— Première condition : interdiction de sortir de l'appartement pendant un mois.
— Un mois ? T'es sérieux ?

Elle ne comprenait pas pourquoi cette première condition était si importante. Vlad reprit :
— Je ne sais pas qui tu es, ce que ces mecs t'ont fait ou ce que tu leur as fait, mais ils te cherchent partout. Il vaut mieux que tu ne mettes pas un pied dehors si tu veux rester en sécurité.
— D'accord, dit-elle résignée. Mais c'est long, un mois, quand même, protesta-t-elle.

Il ne releva pas et poursuivit :
— Deuxième condition : interdiction d'ouvrir la porte d'entrée, de répondre à l'interphone, ou de décrocher

le téléphone fixe. Oh, et bien sûr, mon téléphone portable, pas besoin de te dire que tu n'as pas le droit d'y toucher.

Elle n'émit aucune objection, et retourna s'asseoir sur le canapé.

— Troisième condition : je te donnerai bientôt une liste de règles qui organiseront ton quotidien et que tu devras respecter.

— Et si je ne les respecte pas, tu me mets dehors ? Finalement, tu n'es pas mieux que ces Polonais.

— Si tu ne les respectes pas, je ne te mettrai pas dehors. Nous vivrons sous le même toit, mais nous ne vivrons pas ensemble. Je veux bien te protéger le temps que les choses se calment, mais tout ça a un prix, et ce prix c'est...

— De te sucer sous la douche ? dit-elle en rigolant.

— Déjà, commencer par arrêter de me couper, reprit Vlad d'un ton sévère, mais surtout, de respecter mes règles. Après, si tu as une autre option, libre à toi de partir, je ne te retiens pas.

Elle savait qu'il avait raison, et qu'elle n'était pas en mesure de négocier. Elle craignait toutefois que cet homme, qui avait l'air si bon avec elle, ne cache un homme plus sombre qui profiterait de la situation pour assouvir des envies qu'elle n'était pas prête à accepter. Elle reprit :

— Ce n'est pas parce qu'on a baisé ensemble sous la douche que tu peux faire ce que tu veux de moi.
— Je ne t'oblige à rien. Comme je te l'ai dit, je vais te donner une liste de règles à suivre, libre à toi d'accepter ou non. Tu disposes de ton consentement et si tu souhaites partir plutôt que de les accepter, j'appellerai mon chauffeur. Il te déposera où bon te semble et chacun reprendra le cours de sa vie.
— Donc, si je comprends bien, soit je suis tes règles, soit tu me mets dehors, et donc en danger. Je ne suis pas sûre d'avoir vraiment le choix.
Vlad savait qu'elle avait raison, mais même en cas de refus, il ne l'aurait pas livrée à ses ravisseurs. Au pire, à la police, mais cela revenait au même.
— Tu as le choix, lui répondit-il avec sérieux. Mais en te gardant ici, je me mets aussi en danger. Je crois que c'est suffisamment équitable. Dans tous les cas, tu prendras ta décision quand tu les auras lues. Je vais devoir y aller, j'ai des choses à faire aujourd'hui. En attendant, commence déjà par te relaxer un peu et nous reparlerons de tout cela plus tard.
— Je croyais qu'on ne pouvait pas sortir.
— Je n'ai jamais dit nous, j'ai dit *toi*.
— Super, je me retrouve encore enfermée.
— Mais au moins, cette fois-ci, tu n'es pas attachée et tu peux profiter librement de l'appartement. Si tu as faim ou que tu as soif, n'hésite pas à te servir dans la cuisine. Tu as besoin de quelque chose d'autre ?

— Une culotte ?

— J'y avais pensé, rassure-toi, je t'en apporterai en rentrant.

Vlad quitta la pièce pour aller se préparer et Yaeko, qui semblait contrariée par la tournure que prenait la situation, se replongea dans son dessin animé.

Dans la voiture qui l'emmenait au studio d'enregistrement, Vlad prit son téléphone et appela Milton. Avec le décalage horaire, il était un peu tôt à Miami, mais le business n'avait pas pour habitude de faire la grasse matinée.

— Salut, Vlad, comment vas-tu ? Tu arrives quand à Miami ? dit-il en se frottant les yeux.

— Peut-être le mois prochain, pas avant.

— Le mois prochain ? Mais tu ne peux pas me faire ça ! Tous les jours, j'ai le manager de Nicky au téléphone, je lui ai assuré que tu étais chaud pour le prochain album. Je fais quoi, moi ?

— Comme d'habitude, tu fais avec, mais ne t'inquiète pas, je ne te laisse pas tomber.

— Tu me fous dans la merde quand même !

À l'autre bout du fil, Milton se redressa dans son lit, et la femme qui dormait à ses côtés lui tourna le dos. Il alluma la lampe de chevet, contrarié par cette mauvaise nouvelle. Vlad reprit :

— J'ai réservé un studio d'enregistrement, je vais me mettre au travail, rassure-toi.

— Toute l'équipe voulait te voir, ça n'est pas dans ton habitude de travailler à distance.
— On va devoir faire avec, je n'ai pas réellement le choix.
— Mais qu'est-ce qui t'arrive, Vlad ? Ça va en ce moment ? Tu as vraiment l'air bizarre. J'ai l'impression que la vie parisienne ne te réussit pas, dit Milton avec inquiétude.
— Je vais bien, mais je dois changer mes plans... Cas de force majeure.
— Tu ne me dis pas tout, je n'aime pas ça.
— Depuis quand je te dis tout ? Là, je suis en route pour le studio. Je vais te préparer une série de sons. Donne-moi deux semaines et je t'en envoie une dizaine. Ils n'auront qu'à piocher dans ce que je proposerai.

Vlad parlait calmement. Il n'aimait pas travailler comme cela, mais la situation ne lui laissait pas réellement le choix. Il aurait pu mille fois abandonner Yaeko et ses problèmes, mais il n'arrivait pas à s'y résoudre. Est-ce que les femmes étaient vraiment sa faiblesse, ou est-ce Yaeko qui était en train de le devenir ? Il n'imaginait pas l'abandonner, même s'il l'avait rencontrée la veille.
— Vlad, deux semaines, c'est beaucoup trop long. L'album est presque terminé, je ne vais jamais réussir à les faire patienter aussi longtemps.
— Je croyais qu'avec toi, tout était possible, Milton.

— Arrête tes conneries, c'est encore moi qui vais devoir régler tout ça.

— Et c'est aussi toi qui prendras ta commission quand le titre sortira. Ce jour-là, tu me diras merci et on en rigolera.

— Ouais, si tu le dis... En attendant, rien n'est fait.

— Je suis sûr que tu sauras leur raconter un bon gros mytho comme tu en as le secret.

— C'est vraiment parce que c'est toi. Envoie-moi tout ça au plus vite, je vais faire ce que je peux.

— Ne t'inquiète pas, tu recevras tout en temps et en heure.

Vlad raccrocha. Il savait que Milton trouverait une solution, et que malgré les plannings serrés, personne ne cracherait sur un bon titre qui pouvait rapporter des millions.

La voiture quitta le périphérique extérieur en direction de la banlieue. Après une vingtaine de minutes, il finit par arriver dans un parc d'activités où se côtoyaient des entrepôts, des quais de livraisons et des semi-remorques qui allaient et venaient dans un ballet millimétré. La voiture s'arrêta sur le parking d'un bâtiment défraîchi aux murs blancs et bleus qui devait être autrefois le siège d'une société d'import-export. Un groupe d'hommes en survêtement à capuche tenait les murs tout en fumant. L'un d'entre eux tenait un pitbull en laisse. Quand ils virent la berline s'immobiliser sur le parking, ils s'arrêtèrent et fixèrent de manière agressive le véhicule.

Le chauffeur se tourna vers Vlad et lui demanda :

— Nous sommes arrivés à l'adresse que vous m'avez indiquée. Je ne veux pas paraître impoli, Monsieur, mais vous êtes bien sûr que c'est là ?

— Oui, tout à fait, nous sommes à la bonne adresse, dit Vlad qui ne semblait pas surpris.

— Est-ce que je dois vous attendre, Monsieur ?

— Non, pas la peine, j'en ai pour un moment.

Vlad descendit du véhicule. Il portait un survêtement noir, une paire de baskets noires, et un sac de sport dans lequel il avait rangé son ordinateur portable. Les hommes qui squattaient devant l'entrée le dévisagèrent.

Il s'avança vers eux, tout en sachant qu'il n'accéderait pas au studio juste en leur demandant poliment de s'écarter de la porte d'entrée.

Le plus grand d'entre eux avait le crâne rasé et une barbe mal taillée. Une balafre traversait son visage de haut en bas, et une dent en or brillait au coin de ses lèvres. Il portait un survêtement abîmé qui moulait son large fessier.

— Tu t'es perdu, Justin Bieber ? lui dit-il avec arrogance.

— J'ai rendez-vous au studio B, lui répondit Vlad sans s'offusquer.

Un homme athlétique avec des bras de boxeur, portant un sweat rouge, probablement d'origine malienne, lança à son tour :
— Il est pas mal, ton survêt, je suis sûr qu'il m'irait bien.
— Ils font le même pour enfant, si tu veux, je te donnerai le nom du site, rétorqua Vlad.
Les autres hommes en retrait pouffèrent de rire. Le pitbull aboya. Le Malien reprit :
— Vide ton sac, de toute façon, ici, tu n'en auras plus besoin.
— J'aurai surtout besoin que tu me laisses passer, j'ai du taff.
L'homme balafré, au crâne chauve et au visage patibulaire, lança à son tour :
— Écoute, on ne va pas y passer la journée. Donne ton sac et dessape-toi. Tu vas rentrer à poil chez toi.

Vlad observa rapidement la situation : le collier à piques du pitbull aux reflets argentés, l'odeur de shit qui lui piquait les narines, le plus petit des hommes devant lui, caché derrière le Malien qui avait passé une main sous sa veste Tacchini, et le souffle du vent qui balayait le bitume usé du parking. Il ferma doucement son poing, résigné à devoir s'imposer. Le balafré reprit :
— Cherche pas à jouer le bonhomme, tu vas te faire mal.
— En même temps, qui cherche qui... ?

Vlad attendait le bon moment pour donner le premier coup. Il savait que dans ce genre de situation, cela lui donnerait l'avantage, même s'ils étaient plus nombreux. La porte du bâtiment s'ouvrit dans un fracas. Un petit homme pakistanais au visage émacié d'une trentaine d'années avec une moustache et des lunettes rondes sortit avec précipitation et interpella le groupe :
— Putain les mecs, vous faites quoi, là ?

Le Malien lui répondit :
— Rien, Shadan, il y a Justin Bieber qui veut pousser la chansonnette, askip.
— Mais t'es con, toi, tu sais qui c'est ?

Tous se regardèrent sans vraiment comprendre de quoi parlait Shadan qui poursuivit :
— Ce mec, c'est Vlad, bande de crétins. Un putain de producteur qui a dû faire la moitié des sons cainri que tu écoutes dans tes vieux Airpods de galérien.

Il se tourna vers Vlad et continua :
— Excusez-les, ils viennent de terminer une session d'enregistrement. Ils auraient dû partir, mais ils passent leur vie à squatter devant, alors qu'il n'y a rien à faire ici. D'ailleurs, cassez-vous les mecs, allez fumer votre shit ailleurs, je bosse, moi.
— Désolé, Shadan, on savait pas, mais comment tu veux que...
— Comment tu veux que quoi ? Tu ne connais rien, j'y peux quoi, moi, s'il y a du vent dans ta tête ? Laisse-le

passer, comme ça, tu pourras aller raconter à ta mère que t'as croisé quelqu'un de célèbre.

Le petit homme à moustache ne semblait nullement impressionné par cette bande de mecs qui ressemblaient plus à des braqueurs qu'à des rappeurs. Les hommes s'écartèrent, laissant libre accès à l'entrée du bâtiment. Vlad passa devant eux sans les toiser. Il avait l'habitude de ces échanges mouvementés, mais il était heureux de ne pas avoir dû en venir aux mains. Tous le regardèrent en silence. Vlad reconnut l'odeur du parfum Bois d'argent de Dior quand il passa devant le Balafré.

Shadan et lui pénétrèrent dans le bâtiment délabré. Ils montèrent à l'étage, là où les bureaux qui dataient des années soixante-dix avaient été transformés avec les moyens du bord en un studio d'enregistrement.
— Je suis vraiment désolé, mais vous auriez dû m'appeler. En tout cas, je suis ravi de vous rencontrer. Je m'appelle Shadan, je suis le proprio et ingé son. C'est un très grand honneur pour moi que vous veniez travailler ici dans mon humble studio.
— Aucun souci, en plus, ils ne semblaient pas si méchants que ça.
— Non, ce sont des mecs plutôt sympas, mais parfois, ils sont un peu cons. Par contre, ils ont réellement du talent, j'espère que si vous avez cinq minutes un jour,

vous pourrez écouter ce qu'ils font. J'aimerais beaucoup avoir votre avis.
— On se fera ça. En attendant, il faut vraiment que je me mette au travail.
— Bien sûr, Monsieur !
— Appelle-moi Vlad, je ne suis pas venu ici pour faire des politesses, mais parce que j'ai entendu beaucoup de bonnes choses sur ton travail.
Shadan eut l'air gêné et s'affaira pour dissimuler le malaise qu'il avait face aux compliments.
— Je prépare la session et on attaque. Laisse-moi une dizaine de minutes. En attendant, tu peux t'installer là, si tu veux.

Il lui indiqua un canapé violet éventré qui devait être plus vieux qu'eux deux réunis. Le matériel était sommaire, les murs recouverts de posters de rap, et sur l'un d'eux, une bibliothèque immense était remplie de vinyles classés par ordre alphabétique et rangés dans des pochettes plastiques.
Il n'était pas venu ici pour travailler dans le confort. Il avait besoin de donner à son travail le goût du bitume, du shit marocain et une agressivité qu'il n'aurait jamais trouvée dans un studio du XVIème. Les sons qu'il voulait proposer à Nicky devaient refléter une authenticité que seul un lieu comme celui-ci lui permettrait de ressentir. Il voulait reprendre les bases, retrouver ce qui lui avait fait aimer cette musique et respirer le même air que ceux qui avaient donné à cet

art ses lettres de noblesse. Il voulait du vrai, il voulait que sa musique le soit, il voulait donner à son travail la magie d'un son brut qui n'existe que dans la simplicité. Aucun artifice, juste la rage de ceux qui ont tout à gagner et rien à perdre.

— Je suis prêt, on peut commencer, lui dit Shadan.

Vlad sortit son ordinateur et son logiciel de composition, il se connecta à un clavier maître qui était posé à côté de la table de mixage, laquelle avait dû connaître la naissance de l'électronique.

— On va commencer par la rythmique, dit Vlad. Est-ce que tu aurais une boîte à rythme ?

— J'ai ça, mais c'est un vieux modèle, je ne sais pas si ça va convenir.

— C'est parfait, lui répondit Vlad. J'ai besoin d'un kick avec des sub bass et d'un snare. Pas besoin de faire défiler ta banque de sons, mets-moi celui de base.

Shadan s'exécuta et alluma une vieille MPC. Vlad n'en avait pas vu depuis des années. Sur le pad, il commença à tapoter. Les enceintes crachèrent un son brut qui ravit ses oreilles.

— C'est exactement ça qu'il me faut. On y va au feeling, lance l'enregistrement.

Le clic de pré-record résonna huit fois et Vlad commença à appuyer sur les boutons.

— On va ralentir un peu le BPM. Passe-le à cent dix.

— Aucun souci.

Ils recommencèrent plusieurs fois l'opération jusqu'à ce que Vlad s'arrête sur un pattern rythmique qui lui convenait.

— Ok, c'est bon, on le tient, dit-il tout excité. On va doubler les kicks avec un deuxième plus profond, et sur la table, augmente les médiums et les basses.

Shadan s'exécuta immédiatement. Il était fasciné par la rapidité avec laquelle Vlad exprimait ses idées sur les machines. Vlad se leva et commença à ressentir le son qui avait envahi tout le studio.

— Maintenant, on attaque les mélodies.

Il s'approcha du clavier maître, s'assit, sélectionna un son sur l'ordinateur et commença à jouer une boucle sur huit mesures.

— Non, pas ça.

Il recommença.

— Toujours pas.

Il recommença encore.

— Ok, c'est bon, on le tient.

Shadan était subjugué par sa maîtrise. Vlad se leva.

— Boucle tout ça et fais-le tourner, s'il te plaît.

Il ferma les yeux, il ressentait le son, il vibrait intérieurement avec lui, projetant la voix de Nicky. Shadan lui dit :

— On ajoute les hithat ?

— Pas tout de suite. Le secret d'un bon son, c'est de laisser de la place à la voix. Il faut anticiper ça. Souvent, les producteurs veulent trop en mettre, mais ils oublient que ce n'est pas la musique que l'on écoute, mais bien l'artiste.

Il se rassit derrière le clavier et commença à faire défiler toute une série de presets jusqu'à tomber sur celui qui collait parfaitement à l'idée qu'il avait en tête. Shadan hochait frénétiquement la tête sur ce rythme qui semblait venir d'une autre planète. Vlad lui lança :

— Ok, on tient un truc. Fais-moi une structure avec un seize mesures et un refrain. Je fais une pause, et après, je compose le pré-refrain et le bridge.

Il alla s'asseoir sur le canapé.

En attendant que Shadan organise le son, Vlad décrocha son téléphone et appela la conciergerie qui le mit en relation avec Janis, sa *personal shoppeuse*.

— Bonjour, Monsieur, que puis-je pour vous ? Auriez-vous besoin de nouvelles tenues ?

— Bonjour, Janis, pas tout à fait...

— Très bien, Monsieur, dit-elle un peu surprise. Dans ce cas, que puis-je pour vous ?

— J'aurais besoin de culottes.

CHAPITRE VIII

La nuit était tombée quand Vlad rentra à l'appartement. Yaeko n'avait pas bougé du canapé et s'était endormie devant la télévision. Elle ouvrit les yeux en l'entendant traverser le salon.
— T'as été long ! dit-elle en s'étirant.
— Je sais, mais j'avais des choses à faire.
Il déposa sur la table du salon un grand sac en papier marron.
— C'est quoi ? demanda-t-elle, intriguée.
— Nous verrons ça après. D'abord, j'aimerais que nous regardions ça ensemble.
Il lui tendit une feuille de papier. Il reprit :
— Voici les règles dont je t'ai parlé. J'aimerais que tu les lises. Si tu souhaites rester ici, il faudra t'y plier.

Elle n'aimait pas le ton sévère qu'il prenait en lui parlant, mais cela le rendait extrêmement sexy. Son visage fermé lui donnait une assurance qui, à ses yeux, le rendait encore plus désirable. Elle prit la feuille et commença à la lire à haute voix.
— « Ne pas couper la parole. » Tu ne serais pas un peu psychorigide, toi ?

— C'est juste de la politesse, lui répondit-il avec sérieux.
— Ok, si tu veux, je ferai un effort.
Elle poursuivit :
— « En présence du Maître des lieux, toujours lui demander la permission pour quitter la pièce. » Et si je dois aller aux toilettes ?
— Tu demandes la permission.
— T'es sérieux ? Je ne vois pas du tout l'intérêt de cette règle.
— Je veux savoir où tu es dans l'appartement et où tu vas si je ne t'ai pas dans mon champ de vision. L'appartement est grand, mais pas au point que je te géolocalise, alors si tu quittes la pièce dans laquelle je suis, tu me demandes l'autorisation et tu me dis où tu vas. Je ne suis pas un tyran, ça ne te prive pas de ta liberté.
— Je trouve ça quand même bizarre, mais d'accord. Là aussi, je peux faire un effort.
Elle poursuivit :
— « Interdiction de commencer à manger tant que le Maître de maison n'a pas souhaité un bon appétit. »
Yaeko éclata de rire avant de poursuivre :
— Tu vas vraiment loin là, il faut manger tant que c'est chaud.
Vlad la regardait avec bienveillance, et ne s'offusqua pas de sa réaction.

— Encore une fois, c'est juste de la politesse. Il me paraît normal d'attendre que tout le monde soit servi et que nous commencions à manger en même temps. Le « bon appétit » permet de cadrer tout cela. Je crois que tu y arriveras facilement.
— Tu veux bien me garder ici contre un «bon appétit » ?
— Je veux bien te garder ici si tu te comportes bien et que tu fais preuve d'éducation. C'est important pour moi, pour que notre cohabitation fonctionne.
— Si tu veux. Je trouve ça débile, mais pourquoi pas.
Elle continua :
— « Interdiction de marcher pieds nus, obligation de porter des chaussons ». Mais enfin, pourquoi ? Moi, j'adore marcher pieds nus, c'est super agréable. Vraiment, t'es bizarre comme mec.
— Je ne suis pas bizarre, je ne souhaite pas que tu te blesses ou que tu abîmes tes pieds. Dois-je te rappeler que tu as traversé Paris en chaussettes ? Si nous devons partir d'ici précipitamment, je ne souhaite plus que cela arrive.

Vlad était impossible à la lecture des différentes règles. Il les avait écrites en conscience et souhaitait qu'elles soient appliquées. Concernant la règle sur les chaussons, il n'avait pas été tout à fait honnête. Il trouvait les pieds de Yaeko magnifiques et il n'avait pas envie de les voir abîmés. Il voulait les protéger pour jouir de leur

perfection. Bien sûr, il n'allait pas lui dire. Il n'était pas encore prêt à lui parler de certains de ses fétichismes.
Yaeko continua de lire la liste :
— « Quand le Maître de maison rentrera de sa journée de travail, il faudra lui servir un verre de vodka avec des glaçons pour l'accueillir. Le verre sera posé sur la table du salon, puis il faudra attendre à genoux jusqu'à ce que le Maître de maison autorise à se relever. » C'est quoi cette règle ? C'est n'importe quoi ! Tu as cru que j'étais ton esclave ? C'est hors de question. Je ne me mets à genoux pour personne.
Vlad la regardait s'énerver. Il ne pouvait dissimuler un petit sourire sadique. Elle était belle quand son visage se rebellait et que ses cheveux lâchés venaient caresser les traits fins de son visage.
— Tu trouves que c'est humiliant ?
— Bien sûr, je ne suis pas ta boniche. J'ai surtout l'impression que tu te sers de la situation pour te faire un petit kiffe. Tu abuses tellement.
— Je ne vois rien de dégradant dans cette règle. Je ne te manque pas de respect, bien au contraire, je trouve que c'est un rituel rempli de beauté qui exprime la gratitude de ce que je ferai pour toi chaque jour.
— Un « merci » ne suffit pas ?
— J'attends toujours que tu me remercies de t'avoir sauvée. Rappelle-toi... Quand nous étions près de la camionnette...
Elle ne sut que répondre et marmonna à voix basse :

— Merci, voilà ! Ça devrait suffire maintenant, dit-elle agacée. Mais il est hors de question que je te serve un verre à genoux.

— Encore une fois, libre à toi, je ne t'oblige à rien, mais j'estime que chacun doit trouver son intérêt et sa place dans cette cohabitation. Je m'occupe de toi, je te protège, je te nourris, je te loge, je pourvois à tes besoins, je trouve que ce n'est pas grand-chose au final.

— C'est humiliant, répondit-elle.

— On peut exprimer sa gratitude de différentes manières, celle-ci me convient et pour cela, tu auras tout mon respect. En quoi est-ce humiliant ?

— T'es vraiment bizarre.

— Je prends ça pour un compliment. Lis la suite, lui demanda-t-il.

— « Toute phrase précédée de « *c'est un ordre* » devra être exécutée immédiatement sans poser de questions. » Non, mais là, ça va trop loin.

Elle se leva du canapé, contrariée, puis elle reprit :

— Je ne reçois d'ordre de personne, et encore moins de toi.

Vlad l'interrompit :

— C'est vrai que si je n'avais pas été là, tu t'en serais sortie toute seule.

— Ça n'est pas une raison, protesta-t-elle. Je refuse que tu me donnes des ordres, un point c'est tout.

— Calme-toi, dit-il avec douceur. Cette règle n'a pas pour but de t'obliger à faire n'importe quoi. Si je t'ordonne quelque chose, cela sera toujours dans ton intérêt et pour ton bien. S'il se passe une situation anormale et que j'ai besoin que tu réagisses vite, il faut que tu le fasses immédiatement sans poser de question. Donner un ordre n'est pas une chose que je prends à la légère, c'est plus une manière de m'assurer de ta coopération le moment venu.

— Je trouve tout de même que c'est totalement anormal.

— Est-ce que tu as déjà fait confiance à quelqu'un dans ta vie ?

Elle fit une pause pour réfléchir.

— Oui, cela m'est arrivé dans le passé.

— S'il t'avait demandé de faire quelque chose pour lui, l'aurais-tu fait ?

— Oui, je crois, répondit-elle avec une certaine incertitude dans la voix.

— Considère alors que c'est la même chose. Je ne trahirai pas ta confiance si tu acceptes de me la donner.

Elle resta interdite, puis reprit la feuille. Elle continua sa lecture :

— Dernière règle : « Au quotidien, le Maître de maison impose une tenue qui se composera d'un tee-shirt large, d'une culotte et d'une paire de chaussettes. » Encore faudrait-il que j'en ai, dit-elle avec désintérêt.

— Nous verrons cela après, mais avant tout, j'aimerais que tu acceptes l'ensemble de ces règles.
— Ou tu me mets dehors, répondit-elle blasée. J'ai compris que tu ne me laissais pas vraiment le choix.
— Si, tu l'as, mais à choisir, je ne trouve pas que cela soit si terrible comparé à ce que te réservaient ces Polonais.
— Qu'en sais-tu ?
— Je le sais, alors, acceptes-tu ces règles ? insista Vlad.

Elle resta silencieuse, imaginant ce que pouvait être son quotidien à travers ce cadre que lui imposait son hôte. Elle avait le choix, mais cela n'en était pas réellement un. Toutefois, un petit détail l'interrogeait. Elle demanda :
— Tu n'as rien écrit à propos du sexe. Est-ce que tu vas aussi me donner des ordres et m'obliger à assouvir toutes tes envies ?

Son regard était rempli d'arrogance, et même si ces règles l'avaient contrariée, elle était excitée sans vraiment savoir pourquoi. Il était beau, il était charismatique, mais ce cadre qu'il exigeait alimentait un désir qu'elle n'aurait su expliquer. Vlad lui répondit avec douceur :
— Concernant le sexe, je n'ai posé aucune règle, car je ne sais pas si nous en aurons encore.

Elle fut déçue de sa réponse qui minimisait le pouvoir érotique qu'elle pensait avoir sur lui. Elle aurait cru qu'il profiterait de la situation pour abuser d'elle, mais il n'en était rien. L'idée ne lui déplaisait pourtant pas, Vlad était un bel homme avec un réel talent pour donner du plaisir, mais il ne cherchait pas à la contraindre. Il reprit :

— Le sexe ne participe pas à l'organisation de notre quotidien, mais si tout se passe bien, peut-être que certaines choses se mettront en place naturellement. À toi de voir si tu as envie que les choses évoluent dans le bon sens.

Yaeko posa la feuille sur la table et le regarda droit dans les yeux.

— De toute façon, je n'ai pas le choix, alors j'accepte, mais si je souhaite partir, je partirai.

— Tu es libre de partir à tout moment, lui répondit-il calmement. Je ne cherche pas à te priver de tes libertés, bien au contraire.

Il sortit un stylo de sa poche, et lui tendit.

— Signe cette feuille, et je considérerai que tu es d'accord.

Elle le prit sans dire un mot et signa de quelques traits la feuille posée sur la table.

— Voilà, « Maître » !

— « Vlad » suffira pour le moment, dit-il en souriant. Maintenant que tu as accepté mes conditions, j'ai quelque chose pour toi.

Ses yeux s'illuminèrent d'une curiosité enfantine.

— Tu peux regarder ce qu'il y a dans le sac en papier. Je me suis dit que tu en aurais besoin.
Elle se jeta dessus, commença à sortir les choses qui s'y trouvaient et les posa au fur et à mesure sur la table. Il y avait un gel douche à la noix de coco, une crème hydratante pour le visage et une autre pour le corps, toutes deux à la noix de coco également, une brosse à cheveux, des tampons et des serviettes hygiéniques, un rasoir jetable pour femme et une brosse à dents pour enfant. Elle fut surprise en la trouvant.
— Pourquoi une brosse à dents pour enfant ?
— Parce qu'il me semble que tu as une petite bouche et que cela sera plus adapté pour toi.
Elle sourit et ne lui révéla pas que c'était ce qu'elle avait l'habitude d'utiliser. Il était le premier homme à avoir fait attention à ce détail. Elle sourit intérieurement, touchée par cette attention. Il y avait également plusieurs paires de petites chaussettes blanches taille 37, une paire de chaussons et des culottes de toutes les couleurs. Vlad lui dit :
— Je ne connaissais pas ta taille exacte, alors j'ai pris du S et du M. Tu me diras lesquelles te vont le mieux et j'en achèterai d'autres.
Elle le regarda avec gentillesse. Il avait pensé à elle et cela lui faisait beaucoup de bien. Personne n'avait pris le temps de faire autant attention à elle depuis bien longtemps et elle se sentit rassurée et désirée. Elle comprenait maintenant pourquoi il était si sévère sur les règles qu'il lui imposait. Comme il le lui avait expliqué,

il s'occuperait d'elle et les objets dans ce sac en étaient la preuve. Elle se tourna vers lui en souriant.
— Merci beaucoup d'avoir pris tout ça pour moi.
— Je t'en prie, Yaeko. Je ne suis pas contre toi, comme tu peux le voir, je veux juste que tu sois bien et que notre quotidien le soit tout autant.
Elle approcha son visage du sien et lui déposa un baiser sur la joue qui le fit rougir. Vlad avait perdu l'habitude de toute forme de tendresse, mais la douceur d'une femme lui faisait toujours de l'effet. Il tenta de cacher ce frisson qui l'avait parcouru en reprenant.
— Maintenant, à table, je meurs de faim.

La semaine qui suivit, une certaine routine s'installa dans l'appartement et dans leur vie. La journée, Vlad s'enfermait au studio de Shadan pour préparer la série de sons qu'il devait livrer, et Yaeko tentait de s'occuper comme elle pouvait pendant ces longues heures de solitude. Les règles qui lui avaient semblé si contraignantes sur le papier commençaient tout doucement à rentrer dans ses habitudes. Ses chaussons ne quittaient plus ses petits pieds, elle attendait sagement chacun des « bon appétit » de son hôte, et elle tentait, malgré son caractère, de ne plus couper la parole quand leurs discussions s'animaient.
Vlad était un homme prévenant qui lui donnait jour après jour la sensation d'être importante. Le soir, quand il rentrait, elle servait une rasade de vodka dans un verre et y laissait se noyer trois glaçons cristallins. Il

s'asseyait sur le canapé, puis elle lui apportait le verre qu'elle déposait sur la table avant de se mettre à genoux. Les premières fois, elle avait eu du mal à tenir en place. Ne voyant personne la journée, elle avait besoin de parler, mais Vlad lui demandait toujours de se taire le temps qu'il boive sa première gorgée. Elle n'avait pas encore compris qu'il avait besoin d'un moment de transition entre son travail et le retour à l'appartement. Il devait la reprendre et elle s'insurgeait avec malice. Vlad ne lui donnait pas d'ordre, ne l'obligeait à rien en dehors de ces quelques règles et elle pouvait voir en lui l'homme bon et prévenant qu'il était. Il ne cherchait pas à abuser d'elle et tout le temps de cet apprentissage, il ne la toucha pas, malgré un désir ardent qui montait en lui. C'était un supplice qu'elle ne voyait pas. Son hypersexualité lui criait de la prendre, de la pénétrer, de la faire jouir, mais il s'y refusait. Yaeko avait parfois espéré la nuit qu'il vienne la rejoindre dans la chambre, mais la porte restait définitivement close.

À la fin de la première semaine, Vlad rentra un peu plus tôt que prévu. Yaeko s'était lancée dans la préparation d'un plat. Elle voulait lui faire plaisir, et d'une certaine façon, le remercier pour cette parenthèse qu'il lui offrait dans sa vie. Quand il la vit dans la cuisine, elle ne portait pas ses chaussons, et il le lui fit remarquer.

— Yaeko, va mettre tes chaussons, s'il te plaît, lui dit-il.

— Attends une minute, je cuisine, tu vois bien.

— Yaeko, va mettre tes chaussons, lui demanda-t-il à nouveau, et après, tu me serviras mon verre.
— Attends une seconde, je t'ai dit, je suis occupée.

Le visage de Vlad devint plus sévère et sa voix se durcit.
— Yaeko, premier avertissement.

Elle se tourna vers lui, surprise d'autant de rudesse de sa part. Son caractère impétueux reprit le dessus et elle lui répondit sèchement :
— Tu attendras, je te prépare le repas, tu devrais déjà être content.
— Deuxième avertissement.

Elle coupa le feu et laissa son bouillon refroidir. Elle s'approcha de lui et lui lança avec défi :
— Et si je ne le fais pas, tu vas faire quoi ? Tu vas me mettre sur le palier ? Tu vas me jeter dehors ?
— Ne m'oblige pas à te punir.
— À me punir ? Et puis quoi encore ? Tu vas me mettre au coin ?

— Yaeko, ne joue pas à ça avec moi, je vais te le demander gentiment une dernière fois : va mettre tes chaussons et sers-moi mon verre.
— Tu attendras !

Vlad l'empoigna par le cou avec vigueur et la força à rejoindre le salon.
— Aïe, tu fais quoi ? Arrête, tu me fais mal ! Vlad ! Arrête !

Il la lâcha devant le canapé et la poussa en avant. D'une main, il souleva son tee-shirt et de l'autre, lui baissa sa petite culotte rose, dévoilant ses fesses rebondies.
— Vlad, arrête ! Tu fais quoi ?
Elle était persuadée qu'il allait la pénétrer, mais elle ne le souhaitait pas. Elle ne voulait pas de sexe avec lui dans ces conditions et encore moins que cela devienne une punition. Il n'en fit rien. Il lui asséna une fessée si violente qu'elle poussa un cri de douleur.
— Ahhh !
— La première, c'est pour ne pas avoir mis tes chaussons.
Sa main fendit l'air et s'écrasa à nouveau sur sa fesse, lui arrachant un nouveau cri de douleur.
— Aahhhh ! Arrête, dit-elle, sentant monter les larmes dans ses yeux.
— La deuxième, c'est pour ne pas m'avoir servi mon verre quand je te l'ai demandé.
Yaeko agrippait le canapé avec force, électrisée par la douleur qui parcourait son corps. Elle ne savait pas ce qui lui faisait le plus mal. La douleur de la fessée ou l'humiliation de la recevoir. Il lui asséna une troisième fessée.
— AAAAAhhhhh ! Vlad, arrête !
— La dernière, c'est pour ne pas m'avoir fait passer en priorité à mon retour.
Il la lâcha et elle s'effondra dans le canapé où elle se recroquevilla sur elle-même. Vlad s'éloigna d'elle, le

temps que la tension qui avait rempli la pièce s'évapore peu à peu. Il revint s'asseoir près d'elle. Elle murmura entre deux sanglots :

— Je te déteste, t'es vraiment un monstre.

— Je t'ai pourtant prévenue.

Sa voix était redevenue douce.

— Je n'ai aucun plaisir à faire ça, tu sais. Te punir est pour moi un échec, ça veut dire que je n'ai pas su suffisamment te guider. Je ne suis pas parfait, mais ces quelques règles ne sont pas un jeu. Si je t'ai demandé cela, c'est que c'est important, et je veux réellement que tu y apportes toute ton attention.

Elle continuait à sangloter sur le canapé. Elle connaissait l'homme prévenant, elle découvrait l'homme sévère et implacable.

— La prochaine fois, tu vas me frapper ? T'es un homme violent, Vlad, je te déteste.

— Je ne suis pas violent, je ne veux pas te chasser d'ici, je te demande juste de respecter les règles sur lesquelles tu t'es engagée. Si tu ne le fais pas, je serai contraint de recommencer, même si cela me rend profondément triste.

— Tu parles, je suis sûre que t'aimes ça, frapper une femme.

— Je ne t'ai pas frappée, je t'ai simplement donné trois fessées.

— C'est pareil pour moi.

— Tu aurais pu largement éviter tout ça, prends le temps d'y réfléchir.

Il essaya de poser une main sur elle, mais elle le repoussa avec violence.

— Laisse-moi ! hurla-t-elle. En plus, je suis trop conne à vouloir te préparer à manger, t'es cinglé.

— Je suis désolé, Yaeko, ce n'est pas non plus ce que je voulais, lui dit-il avec tristesse.

Il se leva du canapé, s'éloigna d'elle et sortit sur le balcon pour prendre l'air. Yaeko finit par se lever au bout d'une dizaine de minutes, sécha ses larmes et alla mettre ses chaussons. Elle remplit un verre de vodka, y jeta trois glaçons et le déposa sur la table du salon. Ensuite, elle s'agenouilla et attendit que Vlad vienne s'asseoir. Sa tête était baissée, et ses yeux ne voulaient pas croiser son regard. Il finit par arriver, s'assit à sa place habituelle et but une gorgée.

— Tu peux te lever maintenant, si tu veux.

Sans dire un mot, elle se dirigea vers la cuisine et continua à préparer le repas. Vlad était partagé entre la culpabilité d'avoir dû la punir et la nécessité de ce recadrage. Il y avait des règles, il fallait les respecter. Il finit par la rejoindre en cuisine et il s'assit avec son verre. Ils n'échangèrent pas un mot jusqu'au repas.

Les jours suivants, le climat à l'appartement fut morose et Yaeko semblait s'éteindre. Elle n'arrivait pas à accepter que cet homme, qui était rentré dans sa vie pour la sauver, soit le même qui tentait de la briser. Vlad, lui, ne cherchait pas à lui faire du mal, mais il n'arrivait pas à lui expliquer que dans le schéma qu'il leur avait imposé, chacun avait sa place et tous deux devaient s'y tenir.

Le quotidien reprit son cours, ainsi que leurs habitudes. Yaeko ne quittait plus ses chaussons, attendait patiemment chaque « bon appétit » et lui servait son verre avant de se mettre à genoux. Au milieu de la deuxième semaine, Vlad commença à éprouver des difficultés dans son travail. Son bien-être était autant guidé par l'atmosphère à l'appartement que par le sexe et celui-ci lui faisait cruellement défaut. Il n'arrivait plus à composer, il ne baisait plus, et Yaeko, depuis la punition, avait pris une certaine distance avec lui. Il ne pouvait plus dormir sereinement et cette nuit-là, sur le canapé, il n'arrivait pas à fermer les yeux. Yaeko s'était recluse dans sa chambre.

Vlad retira son short qu'il portait pour la nuit et commença à se caresser. Il y avait une distance entre eux, mais c'est à elle qu'il pensait et qui faisait durcir son sexe. Il sortit une bouteille de poppers, et une chaleur envahit son visage, puis son corps. Son sexe, déjà dur, se raidit un peu plus. Sa main commença à aller et venir, et ses pensées l'emmenèrent au creux des reins de la jeune femme qui dormait dans la pièce à côté. Il imaginait son sexe la pénétrer, sentir ses lèvres serrées, entendre ses petits cris qui le suppliaient de ralentir. Sa poitrine gonflée qu'il voulait lécher et ses cheveux de jais que sa main aurait saisis pour la maintenir sur sa queue avide de plaisir. Il ferma les yeux et se branla plus fort en pensant à elle.

La porte de la chambre s'ouvrit doucement. Yaeko n'arrivait pas non plus à trouver le sommeil, et elle se dirigea vers la cuisine pour prendre un verre d'eau. Elle aperçut dans le salon, entre deux rayons de lune, Vlad allongé, nu, le sexe gonflé, qui se masturbait avec force. Il était si beau qu'elle s'arrêta, subjuguée par son corps en pleine recherche de ce plaisir solitaire. Elle lui en voulait toujours, mais la vision de son sexe gonflé et de son torse musclé l'excita si fort qu'elle imagina se jeter sur sa queue pour le sucer. Elle aurait voulu balayer tout ce qui s'était passé et s'empaler sur lui. Elle aurait voulu qu'il la fasse jouir, qu'ils relâchent toutes leurs tensions dans une baise où elle aurait accepté qu'il la malmène. Son clitoris était gonflé au point qu'il lui faisait mal, et sans s'en rendre compte, elle poussa un petit soupir qui trahit sa présence.

Vlad ouvrit un œil et l'aperçut à l'autre bout de la pièce, debout, dans l'encadrement de la porte de la chambre. Le regard de Vlad était triste. Ni l'un ni l'autre n'osèrent prononcer un mot, mais Yaeko, instinctivement, fit glisser sa main jusqu'à son entrejambe tout en continuant à l'observer. Elle ne portait pas de culotte et commença à se caresser doucement. Vlad, qui ne la lâchait pas du regard, continua à se branler. Yaeko respirait plus fort, ses doigts caressant ses lèvres. Son autre main se posa sur sa poitrine qui se soulevait au rythme de sa respiration. Elle l'empoigna avec vigueur avant de venir entortiller délicatement ses doigts autour de ses tétons. Elle pouvait sentir une chaleur envahir son corps et l'adrénaline qui bouillonnait en elle. Ses doigts allaient et venaient entre ses cuisses. Elle s'avança d'un pas, puis s'adossa contre le mur. Sa main retrouva le chemin de son sexe qu'elle caressa plus énergiquement. Vlad était hypnotisé par cette femme qui se livrait à lui dans ce moment intime et précieux, et son sexe n'en était que plus dur. Il se branlait avec force, elle se caressait avec ardeur. Il pouvait deviner sa peau frissonner et ses seins se durcir. Ses doigts agiles allaient de plus en plus vite, lui arrachant de petits soupirs aigus qu'elle n'arrivait plus à contenir. La tension dans la pièce était palpable, mais ni lui ni elle n'osaient faire le premier pas. Yaeko délaissa son sexe pour plonger ses doigts dans sa bouche. Elle les suçait en imaginant la queue de Vlad aux veines gonflées. Elle se caressa à nouveau, puis plongea ses doigts en elle. Vlad, nu devant elle, le sexe dans la main, était d'un érotisme qui la faisait chavirer. Elle plia légèrement les jambes pour pouvoir aller plus profondément, et les va-et-vient de sa main s'intensifièrent au rythme de ceux de Vlad. Sur le canapé, il inhala un peu de poppers, cracha sur sa queue, et continua à se branler en regardant le corps de Yaeko qu'il trouvait d'une beauté à couper le souffle dans son tee-shirt trop grand. Sa bouche entrouverte était un appel, sa cambrure, un itinéraire merveilleux vers la luxure et le vice. Elle ne s'arrêtait plus, chaque pénétration de ses doigts lui arrachait un cri, et son corps lui réclamait de jouir quand son cerveau lui ordonnait de prendre son temps. Elle aurait voulu qu'il la pénètre, mais à défaut, elle l'imagina jusqu'à confondre ses doigts avec le fantasme de sa queue dans son entrejambe trempé. Elle ferma les yeux pour se concentrer sur son corps qui la suppliait, mais elle les rouvrit, ne pouvant se priver du spectacle de cet homme nu et de son sexe qu'elle désirait, à cet instant, plus que tout. Ses gestes étaient rapides, son souffle court, et adossée contre le mur qui supportait le poids de sa frustration de n'être prise par lui, elle finit par jouir dans un cri aigu et strident.

À son tour, Vlad finit par jouir dans un râle, et son sperme gicla sur son ventre, sous le regard gourmand de Yaeko, qui n'aurait voulu manquer ce spectacle pour rien au monde, et lécher avidement sa semence. Elle retira ses doigts humides, reprit son souffle, puis sourit à Vlad, et se dirigea vers la cuisine où elle prit un verre d'eau avant de retourner silencieusement dans sa chambre.

Vlad essuya le sperme qui coulait et s'endormit avec le sourire d'un homme qui avait réussi à retrouver la paix.

Le lendemain, Vlad quitta l'appartement plus tôt qu'à son habitude. Avant son départ, Yaeko et lui prirent un café ensemble. Ni lui ni elle ne parlèrent de ce qui s'était passé pendant la nuit.
— Aujourd'hui, j'ai une journée chargée, dit Vlad, mais ce soir, je vais revenir plus tôt. J'aurai une surprise. J'aimerais que tu sois prête pour mon retour.
— Très bien, je serai prête, lui dit-elle avec douceur. Et c'est quoi, cette surprise ?
— Si je te le dis, ça n'est plus une surprise.
— C'est ton côté sadique, ça.
— C'est juste une surprise, dit-il en souriant. Sois prête, je te vois tout à l'heure.

Elle était heureuse, détendue, et ce qui s'était passé cette nuit avait apporté une sérénité qu'ils pensaient tous deux avoir perdue.

Dans la voiture qui l'attendait au pied de son immeuble, son chauffeur lui demanda :
— Comme d'habitude, Monsieur ?
— Pas aujourd'hui, voici où nous nous rendons.

Il lui montra l'écran de son téléphone et le chauffeur entra l'adresse dans son **GPS**. La voiture traversa Paris et ses embouteillages, jusqu'à un quartier où d'anciens bâtiments en briques, vestiges de la révolution industrielle, avaient été réhabilités en studio de tournage. La berline s'arrêta devant une grille verte.

Vlad descendit du véhicule et se dirigea vers l'agent de sécurité qui surveillait l'accès.
— Je viens pour le tournage.
— Votre nom, s'il vous plaît.
— Vlad.
— Vlad comment ?
— Juste Vlad.
L'agent regarda sur son téléphone s'il avait une quelconque indication concernant un certain Vlad, mais il ne trouva rien.
— Désolé, Monsieur, mais je ne peux pas vous laisser entrer, vous n'êtes pas sur ma liste.
Vlad était contrarié, mais garda son calme. Il avait toujours en mémoire les tournages à Miami où d'apprenties célébrités, qui se présentaient sans invitation et à grands renforts d'insultes, de « Vous ne savez pas qui je suis » et de « Je vais vous faire virer », tentaient d'infiltrer les plateaux.
— Aucun souci, il doit y avoir une erreur.
— Je vais vous demander de ne pas rester devant l'entrée, par contre, lui dit-il sur un ton monocorde.
Vlad savait que le métier de producteur était parfois ingrat. Il avait beau être à l'origine de nombreux succès dans l'industrie, son visage n'était pas celui qui les interprétait et que l'on reconnaissait dans la rue. Même si cela lui convenait de vivre dans l'ombre, il

n'appréciait jamais de se faire recaler. Il prit son téléphone et appela
Lexi, la cheffe de projet de Yoni Musique, qui arriva quelques instants plus tard. Elle semblait tout excitée dans sa veste rose parsemée de paillettes assorties à ses Converses.

— Je suis vraiment désolée, Vlad, je ne sais pas pourquoi vous n'êtes pas sur la liste, il y a dû avoir une erreur.

— Aucun souci, et puis, je viens en simple spectateur, de toute façon.

— Ah bon ? Je pensais que vous apparaîtriez dans le clip. En tout cas, c'est ce qui a été convenu avec votre manager.

Vlad pesta intérieurement contre Milton.

Merde, il aurait pu me prévenir quand même !

Tous deux passèrent la grille, remontèrent une petite allée avant de pénétrer dans le studio de tournage. L'endroit était une vraie fourmilière. Autour d'un gigantesque cyclo blanc, des éclairages avaient été installés. Un rail finissait d'être monté, sur lequel une dolly devait accueillir la caméra, lui permettant de se déplacer de manière circulaire autour du fond blanc. Une grue avait aussi été déployée et un technicien effectuait les derniers réglages.

— Je t'emmène dans les loges, on va passer au maquillage.

— Écoute, Lexi, je ne sais pas ce que vous vous êtes dit avec Milton, mais je n'ai absolument pas envie d'apparaître dans le clip.
— Non, mais Vlad, c'est juste un plan ou deux, c'est très rapide, tu sais.

Elle ne semblait pas entendre sa requête et accéléra le pas, forçant Vlad à la suivre sans pouvoir l'arrêter. Ils pénétrèrent dans une loge où une maquilleuse finissait de s'occuper de Tisha. Quand la chanteuse vit Vlad, un immense sourire illumina son visage.

— Bonjour, Vlad, merci d'être venu, et surtout, encore merci pour ce titre, il est incroyable !
— Bonjour, Tisha, c'est moi qui te remercie, j'ai écouté le mix et le titre est fou, j'ai adoré ce que tu as fait dessus.

Un homme d'une trentaine d'années avec une casquette à l'envers sur la tête et des cheveux longs entra dans la loge. Il était mal rasé, portait un tee-shirt et une surchemise rouge à carreaux. Des boucles d'oreilles, des bagues et toute sa quincaillerie bringuebalaient, en même temps que sa démarche beaucoup trop étudiée pour être naturelle. Lexi les présenta.

— Vlad, voici, Mika, c'est le réal du clip. Mika, je te présente Vlad, c'est lui qui...

Vlad tendit la main avant que Lexi n'ait pu finir sa phrase. Mika n'avait de toute façon pas écouté un seul mot de ce qu'elle avait pu dire. Il tapa dans la main de Vlad, plutôt que de la serrer.

— Salut, mec ! Vlad ? C'est cool ! T'es roumain ? T'es le figurant ?

Vlad le dévisagea sans répondre. Mika reprit :

— Bon, par contre, c'est trop black tout ça, Vlad, ça manque de peps, c'est pas assez colorful ! Moi, je veux que ça claque, tu comprends ? Le son est posé, mais le visuel doit envoyer du lourd. On fait de l'explosion rétinienne ! Tu vois ce que je veux dire, mec ?

— Non, je ne vois pas vraiment ce que tu veux dire, mec, répondit Vlad, tentant de dissimuler autant qu'il le pouvait son agacement.

Il avait beaucoup de mal avec les artistes qui cherchaient plus à se donner un genre qu'à concentrer tous leurs efforts sur leur création. Mika reprit :

— Il faut qu'on te trouve un outfit plus stylé, tu ressembles à un curé, Vladou.

Lexi regarda Vlad, gênée, se demandant si la troisième guerre mondiale allait être déclarée, mais il savait garder son calme quand un homme tentait de l'humilier pour construire sa propre gloire.

Lexi tenta de s'adresser à Mika.

— Vlad est le...

Mika ne l'écoutait pas, et parla un peu plus fort, s'adressant à tout le monde dans la loge.

— Quelqu'un pour me trouver une veste pailletée ? J'ai besoin d'une styliste, là. Elle est où Morgane ? On vous paie à quoi ?! Dépêchez-vous un peu, j'ai un chef-d'œuvre en cours, moi !

Vlad se tourna vers Lexi.

— Je suis désolé, mais je vais devoir y aller.

— Non, mais attends, Vlad...

Mika les interrompit.

— Comment ça, tu t'en vas ? On va bientôt se lancer !

Mika se tourna vers Tisha.

— Regardez comme elle est sublime, t'es tellement shiny, Tish ! T'es au top, chérie ! Il jeta un regard à Vlad et lui lança à son tour :

— Par contre, Vladi, faut qu'on te pimpe vite fait, là, c'est vraiment pas possible. Juste assieds-toi là, sur ce fauteuil, et attends gentiment qu'on te fasse le teint, t'as vraiment une sale mine ! Et puis, souris un peu, on dirait que tu vas tuer quelqu'un, détends-toi. Tu veux un verre ?

Tisha regardait la scène et ne savait pas comment réagir. Diplomate, elle se contentait de sourire, en espérant que toute cette mascarade s'arrête et que le clip puisse se réaliser dans les meilleures conditions. Vlad s'approcha d'elle et lui dit :

— Tu vas faire un super clip, Tisha, je ne sais pas ce qu'on t'as dit, mais j'étais simplement venu pour te soutenir.

— Tu ne tournes pas avec moi ?

— Tu n'as pas besoin de moi pour briller, c'est ma musique qui me représentera le mieux à tes côtés.

Mika, qui s'impatientait, attrapa une maquilleuse.
— Bon, chérie, tu t'occupes de lui, dit-il, tout en pointant Vlad du doigt. Tu te dépêches, j'ai pas toute la journée devant moi, tu sers à rien, là !

Vlad pouvait accepter beaucoup de choses, mais il ne supportait pas que l'on parle mal à une femme en sa présence. Il s'approcha calmement.
— Pas la peine, mademoiselle, je n'en aurai pas besoin.

Mika n'avait pas apprécié que l'on puisse le contredire et lança à Vlad :
— Écoute, mec, ici, c'est moi le patron, alors si je dis que tu passes au make-up, tu passes au make-up ! Capicho ?

La maquilleuse était terrorisée par le réalisateur tyrannique que personne n'osait contredire sur le plateau. Il pouvait être aussi décontracté que cinglant, et elle s'était résignée à suivre ses instructions de peur de perdre sa place. Vlad reprit :
— Bon, Micky, Mickey, Michel, ça n'est pas parce que tu réalises ce clip que ça te donne le droit de mal parler aux gens.
— Mais tu te prends pour qui, le figurant ? T'es en retard, tu me mets en retard, alors sois gentil, reste à ta place et passe au make-up maintenant. Je veux bien être flex, mais on est busy.

Vlad détourna le regard et demanda à Lexi :

— Sans vouloir être désobligeant, est-ce que tu te souviens, dans le contrat qui a été signé avec vous, de la clause numéro 4 du paragraphe 6 ?
— Désolée, Vlad, je ne l'ai pas en tête, répondit-elle, gênée.
— Permets-moi de la rappeler brièvement : « Dans le cadre de la réalisation de tout support visuel nécessaire à la promotion de l'œuvre, le producteur se réserve le choix du réalisateur si celui proposé par la maison de disque ne lui convient pas. Il peut mettre fin au contrat du réalisateur à tout moment avant la diffusion de l'œuvre. »

Mika, qui avait entendu Vlad, se tourna vers lui :
— Mais c'est quoi, ces conneries de contrat ? Et c'est qui, le producteur ?
Tous les regards se tournèrent vers eux. Vlad s'approcha doucement et lui murmura à l'oreille :
— Le producteur, c'est moi.

Le visage de Mika devint blafard. Lexi les interrompit :
— Oui, mais Vlad, on ne va pas tout annuler, tu sais que ce n'est pas possible.
— Demande à Lil X, pour son dernier clip, on a remplacé le réal en plein tournage, et celui qu'on a mis dehors n'a jamais remis un pied sur un plateau. Mais ne t'inquiète pas, Lexi, je voulais juste rappeler à Michel...

— « Mika », rectifia le réalisateur avec une voix tremblante.

— Je voulais juste rappeler à Michel que la seule star ici, c'était la sublime Tisha, et qu'elle méritait toute l'attention sur ce plateau.

Vlad donna une petite tape sur la joue du réalisateur qui n'osa pas répondre. Vlad reprit :

— Bon, je vous laisse flex, il paraît que vous êtes busy. Tisha, tu es magnifique, je sais que tu vas tout déchirer. Merde pour le clip !

Tisha lui envoya un sourire lumineux et Lexi poussa un soupir de soulagement. Les membres de l'équipe, qui avaient assisté à la scène, dissimulèrent leurs sourires moqueurs en retournant à leurs occupations. Vlad quitta le plateau.

Il sortit du studio et remonta dans la berline noire qui l'attendait devant la grille de l'entrée. Installé à l'arrière du véhicule, il prit son téléphone et appela la conciergerie.

— Bonjour, Monsieur, que puis-je pour vous ? lui répondit une jeune femme à l'autre bout du fil.

— J'aimerais que vous livriez un bouquet de fleurs à l'adresse que je vais vous envoyer.

— Bien sûr, Monsieur. Souhaitez-vous y ajouter un mot ?

— Oui, s'il vous plaît : « Tisha, ravi d'avoir pu travailler avec toi, je te souhaite tout le succès que tu mérites. Vlad »

— C'est noté, Monsieur.

Vlad raccrocha, impatient de rentrer chez lui, et de retrouver Yaeko pour la surprise qu'il lui avait préparée.

CHAPITRE IX

Les journées à rester enfermée dans l'appartement étaient interminables pour Yaeko. Une fois que Vlad n'était plus là, elle tentait tant bien que mal d'occuper son temps pour éviter de regarder les heures passer. Elle avait pris ses habitudes et mis en place sa routine quotidienne. Une douche, choisir un tee-shirt parmi tous ceux que Vlad avait mis à sa disposition, une paire de chaussettes blanches, et une culotte dont la couleur exprimerait son humeur. Une culotte jaune pour les jours où elle se sentait bien, bleue quand la morosité gagnait son cœur, rouge quand elle ressentait de la colère et rose quand elle avait besoin de se sentir aimée.
La matinée était souvent consacrée à regarder la télévision, mais son esprit divaguait. Elle s'imaginait à la terrasse d'un café, observant les passants pour tenter de deviner qui ils étaient, où ils allaient et ce qu'ils allaient faire. Marcher pieds nus dans un jardin, sentir l'odeur des fleurs et le vent glisser entre ses cheveux. Revêtir une robe de soirée au décolleté vertigineux, et dîner dans un restaurant couvert de lambris, de dorures, et où les serveurs en complet noir l'appelleraient Madame. Aller au cinéma, regarder un film d'horreur, et manger du pop-corn, tout en cachant son visage dans les bras de Vlad. Elle s'imaginait aller à l'opéra, dévaliser une

pâtisserie, manger un cornet de frites devant Notre-Dame, aller visiter le Louvre et voir la Joconde, mais inexorablement, elle ouvrait les yeux, et voyait le salon de l'appartement dont elle était captive.

Le midi, elle se préparait un repas léger : un bol de riz, des pâtes avec un œuf et une sauce soja, ou une salade quand elle avait un peu plus de courage. Elle aimait cuisiner, mais pas pour elle. Le réfrigérateur était toujours plein, Vlad n'oubliait jamais de lui laisser tout ce qu'il fallait pour qu'elle se sente bien. Elle s'ouvrait un Cherry Coke, y glissait une paille, et comptait le nombre de gorgées qu'elle pouvait faire avec une seule canette. L'après-midi, elle s'occupait du ménage. Elle lançait une playlist sur l'enceinte connectée et trouvait dans l'aspirateur un partenaire de danse qui la faisait tournoyer d'une pièce à l'autre. Elle aimait chanter, même si elle chantait faux, elle aimait danser, surtout quand elle était seule. Elle terminait essoufflée dans le canapé, fermait les yeux et imaginait Vlad la soulevant de ses bras puissants pour l'emmener dans la chambre. Parfois, elle se masturbait pour passer le temps, mais elle avait du mal à jouir. Elle avait besoin de sentir un corps contre elle, des bras qui l'enlacent, la respiration d'un homme qui la désire, le souffle de Vlad qui s'emparerait d'elle.

La clé dans la serrure la tira de sa rêverie et Vlad pénétra dans l'appartement. Il lui avait promis une surprise et cette idée avait occupé ses pensées toute la journée.

Elle courut à sa rencontre et se planta devant lui avec de petites étincelles d'impatience dans les yeux.
— Je vois que tu as hâte de découvrir la surprise que je t'ai préparée.
— Voui ! dit-elle sur un ton enfantin.
— Il va falloir attendre encore un peu.

Elle fit une moue boudeuse, contrariée de devoir encore attendre alors qu'elle avait déjà patienté toute la journée. Vlad lui dit :
— D'abord, notre rituel.

Il posa ses affaires et alla s'asseoir dans le canapé. Elle versa une rasade de vodka dans un verre, y jeta trois glaçons et sautilla jusqu'à lui. Elle posa le verre sur la table et se mit à genoux comme il le lui avait demandé.

Elle trépignait, attendant qu'il lui révèle enfin ce qu'elle avait si longuement attendu. Elle se risqua à le lui demander.
— C'est quoi ? Je veux savoir, je n'en peux plus.

Elle serrait ses petits poings, tout en implorant Vlad, avec une joie d'enfant, de la délivrer enfin.
— La surprise ne devrait pas tarder.
— Pas tarder ? répondit-elle surprise. On attend quelqu'un ? C'est qui ? Pourquoi ? On va faire quoi ? Je veux savoir !
— Calme-toi, mais tu dois avant tout me promettre plusieurs choses.
— Ah oui ?

— Quand la personne qui va nous rejoindre sera là, je veux que tu attendes mon autorisation pour parler, tu ne me coupes pas la parole, et tu ne dis rien sur ce qui t'a amenée à vivre ici ces derniers temps.

— Aucun souci ! Je serai sage ! Allez, dis-moi ce que c'est ! Steuplaît ! Steuplaît ! Steuplaît !

L'interphone sonna et Vlad se leva pour aller ouvrir.

— Il n'y a plus longtemps à attendre, lui dit-il.

Quelques instants plus tard, une grande brune aux cheveux mi-longs, et aux pommettes constellées de taches de rousseur, pénétra dans l'appartement. Elle avait les bras chargés de sacs et avait du mal à avancer sans risquer d'en faire tomber un.

— Bonsoir, Janis, je vois que vous avez été inspirée.

— Bonsoir, Monsieur, je sais que vous aimez le choix et je pense que vous en aurez ce soir.

Elle déposa les sacs sur le sol et aperçut Yaeko qui se tenait debout à quelques mètres d'elle. Elle était toute petite et timide dans son tee-shirt oversize noir portant le logo de Nirvana. Elle n'osait pas parler, et se sentait fragile dans sa tenue trop légère pour être présentable.

— Bonsoir, mademoiselle, je suis Janis. Je suis ravie de vous rencontrer. Vous devez être la petite amie de Monsieur.

Yaeko, gênée, ne répondit pas, et lança un regard rapide à Vlad qui répondit :

— C'est une amie qui, comme vous pouvez le constater, n'a rien à se mettre pour sortir.

À cet instant, elle aurait aimé qu'il réponde simplement oui, mais la réalité la rattrapa et l'amie qu'elle était pour lui se contenta de sourire.

Janis sentait que Yaeko était sur la réserve et prit les devants.

— Monsieur, je vous propose de m'occuper de votre amie et, si vous le permettez, nous vous présenterons bientôt toutes les magnifiques tenues qui ne feront que la sublimer.

Janis avait un accent anglais qui rendait toutes ses propositions adorables, au point qu'il était difficile de s'y opposer.

— Très bien, répondit Vlad, Yaeko va vous accompagner dans la chambre. Je la laisse entre vos mains.

Yaeko était remplie d'une nouvelle énergie qui illuminait son visage. Elle se disait intérieurement que si Vlad souhaitait qu'elle essaie des vêtements, c'est qu'il avait prévu de l'emmener dehors. Rien n'était sûr, mais cette seule pensée raviva en elle l'espoir de sortir de cet appartement et de respirer à nouveau un parfum d'aventure.

Vlad retourna s'asseoir sur le canapé et sirota sa vodka en attendant que le spectacle commence. Il n'eut pas longtemps à attendre et comme sortie de sa loge, Yaeko lui présenta la première tenue. Il avait donné à Janis des instructions précises sur ce qu'il attendait, mais il lui avait laissé carte blanche pour trouver chacun des vêtements et les accorder entre eux. Il y avait des robes, des pantalons, des chaussures à talons, des baskets et un sweat Hello Kitty que Yaeko ne voulait plus quitter. Pour chacune des tenues, Vlad faisait une photo sur son téléphone. Yaeko se prêtait au jeu en prenant plusieurs poses censées mettre en valeur ses tenues, mais il ne voyait que son sourire angélique et ses yeux en amande. Elle rayonnait, jouant les modèles improvisés, mais encore plus à l'idée qu'elle pourrait sûrement bientôt sortir.

Quand elle eut présenté toutes les tenues, Vlad envoya à Janis les photos de celles qu'il avait retenues. Yaeko avait ses préférées, mais Vlad ne lui demanda pas son avis. Elle ne chercha pas à négocier, bien trop heureuse d'avoir sa petite garde-robe à elle.

— Pour le sweat, on le garde quand même ? Je l'adore... dit-elle à voix basse.

— Bien sûr qu'on le garde. Il te va très bien.

— Merciiiiiii !

Elle se jeta sur lui dans un élan de bonheur irrépressible. Ce sweat lui faisait du bien. Il était ample, confortable et surtout, totalement régressif.

Janis, qui terminait dans la chambre de faire le tri des vêtements que Vlad souhaitait conserver, les aperçut et trouva qu'ils étaient mignons ensemble. Elle sourit machinalement en les voyant, parce que le bonheur était contagieux et que le leur avait touché son cœur.

Quand elle eut fini, Janis prit congé et les laissa seuls. Yaeko était joyeuse, impatiente de découvrir ce que Vlad avait prévu. Elle tenta innocemment de prêcher le faux pour découvrir la vérité.

— Je croyais qu'on ne devait pas sortir d'ici.

— C'est vrai, mais je sais à quel point tes journées sont longues. Je me suis dit que nous pourrions sans doute faire une entorse à tout cela, sans pour autant se mettre en danger.

Yaeko frappait dans ses petites mains, excitée par cette idée.

— On va où ? demanda-t-elle avec une impatience non dissimulée.

— Mais tu veux tout savoir ! Je vais finir par croire que tu n'aimes pas les surprises !

— Si, j'adore les surprises, mais on va où ? Steuplaît, dis-moi !

— On va commencer par se préparer.

— Il va bien falloir que tu me dises où nous allons pour que je puisse choisir la bonne tenue.

— Ou alors, je vais choisir ta tenue, et peut-être que tu devineras où nous allons, répondit Vlad avec amusement.

— Bon, ok ! Je mets quoi ?

— Avant ça, je voudrais qu'on voie ensemble quelques petits détails.

Yaeko souffla et fit une moue boudeuse, comme un enfant qui doit faire ses devoirs avant de pouvoir aller jouer.

— J'imagine qu'il y a encore des règles ? soupira-t-elle.

— En effet, reprit-il avec sérieux. Tout d'abord, en public, tu n'adresses pas de prime abord la parole aux gens. Tu ne me coupes pas et bien sûr, comme je te l'ai dit, tu ne parles pas de notre situation.

— Oui, rien de nouveau, c'est la même chose qu'avec Janis.

— Tout à fait. Par contre, j'aimerais que tu retiennes ces gestes. Si tu me vois en train de toucher mon oreille, c'est que ce que tu fais ne me plaît pas et qu'il faut que tu arrêtes.

— Pardon ? T'es sérieux ?

— Oui, je veux pouvoir communiquer avec toi sans avoir à parler.

— J'ai bien compris, mais je n'aime pas trop devoir te rendre des comptes.

— On ne va pas ouvrir à nouveau ce dossier.

— J'ai accepté les règles de l'appartement, mais tu ne vas pas me dire non plus comment je dois me comporter, dit-elle, contrariée.

— Ce n'est pas contre toi et je ne cherche pas à t'empêcher d'exister. Je veux juste que nous puissions nous comprendre sans que j'aie à parler, rien de plus.

Et puis, de toute façon, si tu veux sortir aujourd'hui, il faudra bien que tu acceptes.

— C'est tellement toxique.

— C'est uniquement pour ta sécurité.

— Ça t'arrange bien, surtout, rétorqua-t-elle.

— Je disais donc : si je me touche l'oreille, c'est que ce que tu fais ne me convient pas et qu'il faut que tu arrêtes. Si je me gratte le cou, c'est que nous devons partir rapidement. Si je me touche le nez, je veux que tu restes près de moi et si nous sommes un peu éloignés, je veux que tu te rapproches. Enfin, si tu te sens en danger, attrape ton poignet droit avec ta main gauche.

— Et si tu me siffles ? Je te ramène la balle ?

Elle s'éloigna de lui et lui tira la langue.

— Je ne suis pas ton animal de compagnie, Vlad, dit-elle en se moquant de lui.

— Peut-être que tu aimerais que je te fasse miauler ? lui répondit-il, avec assurance.

Elle s'étonna de sa réponse, mais ne put cacher l'excitation qui avait éclairé son regard. Elle poursuivit :

— Tu vas me tenir en laisse aussi ?

— Uniquement si tu y consens.

La réponse de Vlad la laissa sans voix. Elle ne savait pas s'il se moquait d'elle ou s'il était sérieux. Elle balaya la question avec désinvolture.

— Et donc, pour sortir, je m'habille comment ? Tu ne m'as toujours pas dit ce que je dois mettre ni où on va.
— Mets ton sweat Hello Kitty, un pantalon oversize et une paire de baskets.

Yaeko semblait déçue. Secrètement, elle s'était imaginé revêtir une robe de soirée, dîner dans un beau restaurant, peut-être même se balader sur les Champs-Élysées, mais la tenue qu'il lui avait demandé de porter ne lui donnait pas d'indication sur le programme de la soirée.

— Mais je ne vais pas être jolie comme ça.
— Ne t'inquiète pas, tu seras très belle, et pourquoi attendre pour porter ce sweat qui te plaît tant ?
— Oui, mais j'aurai l'air de rien à côté de toi.
— J'ai prévu de me changer, on s'habille décontracté.
— Et tu t'habilles comment ?
— Un pantalon noir, un sweat noir et une paire de baskets.
— Toujours en noir... Je vais finir par croire que tu travailles dans les pompes funèbres ou dans la sécurité, dit-elle en se moquant de lui.

Elle alla se changer un peu à contrecœur, mais quand elle se regarda dans le miroir de la chambre, elle trouva que la tenue ne lui allait pas si mal.

Quand elle fut prête, ils quittèrent l'appartement. Un sourire béat et des yeux enfantins ne quittaient plus son visage. Ils prirent l'ascenseur, traversèrent le hall d'entrée et s'engouffrèrent dans la berline noire aux vitres teintées qui attendait devant l'entrée, le moteur allumé.

Yaeko profitait de chaque seconde en dehors de l'appartement et tentait de remplir son esprit de toutes les images de la ville dans laquelle elle vivait, mais qu'elle ne connaissait pas.

La voiture se perdit dans un dédale de rues où les enseignes lumineuses éclairaient la vie des Parisiens qui vaquaient à leurs occupations. Ils finirent par rejoindre la Seine et un embarcadère, où une péniche-restaurant s'apprêtait à appareiller.

— On va faire du bateau ? demanda Yaeko, excitée.

— Nous allons surtout dîner, et par la même occasion, naviguer un peu sur la Seine.

— Trop bien ! J'ai toujours rêvé de faire une balade sur la Seine !

Ils descendirent de la voiture et empruntèrent le pont métallique qui permettait de monter à bord. Un homme au visage sévère se tenait derrière le pupitre qui matérialisait l'accueil du restaurant.

— J'ai une réservation au nom de Monte-Cristo.

L'homme chercha dans son registre, trouva la réservation et son visage devint beaucoup plus amical.

— Bonsoir, Monsieur, bienvenue à bord. Le bateau va bientôt partir, je vais vous accompagner à votre table.

La péniche avait été aménagée en un restaurant élégant où les nappes blanches étaient éclairées par des petites lampes de table aux reflets jaunes. La salle était pleine, et Yaeko ne put s'empêcher de s'attarder sur les tenues des autres passagers. Les femmes portaient des robes élégantes et des maquillages sophistiqués, et les hommes en chemise s'étaient parés de leur plus belle veste.

Elle murmura à l'oreille de Vlad :

— Ils sont tous super bien habillés, j'ai l'impression de faire tache.

— Tu es très jolie.

— Oui, mais pourquoi tu ne m'as pas dit qu'on venait ici ? J'aurais mis la petite robe noire que tu as gardée. En plus, je ne suis pas maquillée, je ne me sens vraiment pas belle.

Il lui chuchota à l'oreille, tout en traversant la salle :

— Tu es la plus belle sur ce bateau ce soir, et nous ne dînerons pas avec eux. Tu me plais telle que tu es, et le regard des autres n'a aucune importance.

Quand ils furent arrivés à la proue du bateau, l'homme qui les précédait ouvrit une porte qui donnait accès à un petit escalier. Ils gravirent les marches jusqu'à une pièce où il n'y avait que quelques tables sous une verrière qui offrait une vue panoramique. Vlad murmura à Yaeko :

— Le luxe n'est pas dans les apparences, mais dans les expériences, et puis, si on doit s'enfuir du bateau à la nage, ça sera plus facile si l'on est habillés comme ça.

Yaeko n'imaginait pas devoir sauter dans les eaux froides de la Seine, elle voulait simplement profiter de sa soirée, et oublier l'espace de quelques heures les dangers qu'ils avaient traversés. Ils s'installèrent côte à côte sur une table ronde qui offrait une vue spectaculaire sur l'avant du bateau.

— Bienvenue à la table du capitaine. Puis-je vous proposer une coupe de champagne pour commencer ?

Vlad acquiesça, et l'homme disparut dans le ventre du navire qui quitta doucement le quai.

Paris s'était habillée d'étoiles, et les lumières de la ville se reflétaient sur le fleuve. Au loin, la tour Eiffel et son phare balayaient le ciel d'un faisceau puissant et Yaeko eut la sensation que ce soir, rien ne pourrait lui arriver.

Le serveur revint rapidement avec deux coupes qu'il déposa sur la table.

— Je crois qu'il est temps de trinquer, dit Vlad.

— À quoi ? Aux amoureux de Paris ? À la paix dans le monde ?

— À ta petite culotte qui restera la première chose que j'ai vue de toi.

Yaeko rougit, puis reprit :

— Alors, à ma petite culotte et à cette belle soirée.

Ils burent une gorgée, et les bulles de champagne piquèrent la gorge de Yaeko qui n'en avait jamais bu d'aussi bon.

— Il faudra tout de même que tu me racontes un jour comment tu t'es retrouvée dans cette chambre et ce que te voulaient ces Polonais.

Vlad n'avait jamais osé aborder le sujet à l'appartement, mais l'endroit se prêtait aux confidences, et il espérait enfin en savoir plus sur cette jeune femme qui était aussi belle que mystérieuse. Yaeko s'assombrit, mais elle n'esquiva pas la question.

— J'ai été enlevée après mon arrivée à l'aéroport. Je suis montée dans une voiture que je pensais être un taxi et après, c'est le trou noir. Je me suis réveillée attachée dans cette chambre.

— Tu venais d'où ?

— Du Japon.

— Tu parles vraiment très bien le français pour une Japonaise.

— Ma mère est française, j'étais venue ici pour la voir.

— Je croyais que tu ne connaissais personne ici, répondit Vlad, étonné.

— Elle a quitté le Japon quand j'avais 17 ans, après avoir divorcé de mon père. J'étais venue à Paris pour la retrouver, je ne l'ai pas revue depuis, dit-elle avec une pointe de tristesse dans la voix. Mais je n'ai eu le temps de rien. Ils ont dû me droguer avant de prendre mes affaires et de me laisser dans cette chambre.

— Je me demande quand même pourquoi ces gars mettent autant d'efforts à vouloir te retrouver.

— Je ne sais pas, dit Yaeko. Ils doivent avoir leurs raisons. Moi, je voulais juste retrouver ma mère.

Vlad n'insista pas. Il ne voulait pas gâcher la soirée en étant trop intrusif, mais il n'arrivait pas à comprendre pourquoi cette jeune femme suscitait autant de convoitises. Peut-être correspondait-elle à une commande d'un client de l'hôtel qui souhaitait réaliser un sombre fantasme. Yaeko le tira de ses pensées.

— Et toi, Vlad ? Tu ne me parles jamais de toi. Ça fait plus d'une semaine que nous cohabitons et je ne sais même pas ce que tu fais de tes journées.
— Voyons si tu arrives à deviner... dit-il sur un ton joueur.
— Alors, tu t'habilles toujours en noir, tu vis seul, et tu as l'air de bien gagner ta vie. Je dirais donc tueur à gages, ou un métier dans la finance.
— Je n'ai jamais tué personne, mais c'est vrai que j'ai fait gagner beaucoup d'argent à d'autres. Dans les deux cas, ça n'est pas ça.
— Ah, tant mieux ! J'avoue que je commençais à m'inquiéter que tu sois tueur à gages. En plus, j'ai vu que tu avais un pistolet.
— Ce n'est pas le mien, et même si je remplis des contrats, personne n'en est mort.

Il s'arrêta un instant et le visage d'Alice traversa son esprit. Ses traits se durcirent et il se rappela que si elle était morte, c'était sa faute. Il n'avait pas voulu signer, ils l'avaient tuée. Il voyait encore ce contrat que lui avait tendu Tomasz et qu'il avait refusé de signer. Peut-être que s'il avait accepté, elle serait encore en vie. Yaeko ne comprit pas son changement d'attitude.

— Tout va bien, Vlad ? Un souci ?

— Non, rien, ça va. dit-il en tentant d'effacer ce souvenir de son esprit. Je suis dans la production musicale. J'écris et je compose pour des artistes.

— Wouah, trop cool !

Le serveur les interrompit en leur apportant le menu.

— Yaeko, j'espère que tu as faim, je vais voir si j'arrive à deviner ce que tu vas choisir.

— C'est une soirée devinettes ?

— En entrée, tu vas te laisser tenter par le suprême de saumon norvégien et sa crème acidulée à la cardamome verte. En plat, le mignon de veau, sauce parmesan grillé au parfum de truffes blanches et en dessert...

— Pour le dessert, nous avons encore le temps, dit Yaeko avec une voix qui se voulait plus sensuelle. Mais pour le reste, je vais prendre ça. Comment as-tu su ?

— Je t'observe plus que tu ne le crois.

— Et quand tu m'observes, tu vois quoi ?

Vlad marqua une pause, et la péniche passa sous un pont qui recouvrit totalement la verrière. Les lumières de la ville disparurent.

— Je vois une belle jeune femme qui ne me dit pas tout sur elle. Je vois que tu sais te tenir à table et que tu as de l'éducation. Je vois que tu n'as posé aucune question sur les plats et que tu n'as pas eu l'air surpris en lisant la carte. Je vois une femme qui apprécie les belles choses, mais qui aime les dessins animés et par-dessus tout, une femme qui dégage un je-ne-sais-quoi perturbant.

— Je te perturbe, Vlad ?

— Disons que j'aime avoir le contrôle, connaître et comprendre les gens qui m'entourent, étant donné qu'ils sont peu nombreux et même si j'ai l'impression de savoir qui tu es, j'ai pourtant le sentiment que tu me caches des choses.

Le serveur revint pour prendre la commande et Vlad choisit une bouteille de vin blanc légèrement moelleux pour accompagner le repas. Il commanda pour eux deux le même plat, celui qu'il avait deviné et qui semblait lui faire envie. Yaeko reposa la question à laquelle il n'avait pas répondu.

— Je te perturbe ?

— Un peu, mais il faut croire que cela fait aussi ton charme.

Elle rougit, mais elle refusait de se laisser déstabiliser par cet homme charismatique que rien ne paraissait atteindre. Même s'il semblait chercher à la percer à jour, ses questions étaient toujours subtiles, et leurs discussions ravissaient son esprit.

Elle reprit :

— Parle-moi un peu d'amour, euh... je veux dire... si tu as déjà été amoureux, enfin, je veux dire, tu as eu quelqu'un dans ta vie récemment ?

Ses mots avaient trahi sa pensée et elle tentait désespérément de se rattraper. Elle baissa la tête et regarda la nappe et les couverts pour tenter de dissimuler sa maladresse.

— Non, il n'y a personne dans ma vie depuis longtemps.

— Tu plaisantes ?

Elle reprit son aplomb.

— T'es plutôt pas mal, tu travailles dans la musique, tu gagnes bien ta vie, j'ai du mal à croire qu'il n'y a aucune femme autour de toi.

Vlad s'était assombri et ses yeux évitaient autant que possible de croiser ceux de Yaeko.

— Je n'ai plus envie d'aimer.

— Une rupture difficile ? dit-elle timidement.

— On peut dire ça. Parfois, les histoires d'amour ne se terminent pas comme on l'aurait voulu, et depuis, je ne suis plus capable d'aimer.

Visiblement, Yaeko avait touché un point sensible. Elle n'osa pas le questionner plus, et tenta de saupoudrer un peu d'insouciance sur ce dîner qui l'apaisait beaucoup.

— C'est le passé ! Aujourd'hui, concentrons-nous sur le présent, et je ne t'ai pas encore remercié pour cette sortie qui me fait beaucoup de bien.

Le serveur apporta les entrées dans de grandes assiettes blanches. Il fit goûter le vin à Vlad, puis servit Yaeko avec toute l'élégance qui convenait à ce genre de table. Elle regarda Vlad, attendant qu'il lui souhaite un « bon appétit » pour qu'elle puisse commencer son repas. Elle s'étonna d'être aussi sage et d'avoir intégré ce rituel aussi vite. Cela la contentait plus qu'elle n'aurait pu le penser. Vlad l'observa un instant avant de lui souhaiter un bon appétit.
Le plat était délicieux et le saumon légèrement gras. Yaeko se régalait de ce plat aux saveurs acidulées qui faisaient frémir son palais. Vlad continua :
— Et toi, Yaeko, une belle jeune femme comme toi a-t-elle un amoureux qui l'attend au Japon ?
— J'ai eu des prétendants, mais rien de sérieux. J'ai encore envie de profiter de ma vie.
— À t'entendre, on dirait que l'amour est une prison.
— L'amour, non, mais le couple au Japon peut vite devenir une cage dorée. On verra ça plus tard, pour l'instant, je suis à Paris, et ce soir, j'ai envie de profiter.

Elle hésita à prendre un morceau de pain pour saucer son assiette, mais voyant que Vlad ne s'en privait pas, elle succomba à sa gourmandise.
Il avala une gorgée de vin blanc, regarda par la verrière Paris qui défilait sous ses yeux et poursuivit la conversation :

— Tu as un peu réfléchi à ce que tu allais faire après ? Dans deux semaines, tu seras à nouveau libre d'aller où bon te semble.
— Je ne sais pas encore. Je ne me sens plus en sécurité ici, même si je donnerais n'importe quoi pour revoir ma mère. D'ailleurs, tu es sûr que c'est une bonne idée d'être de sortie ce soir ?
— Ça ne te fait pas plaisir ? répondit Vlad.
— Si, bien sûr, mais je me demande si on ne risque rien. Après tout ce qui s'est passé, j'avoue, j'ai peur.
— Normalement, on ne risque rien et je veux bien croire que ces Polonais aient le bras long, mais je ne crois pas qu'ils aient les moyens de nous retrouver aussi facilement. Même si tout le monde se connaît à Paris, c'est tout de même une grande ville et j'ai toujours mené une vie discrète ici. Ne t'inquiète pas, personne ne va sauter sur le toit du bateau pour essayer de t'enlever.
— Tu as l'air bien sûr de toi.
— J'ai vu beaucoup de choses hallucinantes dans ma vie, mais nous ne sommes pas dans un film.

Le serveur apporta le plat de résistance qu'il déposa délicatement devant eux.
— Souhaitez-vous autre chose, Monsieur ?
— C'est parfait, je vous remercie.

Le mignon de veau avait l'air appétissant. Il était accompagné d'asperges croquantes qui donnaient un aspect printanier à l'assiette. Vlad prit ses couverts et commença à découper la viande, ce qui signifia à Yaeko qu'elle pouvait commencer à manger. Elle ne savait pas pourquoi, mais les rituels qu'il avait instaurés lui procuraient une grande paix intérieure. Elle n'avait pas besoin de se poser de questions, de se demander comment se comporter, il lui suffisait de se laisser porter. Elle avait le sentiment d'être protégée sous l'aile d'un dragon redoutable.

Le veau était fondant, et elle poussa un soupir de satisfaction en savourant la première bouchée. Elle ferma les yeux de plaisir et de contentement.

— Je vois que tu aimes les bonnes choses, dit Vlad avec satisfaction.

— J'adore ça, et je me demande encore comment tu as su que je choisirais le veau.

— Un magicien ne révèle pas ses tours, mais depuis que tu es chez moi, j'apprends à te connaître, et puis, je t'ai regardée quand tu as lu la carte. Tu ne t'en rends peut-être pas compte, mais ton visage me donne des indications sur ce que tu penses.

— Je ne sais pas comment tu fais, mais ce n'est pas grave. Tu as un plat préféré, d'ailleurs ?

— Je n'en ai pas qu'un, mais si je te dis que j'adore les sushis, tu vas croire que j'essaie de marquer des points pour te séduire.

— Si tu m'avais invitée dans un restaurant asiatique, là, tu aurais marqué des points ! dit-elle, fière de sa répartie.

— Pour que tu me dises que les plats sont meilleurs au Japon ? Hors de question. Et puis, il me semblait que tu avais besoin de voir autre chose ? J'ai préféré privilégier la vue.

— Et c'est un sans-faute, je dois le reconnaître.

— Ça veut dire que j'ai marqué des points, dit-il d'un ton taquin.

— Tu as gagné celui-là, je te l'accorde.

Elle tourna la tête vers lui et pouvait sentir l'odeur de son parfum qui émanait de sa peau et de son cou. Elle ne savait pas pourquoi, mais à chaque fois qu'elle le respirait, elle ressentait en elle une excitation inexplicable qui lui intimait de baisser les armes et de s'ouvrir à lui.

Quand ils eurent fini, le serveur vint débarrasser la table, avant de leur proposer le dessert.

— Voyons voir si tu vas faire un sans-faute sur le choix du dessert, dit Yaeko avec l'envie de le pousser dans ses retranchements.

— J'hésite entre la crème brûlée et la soupe de fruits rouges, pastèque et menthe.

— Alors ? Pas facile ! dit-elle en le narguant.

— Je dirais la crème brûlée.

— Comment tu as deviné ? dit-elle, contrariée. Pourtant, j'ai tout fait pour que tu n'arrives pas à le voir sur mon visage.

— J'avais une chance sur deux. Il faut croire que parfois, j'ai de la chance, dit-il en souriant.

Le serveur leur apporta les desserts, accompagnés d'une coupe de champagne. La crème brûlée était aussi onctueuse que craquante, et Yaeko la dégusta avec gourmandise. La péniche avait fait demi-tour et regagnait doucement l'embarcadère. Yaeko sentait l'alcool lui tourner la tête, et désinhibée, elle se risqua sur un terrain qui la gênait en temps normal.

— Moi, j'aimerais bien savoir ce que tu aimes le plus dans le sexe.

Vlad fut surpris de la question, mais il apprécia qu'elle aborde le sujet de manière aussi directe.

— J'aime beaucoup de choses, tu t'en doutes, mais je dirais que j'ai des besoins particuliers.

— Particuliers comment ?

— J'aime les expériences, surtout celles qui marquent, qui laissent des traces et qui me font me sentir vivant.

— Je n'ai pas vu de chambre rouge chez toi, dit-elle avec un large sourire.

— J'ai l'impression que tu es déçue.

L'alcool aidant, Yaeko se sentait plus sûre d'elle. Ses paroles précédaient ses pensées, laissant la vérité franchir ses lèvres.

— Je ne suis pas déçue, mais je ne dis pas que ça ne m'intéresse pas. Je ne suis pas une petite chose fragile, tu sais.

— Ça se voit, mais on ne se lance pas n'importe comment dans ce genre de pratiques. C'est un cheminement qui peut prendre du temps.

— C'est vrai que depuis notre rencontre, le temps n'a pas forcément été un allié pour nous, dit-elle un peu dépitée. Il n'y a pas de raccourcis ?
— Peut-être pourrais-je te montrer certaines choses, si tu en as envie ?
Intérieurement, elle pensa à sa bite, mais sa pudeur et son éducation l'empêchèrent de le dire, malgré l'alcool.
— J'avoue que cela me plairait beaucoup.

La péniche finit par s'arrêter. Une fois à quai, une grande partie des clients quittèrent le navire, mais tous deux prirent le temps d'un dernier café, profitant d'une parenthèse douce et lente. Vlad aurait voulu que ce moment dure plus longtemps, mais il n'aimait pas l'idée d'être une cible sur le bateau maintenant immobile. Il régla l'addition, et tous deux se dirigèrent vers la berline noire aux vitres teintées qui attendait, le moteur allumé.

Dans la voiture, Yaeko était morose à l'idée de rentrer à l'appartement. Sortir lui avait fait tellement de bien qu'elle aurait voulu que la soirée ne se termine jamais. Elle supplia Vlad, mais ce dernier resta impassible face à ses suppliques. Il avait toujours en tête la menace qui planait au-dessus de leurs têtes, et même s'il avait transgressé ses propres règles avec ce dîner, il restait en alerte. Il avait réduit au maximum les risques pour cette sortie, mais le danger était omniprésent. La voiture s'arrêta devant l'appartement et ils rentrèrent rapidement dans le hall.

Dans l'ascenseur, Yaeko s'assombrissait à chaque étage. Quand Vlad inséra la clé dans la porte, elle entendit le cliquetis d'une porte de prison.

— C'était trop court ! lui dit-elle, désemparée.

— Pourtant, la soirée n'est pas finie, lui répondit Vlad avec un sourire évocateur.

Il se dirigea vers la bibliothèque sur laquelle était posée une petite boîte en bois. Il en sortit une source d'inspiration et de lâcher prise, dont la fumée le fit disparaître pour laisser place à une version plus libre de lui-même. Il invita Yaeko à le rejoindre sur le balcon. Il sortit un briquet et la petite flamme bleue et jaune amorça la combustion. Il aspira une grande bouffée dont la fumée parfumée invitait au voyage des sens. Yaeko regardait la ville qui semblait ne jamais trouver le sommeil et prit à son tour une longue bouffée. Elle sentait sa tête tourner et une envie irrépressible de se jeter sur lui pour le dévorer. Elle avait remarqué que son entrejambe était gonflé, témoin d'une excitation qu'il ne pouvait plus dissimuler. Vlad n'était pas du genre à mettre les formes et la fumée le poussait à renouer avec son instinct animal. Il dégrafa son pantalon et sortit son sexe déjà gonflé. Il commença à le caresser, tout en regardant Yaeko avec arrogance. Elle rougit, il était sans complexes. Son membre devenait dur à vue d'œil et l'envie de le prendre dans sa bouche harcelait son esprit. Vlad prit doucement la petite main de Yaeko et la posa sur son sexe qu'elle empoigna instinctivement pour le branler. Vlad aspira une nouvelle bouffée tandis qu'elle accélérait le mouvement. Quant à lui, sa main large et puissante caressa avec douceur son visage, puis ses doigts vinrent se poser sur ses lèvres. Il lui enfonça l'index et le majeur dans la bouche, ce qui lui fit lâcher un soupir de plaisir. Il pouvait sentir sa salive chaude et humide et sa petite langue qui commençait à s'agiter. Il retira sa main, agrippa ses cheveux, et d'un geste sûr, lui intima de se mettre à genoux. Elle avait beau avoir du caractère, le sexe la rendait docile, et la vue de cette queue gonflée l'excitait plus que tout. À genoux devant lui, elle le prit en bouche et commença à le sucer avec ferveur. Les volutes de fumée enveloppaient le visage de Vlad qui respirait de plus en plus fort. Ses veines palpitaient sur son sexe, et la bouche chaude de Yaeko ne faisait qu'alimenter son besoin de bestialité.

Il la fit se relever, jeta le mégot et la prit par le cou pour la diriger selon ses ordres vers le canapé.

— Mets-toi à genoux.

Elle ne dit pas un mot et s'exécuta. Il retira son pantalon et son boxer. N'ayant plus d'entraves, son sexe se dressa devant lui, et sans attendre un ordre de sa part, Yaeko se jeta à nouveau dessus. Sa petite bouche avait du mal à le prendre entièrement et elle avait peur de lui faire mal avec ses dents. Il ne semblait pourtant pas y prêter attention. Il lui enfonça son membre plus profondément jusqu'au bord du vomissement. Elle se recula, toussota, et Vlad en profita pour la faire se lever. Il la poussa sur le canapé où elle tomba sur le dos. Il retira son pantalon, dévoilant sa petite culotte rose qu'il fit glisser le long de ses jambes. À son tour, il s'agenouilla devant elle, écarta ses cuisses, découvrant son sexe épilé. Il passa un doigt et sentit qu'elle mouillait déjà. Elle semblait gênée et poussait de petits cris de refus teintés de pudeur. Il posa ses mains sur ses cuisses qu'il maintint fermement écartées et approcha son visage de son entrejambe. Il pouvait sentir son odeur, son excitation et l'envie de plonger sa langue entre ses lèvres qui ne s'y attendaient pas. Elle avait un goût délicieux et il commença par aspirer son clitoris avec douceur. Même si son envie était animale et ses gestes directs, sa langue était d'une douceur incroyable. Il lapa son entrejambe, ce qui la fit se cambrer de plaisir. Yaeko avait fermé les yeux et la sensation de sa langue aussi douce que puissante sur son sexe la plongeait dans un état de confusion. Il redoubla d'efforts pour qu'elle le sente plus profondément en lui. Yaeko posa sa main sur la tête de Vlad et ses doigts se perdirent dans ses cheveux. Elle tentait de se tortiller, mais Vlad la maintenait fermement par les cuisses. Sa langue était inarrêtable et plus Yaeko poussait de petits cris aigus, plus il s'appliquait à ne lui laisser aucun répit. Il allait de bas en haut, avant de s'insérer en elle, puis de se retirer avec un sadisme non dissimulé. Sa salive se mélangeait à sa cyprine, lubrifiant son entrejambe conquis par ses coups de langue à la maîtrise redoutable. Il aurait voulu insérer un doigt tout en continuant de la lécher, mais la position ne s'y prêtait pas. Il aspira son clitoris avec encore plus de force et termina en le caressant du bout de sa langue. Elle finit par jouir dans un spasme violent, comme si on lui arrachait une partie de son âme.

Vlad se redressa, et toujours à genoux devant elle, vint frotter le bout de son gland sur ses lèvres humides et l'entrée de son vagin qui suppliait d'être pris. Il n'eut pas beaucoup d'efforts à faire pour que son sexe pénètre le sien et qu'il sente enfin la chaleur de son corps. Il s'inséra doucement, la cherchant du regard, alors qu'elle prenait soin de détourner le sien autant qu'elle le pouvait. Une fois la moitié de son sexe en elle, il fit pénétrer d'un coup sec l'autre moitié, arrachant un râle rauque à Yaeko. Elle ne s'était pas trompée, et quand la base du sexe toucha ses lèvres, elle ressentit une douleur intense, mais elle ne le repoussa pas, et au contraire, fut encore plus excitée par cette sensation.

Vlad commença à aller et venir entre ses cuisses. Il attrapa ses gros seins qui ballottaient à chacun de ses mouvements. Ses tétons étaient gonflés, et il se jeta sur l'un d'eux pour le mordiller, tout en continuant à la pénétrer.

Il coinça le téton entre ses dents et tira lentement pour que la douleur se mêle au plaisir. Après un dernier coup de langue, il se recula, et lui asséna une petite gifle sur le sein droit qui électrisa son corps. Il pouvait sentir en elle un terrain propice au masochisme qui l'inspirait et lui donnait envie d'explorer son corps plus encore. Yaeko jouit à nouveau. Elle était gênée que le plaisir monte si vite en elle. Malgré tous ses efforts, elle n'arrivait plus à contrôler son être. Elle ne voulait pas qu'il pense qu'elle était anormale, mais l'odeur de sa peau, son magnétisme et la chimie de son corps la poussaient inexorablement à jouir. Elle ne contrôlait plus rien, il la prenait encore et encore avec toujours plus de force. Il caressa son ventre, elle le repoussa. Il insista, elle protesta à nouveau. Il attrapa son visage d'une main et approcha le sien à quelques centimètres.

— Ce soir, tu es à moi, tu vas m'appartenir tout entière.

Elle était bouleversée, et ces mots résonnaient en elle comme une déclaration.

— Oui, dit-elle timidement.
— Oui, Monsieur, la reprit-il.

Elle hésita une seconde, mais son esprit était perdu entre ce qu'elle avait fumé et le sexe si dur qui la martyrisait.

— Oui, Monsieur, dit-elle avec retenue.
— C'est mieux, je préfère ça. Tu es une bonne salope.

Yaeko se détestait d'être excitée en entendant Vlad qui l'insultait. Les mots résonnaient en elle, mais son esprit n'arrivait pas à faire abstraction de ce sexe qui n'en finissait pas de la pénétrer.

Vlad attrapa son cou avec force et Yaeko sentit une pression au niveau de sa trachée qui l'empêchait de respirer correctement. Elle suffoquait doucement, mais au lieu d'être prise de panique, elle ressentait une nouvelle excitation qui montait en elle. Vlad serra plus fort, Yaeko luttait pour un peu d'air. Il finit par relâcher son étreinte, attrapa ses cuisses et donna une salve de coups de reins avec toujours plus de force.

Yaeko était sur le point de jouir à nouveau, mais il ne lui en laissa pas le temps. Il se releva d'un coup et lui ordonna d'en faire autant. Elle ne posa aucune question et s'exécuta. Il la tourna et l'installa à quatre pattes, dos à lui, d'où il avait une vue imprenable sur son cul et son anus serré. Il attrapa son sexe et la prit. Une main attrapa sa hanche, l'autre ses cheveux. Il tira avec force, obligeant Yaeko à se cambrer et à relever la tête.

Vlad enfonça entièrement son sexe en elle et la fit crier de douleur.

— Aïe, c'est profond !

— Ta gueule ! cria-t-il.

Il continua avec force, mais il sentait que chacun de ses coups de rein était un coup d'épée qui la faisait souffrir. Il se recula un peu et la pénétra du bout du gland, tout en veillant bien à ce qu'elle sente le frottement sur ses lèvres. Il prit ses hanches à deux mains et changea de rythme.

Yaeko tentait tant bien que mal de tenir la position. Elle aurait voulu s'affaler, se laisser tomber sur les coussins, mais les va-et-vient incessants ne lui laissaient aucun répit. Il lui asséna une lourde fessée sur son cul rebondi qui stimula son excitation jusqu'à lui arracher un nouveau cri. Sa main s'abattit plusieurs fois sur ses fesses jusqu'à ce que sa peau rougisse, et garde l'empreinte d'une main qui voulait plus que tout la posséder. Yaeko fermait les yeux et la douleur si agréable lui faisait verser des petites larmes de jouissance.

Vlad finit par se retirer et la repositionna sur le dos, les jambes écartées. Elle était frustrée de n'avoir pas eu le temps de jouir en levrette, mais elle fut comblée par de nouveaux coups de reins brutaux qui lui arrachèrent un nouvel orgasme dont elle avait honte.

Vlad n'arrivait plus à contenir tout ce plaisir qui débordait de son être. Il se retira avec urgence de son sexe trempé et jouit sur son ventre dans un cri bestial qui résonna dans tout l'appartement. Une goutte de sperme gicla sur la joue de Yaeko qui humecta ses lèvres avec sa langue en imaginant pouvoir lécher sa semence. Elle était devenue sa chienne, son objet de plaisir, et si sa vie n'avait pas toujours été parfaite, à cet instant, elle se sentait à sa place.

Vlad se releva et s'assit sur le canapé à côté d'elle. Elle vint naturellement se lover dans ses bras. Le sperme collait sur sa peau et coulait sur le canapé, mais ni elle ni lui n'y prêtèrent attention. Ils étaient épuisés, heureux, libérés d'une tension qui avait grandi entre eux depuis des jours. Vlad l'embrassa tendrement sur le front. Elle se sentait toute petite et poussa un petit soupir de contentement.

— Tu vas bien ?

— Oui, je vais très bien, dit-elle avec un sourire aux lèvres. Mais je suis sûre que tu peux être plus rude encore, le défia-t-elle, malgré son corps qui n'en pouvait plus.

— Ah oui ? Intéressant. En tout cas, j'ai adoré ta petite chatte serrée.

— Arrête, tu me gênes, dit-elle en se cachant contre lui.

— Et ta bouche, je crois que je ne m'en lasserai jamais.

— C'est vrai, tu as aimé ?

— Tu es incroyable.

Ces derniers mots résonnèrent comme une déclaration. Peut-être n'y avait-il pas d'amour entre eux, mais ça n'avait pas d'importance. À ses yeux, elle était incroyable.

CHAPITRE X

— Putain ! Vlad, il est trois heures du matin ici ! Tu pourrais arrêter de m'appeler en pleine nuit ?
Vlad, assis à la table de la cuisine, buvait tranquillement son café.
— Je croyais qu'il n'y avait pas d'heure pour faire du business.
— Il y a quand même un temps pour tout et j'ai besoin de dormir, répondit Milton qui avait eu un réveil difficile.
— J'ai bien avancé sur les sons, je vais pouvoir t'envoyer quelque chose d'ici un ou deux jours.
— Voilà une bonne nouvelle ! Mais ça aurait pu attendre quelques heures, non ?
— Bien sûr ! lui répondit-il avec ironie, mais là, j'avais un peu de temps.
— Arrête tes conneries, Vlad. Je vais finir par croire que t'es sadique.
— Mais non, Milton, c'est parce que j'avais besoin d'entendre ta petite voix contrariée.
— Arrête de te foutre de ma gueule ! Bon, je dis quoi au manager de Nicky ? Je lui dis que t'es prêt et qu'on aura un son fin de semaine ?
— Vendredi sans faute. Tout est au studio, il ne me restera qu'à faire les exports.

— Ça marche. Maintenant, tu m'excuses, mais je vais essayer de me rendormir.
— Fais de beaux rêves, Mimi.
Vlad raccrocha, satisfait de sa connerie. Il trouvait que vu le montant de ses commissions, il avait bien le droit de s'amuser un peu.

Yaeko apparut dans l'encadrement de la porte. Elle s'arrêta net en voyant Vlad devant son café.
— Tu portes des lunettes, maintenant ?
— Non, c'est pour le style, dit-il sur un ton malicieux. D'habitude, je porte des lentilles, mais ce matin, j'ai un peu mal aux yeux.
— C'est pas mal, en fait. Moi, je trouve que ça te donne un petit côté professeur, c'est sexy. Si je te dis que je n'ai pas fait mes devoirs, tu vas me punir ?
Yaeko se tourna et agita devant lui ses petites fesses qui appelaient à être malmenées. Elle reprit sur un ton moqueur :
— J'ai vraiment besoin d'une bonne note, je suis sûre que nous pouvons nous arranger...
Vlad regardait avec bienveillance son petit spectacle et n'aurait pas été contre le fait de la prendre sur ses genoux pour quelques fessées cul nu.
— Allez, range ton petit boule, peut-être que ce soir, j'en aurai besoin pour de nouvelles expériences.
— Je suis prête à donner mon corps à la science.
— Si tu me le donnes à moi, ça suffira.

— Oui, Monsieur, lui répondit-elle avec impertinence.
Vlad termina son café et se leva pour aller se préparer.
— Je vais au studio, mais ce soir, quand je reviendrai, j'aimerais que l'on parle de quelque chose ensemble.
— De quoi ?
— De ce que tu m'as dit hier, je ne l'ai pas oublié.
— Et j'ai dit quoi ? Parce que je ne me souviens pas de tout, dit-elle en ressentant toute la gêne de s'être autant livrée.
— Tu m'as dit que je pouvais être plus rude, alors ça m'a donné des idées.
— Intéressant, mais tu vas me laisser toute la journée seule avec cette idée en tête ? Tu veux que je meure de frustration ?
— J'ai plutôt envie que tu vives et que tu ressentes plus de plaisir.
— La perspective est plutôt intéressante…
En passant à côté d'elle, il lui tapota les fesses avant de lui mettre une fessée plus appuyée. Elle voulut faire semblant d'avoir mal, mais c'est un petit cri de plaisir qui s'échappa de sa bouche. Vlad reprit :
— Je vais essayer de rentrer plus tôt et nous discuterons de cela ce soir.

Vlad termina de se préparer et laissa Yaeko seule devant la télé avant de rejoindre son chauffeur qui l'attendait au pied de l'immeuble.

Dans la voiture qui le conduisait au studio d'enregistrement, Vlad décrocha son téléphone pour appeler Sören.

— Comment ça va, mon frère ? T'as complètement disparu ces derniers temps.

— Tu m'as dit de me faire discret, c'est ce que j'ai fait. Je viens un peu aux nouvelles. Je ne vais pas me terrer entre chez moi et le studio toute ma vie.

— Je comprends, mais les mecs sont toujours à la recherche de la fille. Ils ont fait une descente hier soir.

— Où ça ?

— Les mecs ont littéralement retourné une péniche-restaurant. Va savoir pourquoi, mais j'ai entendu dire qu'ils ont défoncé un des mecs du personnel. Mais bon, heureusement que tu fais gaffe et que tu restes chez toi, j'aimerais pas qu'il t'arrive quelque chose.

— Moi non plus, je t'avoue.

Vlad se demandait si leur sortie de la veille n'était pas à l'origine de cet incident. Comment auraient-ils pu savoir où ils allaient ? Il ne l'avait dit à personne et il s'était assuré que leurs déplacements et sa réservation soient les plus discrets possible.

— Par contre, j'ai eu plus d'infos sur le grand mec au crâne rasé.

Vlad repensa à celui qui l'avait menotté sur la chaise à Miami, et une profonde haine monta en lui.

Il répondit :

— Qu'est-ce que tu as appris ?

— C'est un homme de main de Tomasz et on l'a aperçu à Paris. Il s'occupe de petits trafics et rackette certains commerçants. Par contre, si tu veux qu'on aille le trouver, je monte une équipe ! Hors de question qu'on se fasse courser comme la dernière fois.

Vlad réfléchit un instant. Le bonheur qu'il vivait dans cette routine avec Yaeko avait adouci son tempérament, mais le visage d'Alice balaya tout et une colère froide l'envahit.

— Vlad ? T'es toujours là ?

— Je suis là. Essaie de me trouver une ouverture pour qu'on aille lui dire bonjour, mais pas besoin d'équipe. On y va tous les deux, on fait ça discrètement et en famille.

— Comme tu veux, mon frère. Par contre, ce coup-ci, on s'organise un peu plus. Je m'occupe de tout et je t'appelle.

— Merci, mon frère, répondit Vlad avec une voix qui aurait glacé les enfers.

La voiture quitta le périphérique et s'enfonça dans la banlieue. Elle arriva enfin devant le bâtiment délabré qui faisait office de studio.

Devant l'entrée, Vlad reconnut le groupe d'hommes avec qui il avait eu une altercation le premier jour. Le chauffeur se tourna vers lui :

— Ça va aller, Monsieur ?

— Bien sûr, ne vous inquiétez pas. Ce soir, nous partirons un peu plus tôt.
— Très bien, Monsieur.
Vlad descendit du véhicule. Il portait un jean noir, un tee-shirt noir et une veste de sport noire avec un fin liseré blanc. Dans son sac, son ordinateur ne le quittait pas. Il s'approcha de l'entrée. L'homme à la barbe mal taillée et au crâne chauve l'interpella. Le grand Malien était derrière lui et arborait un large sourire.
— Bonjour Vlad ! Ça va ?
— Ça va. Tu veux quoi aujourd'hui, ma veste ou mon sac ?
— Bah, en fait, déjà, je ne me suis pas présenté : je m'appelle Nass, enfin Nassim, et lui, c'est Yama, dit-il en montrant le grand Malien.
Les autres hommes avec leur pitbull au collier argenté restèrent en retrait.
— Et je peux quoi pour vous, les gars ?
— En fait, on a enregistré une démo et on aimerait vraiment que tu l'écoutes.
Nassim sortit de sa poche une petite clé usb rouge et blanc et lui tendit.
— Ça marche, je vais écouter ça. C'est toi qui rappes ?
— C'est moi et mon pote Yama. On pose tous les deux dessus, et franchement, si tu pouvais écouter et donner un petit coup de pouce, ça serait super sympa, frère.
— Je ne te promets rien, mais je vais écouter.
Le Malien laissa exploser sa joie.

— C'est carré, le frangin ! Franchement, tu vas voir, le son est grave lourd. C'est mon cousin qui a fait la prod. Bon, c'est avec les moyens du bord, mais les couplets sont trop gaaannnnng.

— Pas de soucis, mec, je vais écouter ça avec attention alors. Je dois vous laisser, j'ai du boulot.

Nassim reprit :

— J'ai mis sur la clé mon numéro, comme ça, si tu veux m'appeler pour me dire que tu me signes sur ton label, bah, peut-être que je décrocherai, dit-il avec un grand sourire.

Shadan avait raison, passés les a priori et leur air patibulaire, ces mecs étaient cool et Vlad se promit de jeter une oreille à leur démo.

— Ça marche, on fait comme ça, répondit Vlad en leur souriant.

Ils s'écartèrent de l'entrée et firent mine de lui faire une haie d'honneur sur son passage. Tandis que Vlad montait les escaliers qui menaient au studio, Yama lui lança depuis l'extérieur :

— On s'appelle, t'as le numéro. Moi, c'est Yama.

— Ta gueule ! lui dit Nassim en lui collant un coup de coude dans l'estomac. Je crois que le mec a compris. Tu nous fais passer pour des groupies, steuplaît.

— Non, mais c'est au cas où il aurait rien compris avec ton vieil accent.

— Ta gueule, Yama !

Vlad passa la journée enfermé dans le studio. Shadan était un parfait coéquipier qui lui donnait tous les moyens nécessaires pour atteindre ses objectifs. Il savait anticiper ses idées, avait des propositions créatives pertinentes, et son humilité faisait de lui un grand homme au talent méconnu. Vlad était confiant, il réussirait à rendre les sons à temps. Il ne s'était pas trop étendu auprès de Milton, mais il savait que réussir à placer un son ou deux sur le prochain album de Nicky était une bonne chose pour sa carrière. Il avait déjà essayé par le passé, mais elle était entourée d'une armée de producteurs et de managers qui constituaient un rempart infranchissable pour le petit Frenchie. Il avait beau avoir signé de nombreux autres hits, Nicky bossait en famille, en équipe, et les places étaient chères.

La fin de journée approchait et ses oreilles lui faisaient mal. Il était resté concentré si longtemps qu'il en avait perdu la notion du temps. Il regarda sa montre, et constata que le chauffeur devait l'attendre depuis une bonne dizaine de minutes. Il prit ses affaires, remercia Shadan et regagna rapidement la voiture qui le ramena chez lui.

Quand il rentra, la musique tournait à fond dans l'appartement. Il entendit Yaeko chanter. Elle était dans la cuisine au milieu d'un véritable capharnaüm : une boîte d'œufs éventrée, des saladiers remplis de

différentes mixtures, un paquet de sucre renversé, le tout saupoudré de farine, et d'une casserole dans l'évier où surnageaient des restes de chocolat fondu. Quand elle le vit, elle s'immobilisa et comme une enfant surprise alors qu'elle faisait une bêtise, elle regarda le sol.
— Mais tu fais quoi, Yaeko ?
Elle releva la tête, et avec le regard le plus mignon du monde et d'une petite voix aussi adorable que fragile, elle lui dit :
— J'ai fait des cookies.
Elle était belle au milieu du chaos. Dans son tee-shirt Iron Man, avec ses petites chaussettes blanches et ses chaussons, on pouvait sentir toute la bonne volonté qu'elle avait mise dans sa recette.
— Je vais m'installer dans le canapé, lui dit Vlad. Et je ne serai pas contre le fait de goûter un cookie avec ma vodka, lui dit-il avec gentillesse.
Vlad s'assit comme à son habitude, attendant que Yaeko vienne le servir et se mette à genoux. Elle finit par arriver avec son verre et une petite assiette sur laquelle était disposé un cookie dodu et gourmand. Elle posa le verre sur la table.
— Je suis vraiment obligée de me mettre à genoux ? Je n'en vois pas l'intérêt. Ton verre est sur la table, et j'ai même fait des cookies.
— Oui, s'il te plaît, mets-toi à genoux.

Elle marmonna quelque chose d'incompréhensible et s'agenouilla à côté de la table.

— Voilà. Je ne vois vraiment pas pourquoi je dois faire ça à chaque fois.

— Parce que ce sont les règles que je te demande de suivre pour vivre ici.

— T'as beau être un super coup au lit, ça n'excuse pas tout. Dans d'autres circonstances, je t'aurais sûrement dit d'aller te faire foutre.

— Mais les circonstances actuelles sont ce qu'elles sont, et comme tu l'as si bien dit, je profite de la situation.

Elle le regarda avec impertinence et se releva une fois qu'il eut bu sa première gorgée.

— Mais ça sert à quoi que je me mette à genoux ? Ça change le goût de ta vodka ?

— C'est une manière de me témoigner ta gratitude.

— Je t'ai fait des cookies, c'est ma manière à moi de te dire merci pour ce que tu fais pour moi. Ça devrait suffire, non ?

— Rassure-toi, tu ne devras plus subir tout ça encore longtemps. Quand tout ça sera fini, tu n'auras plus à te mettre à genoux devant qui que ce soit, tu pourras aller où bon te semble, et tu pourras dire merde à qui tu veux. En attendant, je te demande juste de faire cette petite chose pour moi.

— Ok, mais concrètement, ça te sert à quoi, à part gonfler ton égo ?

— Dans ce petit rituel, j'aime voir que chacun est à sa place. Je t'apprécie beaucoup, mais ici, c'est moi qui dirige, et je veux que tu t'en rappelles chaque jour.
— Tu m'apprécies beaucoup parce que je suis à ta disposition. Tu me sors au resto, tu me baises et après, tu veux que je sois bien sage et que je me mette à genoux devant toi. Mais je n'ai rien choisi, moi, je me mets à genoux, non pas parce que je le veux, mais parce que tu me l'imposes.

Debout à côté du canapé, ses poings étaient serrés et Vlad pouvait sentir une colère qui bouillonnait en elle.

— Je cherche juste à te protéger, dit-il calmement.

— C'est des conneries, tu as juste besoin d'une boniche ! dit-elle dans un cri qui venait du plus profond de son être.

Vlad n'eut pas le temps de lui répondre.

Elle reprit :

— J'en ai assez d'être enfermée toute la journée ici ! Qu'est-ce que tu cherches à faire de moi ? Une femme docile, bien sage, qui t'apporte ton verre comme un chien ? Tu ne me protèges pas parce que c'est toi qui me mets en danger.

— Arrête, Yaeko, tu dis n'importe quoi, je cherche à te protéger.

— Qu'est-ce que ça peut te foutre, ce qui m'arrive ? De toute façon, on n'est pas ensemble, on a juste baisé comme tu as dû le faire avec tellement d'autres femmes. Je sais que je suis juste une opportunité pour toi. La petite Yaeko est en danger, je vais la garder chez moi et lui faire subir toutes sortes de sévices et de perversions. T'es un taré, Vlad. En fait, tu me manipules depuis que j'ai mis les pieds ici.

— Mais pas du tout, qu'est-ce que tu racontes ? demanda Vlad qui se leva à son tour. Tu as tout ce dont tu as besoin ici, et ce n'est que temporaire. Je n'ai juste pas envie qu'il t'arrive quoi que ce soit.

— Moi, j'ai envie qu'il m'arrive des choses, j'ai envie de vivre, j'ai envie de sortir, j'ai envie de m'amuser. En vrai, tu te fous bien de ma gueule, et moi, je me fais avoir comme une conne.

Vlad tenta de la prendre dans ses bras pour la calmer, mais elle le repoussa avec force.

— Ne me touche pas ! Tu me dégoûtes !

— Vraiment, calme-toi, Yaeko, tu dis n'importe quoi.

— Non, je ne vais pas me calmer ! T'es toxique !

Vlad la regardait exulter. Il avait l'impression qu'un démon s'était emparé d'elle et l'avait transformée en un monstre inarrêtable. Il tenta de la calmer à nouveau.

— Tu n'es pas prisonnière, je ne t'oblige à rien, je ne pensais pas que tu étais si malheureuse. Je vais te laisser un peu seule pour que tu te calmes.

Elle sembla exploser.

— Je passe déjà toutes mes journées seule. Je ne vois personne, je ne parle à personne, je n'ai pas de téléphone, je suis coupée du monde, tu veux quoi de plus ? M'enchaîner dans la chambre ? Tu n'es pas

mieux que ces Polonais ! Et puis, eux au moins, s'ils m'avaient baisée, ils l'auraient mieux fait que toi.
— Ça suffit, Yaeko. Tais-toi maintenant.
— Sinon quoi ?
Elle était furieuse, et Vlad, qui trouvait en temps normal son visage si adorable, ne la reconnaissait plus.
— Je ne te menace pas, redescends.
— Tu vas me mettre dehors ? Mais qui te dit que j'ai encore envie de rester ? Je peux largement me débrouiller toute seule. Tu crois que parce que tu m'as sauvée, je suis faible ?
— Je n'ai pas dit ça.
— D'ailleurs, je n'en peux plus, je me barre d'ici.
— Ne dis pas de bêtises, Yaeko, tu sais que ces mecs te cherchent encore.
— Et alors ? Je saurai me débrouiller sans toi. Tu ne me protèges pas, tu assouvis juste tes délires bizarres.
— Arrête.
— Non ! Je n'arrête rien du tout, c'est toi qui vas m'écouter maintenant. Rien à foutre de tout ça et de t'apporter ta vodka, de me mettre à genoux, de t'appeler « Monsieur » et toutes ces conneries. C'est trop pour moi, je m'en vais.
Elle attrapa le verre qui était resté sur la table et lui jeta au visage le reste de vodka qu'il contenait.
— Tiens ! Ta vodka est servie.

Vlad attrapa son poignet pour essayer de la maîtriser. Yaeko tenta de se débattre.
— Tu vas me frapper ? Tu vas me jeter au sol et m'insulter comme une merde ?
Il la lâcha immédiatement, choqué par la violence de ses propos.
— Yaeko, arrête, je ne te ferai jamais aucun mal.
— Pourtant, ça n'est pas ce que tu me disais ce matin. Ça te plaît d'être plus rude avec moi, et je sais que tu vas finir par me frapper. T'es dangereux, Vlad, je ne veux plus te voir, je veux partir d'ici et de ton emprise toxique.

Vlad sentait la colère monter en lui et n'arrivait pas à éteindre le feu brûlant qui commençait à consumer son cœur. Il était habituellement calme, mais une bête sombre rôdait autour de son âme, se repaissant de chacun des mots de Yaeko. Il finit par craquer.
— Eh bien, tu n'as qu'à partir. Tu n'es qu'une petite conne capricieuse ! Tu te plains pour des détails alors que j'essaie juste de te sauver la vie !
— Tu mens, tu ne cherches pas à me protéger.
— Pense ce que tu veux, mais tu es ingrate. Je n'ai pas besoin de toi dans ma vie de toute façon.
— Moi non plus, je prends mes affaires et je m'en vais.
— Quelles affaires ? Tu n'as rien.
— T'es vraiment un connard.

— Barre-toi maintenant ! Tu fais la maligne, je te regarde.

Yaeko fixait ses grands yeux verts, et même si la colère le rendait encore plus charismatique, elle ressentait une exaspération que rien ne pouvait arrêter. Elle prit une profonde respiration et reprit :
— Tu peux crier, tu ne me fais pas peur. Je refuse de rester une minute de plus avec toi.
— Ce n'est pas toi qui pars, c'est moi qui te mets dehors.
— Très bien, ça me va aussi, tant que je ne vois plus ta sale gueule.

Elle se dirigea vers la chambre à coucher pour rassembler ses quelques affaires. Elle enfila le pantalon oversize qu'elle avait mis la veille et son sweat Hello Kitty. Elle prit un sac en plastique dans la cuisine dans lequel elle rangea ses affaires de toilette et quelques vêtements qu'il lui avait achetés. Elle ne savait plus quoi penser, mais son orgueil l'empêchait de faire marche arrière. Vlad l'attendait dans l'entrée, devant la porte. Il avait tenté de retrouver son calme et avait fait le choix d'apaiser son cœur, malgré le verre de vodka qu'il avait reçu en plein visage et les propos injurieux qu'elle avait tenus. Les dangers qui l'attendaient dehors avaient remis dans son esprit un principe de réalité qui lui intimait de ne pas la laisser partir.

— Arrête, Yaeko, ne pars pas, dit-il avec calme. C'est vraiment dangereux et je ne voudrais pas...
— Lâche-moi, Vlad. Laisse-moi sortir, je n'en peux plus de te voir.
— Yaeko...
— Tu m'as dit que si je voulais partir, je le pouvais. Alors, laisse-moi partir !
— Je t'assure, c'est dangereux...
— Je m'en fous ! De toute façon, je suis qui pour toi ? Une femme que tu baises quand t'es défoncé ? Un plan cul à domicile à qui on donne des ordres ? Ça suffit, laisse-moi passer.

Vlad s'écarta de la porte, désemparé. Il ne voulait pas la retenir contre son gré, il n'était pas ce genre d'homme. Yaeko ouvrit la porte, se tourna vers lui, et lui lança un dernier regard rempli de haine.
Elle claqua la porte, laissant Vlad seul dans l'appartement redevenu calme. Il hurla :
— Merde !! Elle joue à quoi ?

Son cœur était rempli d'un mélange de tristesse et de colère. En partant, elle avait emmené un petit sac avec quelques affaires, mais surtout, la joie de vivre qui habitait l'appartement. Tout semblait dorénavant plus terne. Son départ était un tremblement de terre qui avait détruit le bonheur fragile auquel Vlad goûtait chaque jour entre ces murs.

Au fond de lui, se jouait une lutte titanesque entre d'une part, la volonté de lui courir après et d'essayer de la retenir, et d'autre part, un désintérêt total face à ce qui pourrait lui arriver, puisque cela ne le regardait plus.
Elle ne lui appartenait pas, ils n'étaient pas ensemble, elle ne partageait pas vraiment sa vie et ils n'étaient pas amoureux. Cependant, il n'arrivait pas à accepter de la perdre.

Est-ce que je suis fou ? Après tout, qu'elle aille au diable ! Elle, les Polonais et toutes ces conneries. Je ne lui dois rien, c'est elle qui devrait me remercier ! J'aurais pu la laisser là où je l'ai trouvée, ce sont des affaires qui ne me concernent pas. Je n'ai pas besoin d'elle, je sais me débrouiller seul. Merde, elle me saoule avec son caractère. Elle ne pouvait pas juste attendre sagement encore un peu ? Si ça se trouve, elle serait repartie dans une semaine, elle aurait pris un avion pour le Japon pour retrouver sa famille et vivre en sécurité. Mais qu'est-ce que je raconte ?! Je m'en fous, je ne connais même pas son nom de famille ! Peut-être que c'est juste une folle qui aurait profité de moi ? Personne ne m'utilise, personne ne me dit quoi faire, et personne ne me parle comme ça. Merde, quelle petite conne !

Il attrapa ses clés, quitta l'appartement, et s'engouffra dans l'ascenseur, espérant la rattraper avant qu'elle ne disparaisse à tout jamais.

Yaeko avait claqué la porte de l'appartement et les portes de l'ascenseur s'étaient refermées sur elle. Elle fondit en larmes. Ses nerfs avaient lâché, elle savait toutes les choses horribles qu'elle lui avait dites, mais les mots sortaient de sa bouche malgré elle, l'emportant sur un chemin sans retour. Il fallait qu'elle parte avant qu'il ne l'abandonne, et à coup sûr, il le ferait tôt ou tard. Elle ne voulait pas subir, elle ne voulait plus subir. Elle savait que plus elle s'attacherait, plus elle lui ouvrirait son cœur, mais elle savait aussi qu'ouvrir son cœur à l'autre, c'était lui laisser la possibilité de le piétiner avant de l'abandonner.

Elle traversa le hall et se retrouva quelques pas plus loin dans la rue. Elle avait été trop loin pour pouvoir faire marche arrière. Elle remonta le trottoir pendant une dizaine de mètres avant de s'asseoir sur un banc abîmé. Les larmes coulaient sur ses joues. Elle pleurait de tristesse, elle pleurait de colère, elle était fière et vexée, douce et hargneuse, heureuse d'être avec lui, mais malheureuse d'être captive. Elle était le paradoxe merveilleux de la haine et de l'amour qui se rencontrent.

Elle aurait voulu ravaler ses paroles, peut-être même s'excuser, mais elle était trop orgueilleuse pour cela, et maintenant, elle était sur ce banc, seule, sans possibilité de revenir en arrière. Les larmes abondèrent quand elle prit conscience que son caractère l'avait emmenée plus loin que sa raison ne l'aurait souhaité.

Deux hommes s'arrêtèrent devant elle. Ils étaient souriants, mal rasés, et l'un d'eux portait une casquette et une chaîne en or. L'autre, les cheveux ras, avait des yeux noirs, une veste en jean et une forte odeur d'eau de Cologne bon marché. Il s'adressa à elle :
— Ça n'a pas l'air d'aller, mademoiselle.
Elle ne répondit pas. Il continua :
— Speak français ? Hablas french ? Elle parle français, la petite ?
Yaeko était terrorisée et ne savait pas quoi faire pour esquiver la discussion. Elle sécha ses larmes d'un revers de la main et tenta de prendre une voix pleine d'assurance.
— Non, tout va bien, merci.
— Ah ! Mais elle parle français, la petite !
L'homme à la casquette prit à son tour la parole :
— Trop mignon, le sweat Hello Kitty. Moi, j'aime bien les trucs comme ça, un peu chinois, tout ça.
Il s'assit à côté d'elle et tenta de passer une main autour de son cou. Yaeko essaya de se dégager. L'homme à la casquette insistait.
— Oh ça va, détends-toi, on va faire connaissance.

Il louchait ouvertement sur sa forte poitrine qu'il aurait bien voulu prendre dans ses mains sales.
— Tu vas voir, avec mon pote, on est super gentils, et puis, on peut s'amuser tous les trois.
— Laissez-moi, j'attends quelqu'un, dit-elle en tentant de s'imposer.
L'homme resté debout tourna la tête autour de lui et lui dit :
— Je ne vois personne, on n'est que nous trois. Moi, je suis sûr qu'on va passer un bon moment si tu restes tranquille.
Yaeko faisait tout son possible pour ne pas montrer le sentiment de peur qui s'était emparé d'elle. Elle tentait de garder le contrôle de la situation, même si elle savait déjà qu'elle ne l'avait plus.
— Laissez-moi, j'attends mon mari, il ne va pas tarder à arriver.
L'homme resté debout la coupa et parla avec plus de force, tout en s'adressant à la foule des absents :
— On attend le mari ? Il est où, le mari ?
L'homme à la casquette avait commencé à caresser ses cheveux, tandis que Yaeko s'était repliée sur elle-même.
— Ils sentent bon, tes cheveux. Je suis sûr que tu sens bon de la chatte aussi. Tu vas voir, je suis doux quand je lèche.
Elle essaya de se dégager puis de se lever, mais il la retint par l'épaule et la força à rester assise.

— Tu vas où, sale pute ? Tu vas rester ici, on n'a pas fini.

Il lâcha ses cheveux et sortit un couteau de sa poche. Yaeko était terrorisée. Il l'approcha tout doucement de sa gorge.

Une ombre surgit de l'obscurité et poussa l'homme resté debout d'un geste puissant.

— Dégage, fils de pute !

Yaeko vit le visage de Vlad qui se découpait sous l'éclairage blafard des lumières de la ville. Son regard était noir, son souffle lent, et sa main droite commençait à se serrer.

L'homme à la casquette se leva immédiatement du banc et le menaça avec son couteau.

— Tu veux quoi, connard ? Dégage ou je te plante !

Vlad entendit le son d'un scooter qui remontait la rue et le bruit d'un téléviseur qui s'échappait d'une fenêtre laissée ouverte. Il sentit l'odeur putride des ordures que l'on avait abandonnées à côté de l'entrée d'un immeuble. Il aperçut la chaîne en or de l'homme mal rasé, les dents pourries de celui à la casquette et la lame argentée pointée vers lui.

— Barrez-vous, dit-il avec un calme surréaliste.

— Toi, barre-toi ! On est occupé avec la demoiselle.

L'autre homme se jeta sur lui et tenta de lui asséner un coup de poing au visage. Vlad esquiva avec facilité le geste malhabile d'un homme qui n'avait pas l'habitude de se battre. Il lui envoya un coup de coude dans la mâchoire qui le fit trébucher et tomber au sol.

— Je vais te planter, connard ! Je vais te planter !

Le regard de Vlad était noir, et ses yeux menaçants ne quittaient pas les yeux injectés de sang de l'homme au couteau. Yaeko aperçut un petit sourire naître au coin de ses lèvres.

— Je t'ai dit de partir. Yaeko, lève-toi et recule-toi, dit Vlad.

L'autre homme était en train de se relever et Vlad savait qu'il fallait régler rapidement la situation avant que cela ne dégénère.

— Elle va nulle part, la Chintok, dit l'homme au couteau.

— Elle va se lever et se reculer. Yaeko, c'est un ordre !

Le ton de sa voix était impérieux et n'appelait à aucune discussion. Quand Yaeko entendit la voix de Vlad prononcer ces mots, elle repensa aux règles qu'il lui avait données et aux consignes qu'elle devait respecter. Elle aurait voulu se rebeller, mais son instinct lui intima d'obéir à l'homme qui tentait de la sauver. Elle se leva et fit rapidement un pas sur le côté. Vlad lui lança un rapide coup d'œil et bondit sur l'homme au couteau. Ce dernier faisait de larges gestes devant lui pour dissuader Vlad de s'approcher. Vlad agrippa son poignet et tenta de lui faire lâcher prise, mais l'autre homme les avait rejoints et donna un violent coup sur la nuque de Vlad qui tituba. Yaeko poussa un cri, mais personne ne sembla l'entendre. Paris était une ville qui d'ordinaire grouillait, mais les destins individuels de ses habitants n'avaient aucune importance pour la foule des invisibles. Le couteau décrit un arc de cercle et Vlad eut à peine le temps de se reculer avant que la lame ne le blesse à l'épaule. La douleur libéra une dose d'adrénaline dans son corps. Il se redressa et esquiva un nouveau coup qui tentait de le mettre hors d'état de nuire. Rapidement, il empoigna l'homme mal rasé par le bras et le fit pivoter. Il lui asséna un coup derrière le genou qui lui fit plier la jambe. Vlad fit un pas en arrière, et dans un coup de pied adressé avec célérité, écrasa son tibia contre la tête de l'homme qui finit au sol. Le couteau se lança sur lui, mais il le repoussa de son avant-bras. La lame déchira sa peau, et la large entaille commença à saigner abondamment. Il n'y prêta pas attention et attrapa le poignet qui tenait le couteau. Il réussit à le tordre jusqu'à ce que l'arme tombe au sol. En se débattant, l'homme fit tomber sa casquette, dévoilant un visage lacéré et gonflé par l'alcool. Vlad lui asséna un coup de tête sur l'arcade, ce qui le fit tomber en arrière. L'homme se tenait le visage, allongé sur le trottoir, mais Vlad n'en était pas quitte pour autant. Dans sa bouche, il sentait le goût du sang et rien ne pouvait l'arrêter. Il donna un coup de pied dans le flanc de l'homme au sol qui se plia en deux, puis il enchaîna un autre coup de pied au visage. Il frappait pour tuer, il voulait le voir mort.

Yaeko hurla :

— Vlad, arrête !!
Il ne l'entendait pas et frappa à nouveau l'homme qui était maintenant inanimé. Le sang gicla sur le trottoir sale.
— Vlad !
Elle courut vers lui et se jeta dans ses bras.
— Vlad, je suis désolée !
Elle pleurait des larmes de sincérité qui le stoppèrent dans son élan. Il regarda autour de lui, les deux hommes étaient au sol, son épaule et son avant-bras étaient couverts de sang, et Yaeko, réfugiée dans ses bras, l'implorait.
— Je m'excuse, je ne pensais pas ce que j'ai dit.

Elle pleurait si fort que Vlad finit par serrer ses bras autour d'elle. Les ailes du dragon l'enveloppèrent et réchauffèrent tout son être qui tremblait de froid et de peur. Ils étaient désormais seuls au milieu de la haine, seuls au milieu de ce monde abject qui faisait tout pour les séparer. Yaeko trouva dans ses bras le calme auquel elle aspirait. Il était l'homme doux et violent qui la protégerait de la folie qui se répandait autour d'eux.
Elle ferma les yeux pour mieux sentir l'odeur de son corps : une odeur de sang, de sueur et d'amour qu'aucun des deux n'était prêt à avouer.

La douleur que ressentait Vlad le ramena à la réalité, et il la raccompagna en sécurité dans l'appartement qu'elle n'aurait jamais dû quitter.

Sur la table du salon était posée une trousse de premiers secours. Vlad, torse nu, des serviettes recouvertes de sang à ses pieds, se contenait autant qu'il le pouvait. Yaeko, assise à côté de lui, désinfectait ses plaies.
— Aïe ! Ça pique !
Son visage se serra en sentant la solution antiseptique couler sur son épaule.
— N'exagère pas, j'y vais tout doucement.
— Tu me fais mal !
— Tu n'avais qu'à pas te battre !
— Et te laisser avec ces mecs ? Après, tu vas encore dire que je ne te protège pas. Le coton qu'elle appliquait était imbibé de sang, elle en prit un autre avant de continuer à nettoyer la plaie.
— Je ne le dirai plus, je m'excuse, répondit-elle d'une voix à peine audible.
— Mais pourquoi tu es partie comme ça ?
— Je ne sais pas ce qui m'a pris, je crois que j'ai eu peur que tu m'abandonnes. Je sais, c'est bête, mais c'est la première fois que quelqu'un fait autant attention à moi, et je n'ai pas su gérer.
— Yaeko, je ne vais pas t'abandonner, sinon je l'aurais déjà fait. Je sais que toute cette situation est un peu

compliquée, mais je ne cherche pas à me servir de toi. Les quelques règles que j'ai mises en place ici, ce n'est pas pour t'humilier ou te manquer de respect. Je suis peut-être un peu différent des autres hommes que tu as pu rencontrer, mais je t'assure que je ne te veux aucun mal.

— Je sais, je m'en suis rendu compte près du banc. Je suis vraiment désolée, je me sens responsable de tout ça.

— Ce n'est pas grave, ce ne sont que des égratignures.

— Mais tu aurais pu faire attention quand même !

— J'ai fait ce que j'ai pu, dit-il d'un ton sarcastique.

— En tout cas, c'est gentil de m'avoir sauvée.

— Je t'en prie.

Elle ne savait pas faire de bandages et appliqua plusieurs pansements sur la plaie.

— C'est très mignon, dit Vlad, mais je ne suis pas sûr que ça tienne.

— Oh ! Te moque pas, je fais ce que je peux !

Elle prit son avant-bras et appliqua un nouveau coton pour désinfecter l'entaille.

— Ahhhhh !! dit-il dans un marmonnement mêlé d'injures.

— Oh, Vlad, ça va ! N'en rajoute pas !

Il avait mal mais la douleur était supportable. Pour ne plus y penser, il changea de sujet.

— J'aimerais quand même savoir une chose : pourquoi as-tu dit que tu avais eu peur que je t'abandonne ?

Yaeko semblait gênée de cette question, coupable d'en avoir trop dit, mais elle ne pouvait plus dissimuler la vérité.

— Je ne sais pas, ça doit venir de mon adolescence, quand ma mère a quitté mon père. Je me souviens qu'ils s'étaient disputés avec violence. Mon père avait une vision très traditionnelle du couple qui ne convenait pas à ma mère. Elle lui a dit qu'elle n'en pouvait plus, il l'a giflée, elle est partie. Elle a pris quelques affaires dans un sac et m'a dit que si je le voulais, je pouvais venir avec elle. Mon père m'a regardée et il m'a ordonné de rester. J'avais dix-sept ans, j'étais une gamine et je ne savais pas quoi faire. Alors, je n'ai rien fait et je suis restée assise sur la terrasse. Ma mère a remonté l'allée bordée de sakuras, et sous une pluie de pétales roses, elle m'a regardée une dernière fois avant de disparaître. Depuis, à chaque fois que je vois des fleurs de cerisier, je ne peux m'empêcher de penser à elle et à tout ce que je n'ai pas fait pour la retenir. Pourtant, avec le temps, c'est moi qui ai fini par lui en vouloir de m'avoir laissée seule avec mon père. J'en ai pleuré pendant des nuits entières, j'avais même l'espoir qu'elle revienne, qu'elle change d'avis, qu'elle ne m'abandonne plus, mais elle n'est jamais revenue. Pour ça, je la déteste, mais en même temps, je ne peux m'empêcher de l'aimer. Pourquoi est-ce que ce sont toujours les gens qu'on aime le plus qui nous font le plus de mal ?

Sa question resta sans réponse. Elle sentait les larmes qui montaient et changea de sujet pour les dissimuler.
— Et toi, Vlad ? Tu as l'air si fort, on dirait que tu n'as jamais souffert... — Détrompe-toi, on a tous un fardeau à porter et le mien me fait parfois encore souffrir.
— Une femme ? Un chagrin d'amour ?
— La dernière femme que j'ai aimée.

Vlad lui raconta l'horreur qu'il avait vécue dans la maison de Miami. Le viol, puis le meurtre d'Alice, le sang qui coulait de sa gorge, la maison en feu, et toutes ces images qu'il avait gardées en tête et qui étaient la cause de ses cauchemars nuit après nuit.
— C'est pour ça que tu es venu chez ces Polonais ?
— Oui, je cherchais Tomasz. C'est lui qui a ordonné à son homme de main de la tuer.

Yaeko était choquée par la violence de ce qu'il avait vécu et les souffrances qu'il avait endurées. Il était bien plus fort qu'elle ne l'avait imaginé. Qui pouvait vivre une expérience aussi traumatisante et continuer à avancer dans la vie avec autant de détermination ?
— Et tu voulais faire quoi ? Le tuer ?
— Oui, je voulais venger la mort d'Alice. Je voulais qu'il souffre autant que j'ai souffert.

— Tu sais, Vlad, la vengeance n'a jamais fait disparaître la haine. Ce n'est pas en le tuant que tu apaiseras ton cœur.

— Peut-être, ou peut-être pas, mais je refuse que sa mort reste impunie.

— Tu m'as sauvée, tu m'as sûrement évité le pire. On peut dire que c'est une vie pour une vie...

— Je n'avais pas prévu de te trouver là, c'est vrai, mais malheureusement, ça ne règle pas le contentieux que j'ai avec ces hommes.

— Je ne crois pas que la violence te soulagera.

— La violence non, mais leur mort, très certainement.

— Tu n'es pas un tueur, Vlad, tu n'es pas comme eux.

— Je ne suis pas comme eux, mais j'ai besoin de justice.

Il se leva et s'approcha de la baie vitrée pour contempler la ville. Yaeko le regardait avec beaucoup de douceur. L'homme qu'elle avait devant elle était un survivant. Elle aurait voulu le serrer dans ses bras et lui offrir tout l'amour et la tendresse dont il avait besoin à cet instant, mais elle ne savait pas comment faire. Elle reprit :

— Je pense surtout que tu as besoin d'amour, Vlad.

— Je ne suis plus capable d'aimer, lui répondit-il avant de sortir sur le balcon.

VLAD

CHAPITRE XI

Vlad fut réveillé par une odeur de café qui avait envahi le salon. Il avait passé une nuit de plus sur le canapé et refusait toujours de partager son lit avec Yaeko. Elle le lui avait pourtant proposé à plusieurs reprises, mais il avait toujours décliné. S'attacher était une faiblesse dont il ne voulait plus être la victime. Yaeko pouvait disparaître du jour au lendemain, et son départ serait plus facile à vivre s'il continuait à garder ses distances. Il avait déjà tant souffert que son cœur suppliait de ne plus avoir à vivre la douleur de la perte.

Il aperçut sur la table un petit plateau sur lequel étaient disposés une tasse à café fumante, ainsi que des toasts, une petite omelette et du lard grillé. Yaeko était à genoux et le regardait se réveiller avec un regard rempli de tendresse. Son épaule et son bras le lançaient et lui rappelèrent l'altercation de la veille.

— Comment tu vas ? lui demanda Yaeko, inquiète.

— Je vais bien, mais comment tu vas, toi ?

— Je vais bien, pourquoi ?

— Parce que tu as préparé le petit-déjeuner. Que me vaut cette délicate attention ?

— Je me suis levée tôt et je voulais te faire plaisir. J'avoue que je m'en veux beaucoup pour hier, et il paraît que c'est important de montrer sa gratitude. Vlad se redressa et prit la tasse de café.

— Aujourd'hui, je vais rester ici, j'ai besoin de me reposer.
— On va passer la journée ensemble ?
— Oui, si tu peux encore voir ma sale gueule.
— Trop bien ! dit-elle en tapant dans ses petites mains.

Vlad croqua dans un toast et avala un bout de lard qui croustillait sous la dent. Il était parfaitement cuit. Vlad espérait secrètement que la cuisine n'ait pas été dévastée, mais ça n'avait que peu d'importance comparé à cette petite attention qui le touchait énormément.

Il reprit :
— Cette nuit, j'ai eu du mal à dormir, j'ai beaucoup pensé à ce que tu m'as dit hier.
— Laisse tomber, j'ai dit beaucoup de bêtises, je m'en excuse encore.
— Non, ne t'excuse pas, dans tout ce qui a été dit, il y avait des choses très vraies, et je me rends compte que je n'ai pas été totalement honnête avec toi. Je reconnais que t'imposer ces règles, te demander de me servir à genoux, ça n'a pas vraiment de sens pour toi.
— J'ai compris maintenant que ça te faisait plaisir, je ne le remettrai plus en question tant que je serai ici.

Vlad repensait à Alice et à toutes ces années qu'il avait passées avec elle sans pouvoir lui montrer son vrai visage. Tout ce temps à essayer d'être quelqu'un d'acceptable, inhibant ses désirs les plus sombres et ses besoins les plus vitaux. Il ne savait pas pourquoi, mais avec Yaeko, tout était différent. Il avait envie de lui ouvrir son jardin secret, de partager ce qui l'animait, de lui révéler ce qu'il n'avait jamais su dire auparavant.

Il continua :

— J'ai envie que tu saches pourquoi je fais tout ça, que tu comprennes mieux qui je suis réellement. Je suis bien conscient que ça peut ne pas te plaire, mais j'ai envie de prendre le risque.

Yaeko le regarda, circonspecte.

— Tant que tu ne me fais pas de mal, ça me va.

— Mais si je fais ça, j'aimerais aussi que tu fasses quelque chose pour moi et pour que je te comprenne mieux.

— Toujours besoin de négocier, dit-elle en soufflant.

— Cette nuit, j'ai laissé sur la table de la salle à manger une feuille et des stylos. J'aimerais que tu me fasses une wishlist de ce qui te ferait plaisir.

— Une liste des choses que j'aimerais ?

— Oui, c'est ça, que tu m'écrives tout ce que tu aimerais dans ta vie, que cela soit cher ou pas, que cela soit réalisable ou pas.

— Je peux mettre tout ce que je veux ?

— Oui.

— Trop bien ! J'adore !

— Et en fin d'après-midi, j'aimerais te faire découvrir quelque chose que j'apprécie particulièrement.
— C'est quoi ?
— Tu verras tout à l'heure.

Yaeko boudait. Il savait comment attiser sa curiosité et maintenir une frustration qu'elle avait du mal à contenir.

Vlad termina son petit-déjeuner tranquillement, et Yaeko rapporta le plateau en cuisine avant d'aller prendre une douche.

Il regardait l'appartement, tout ce qu'il avait bâti, et repensa à toutes ces petites actions du quotidien qui, mises bout à bout, l'avaient mené jusque-là. Il ferma les yeux, et chercha au plus profond de lui la clé qui lui permettrait d'ouvrir la porte sur ce qu'il était vraiment.

Je n'ai pas choisi d'être ce que je suis. J'ai toujours eu besoin de sexe, de beaucoup de sexe, mais j'ai mis longtemps à comprendre que le sexe pour le sexe n'était pas ce que je cherchais.

Je devrais peut-être remercier cette femme dont j'ai oublié le nom, et qui m'a fait prendre conscience que mes besoins n'étaient pas forcément ceux que je croyais. Nous avions beaucoup bu et une dispute avait éclaté. J'étais plus sanguin qu'aujourd'hui, et l'alcool aidant, j'étais allé au-delà de ce que la morale autorise. Je l'ai attrapée par les cheveux et je l'ai jetée au sol. Elle me regardait avec des yeux impertinents. Chacun de ses gestes m'exaspérait et ce soir-là, j'ai décidé de me venger. Je ne voyais plus en elle qu'un être que je souhaitais dégrader, humilier, avilir sans me soucier des conséquences. Alors, j'ai arraché ses vêtements, malgré ses protestations, je l'ai insultée, je lui ai craché au visage, je l'ai giflée, puis je l'ai baisée avec violence sans prêter attention à ses suppliques.

Les insultes pleuvaient sur elle et ma queue n'en était que plus dure. J'ai fini par l'attraper par la gorge et l'immobiliser près du canapé. Son visage semblait possédé. Je l'ai giflée à nouveau. Elle en redemandait. J'aurais voulu qu'elle pleure, mais elle riait sous les coups. L'excitation que je ressentais était coupable et je ne savais plus si ce que je faisais était bien ou mal. Je savais juste que j'y prenais du plaisir. Cette sensation était nouvelle et troublante. J'ai senti ce soir-là qu'il y avait une part de moi qui se réveillait. Une part sombre qui ne demandait qu'à ce qu'on lui laisse la place. Ce soir-là, j'ai été faible et je lui ai laissé les commandes. La suite n'en a été que plus violente. Je l'ai prise sur la table de son salon, m'enfonçant en elle jusqu'à la faire hurler de douleur. Je l'ai jetée sans ménagement au sol et j'ai continué à l'insulter. Je me suis branlé devant elle, j'ai éjaculé sur son visage, puis, après l'avoir à nouveau traitée de tous les noms, j'ai uriné sur sa poitrine et son corps qui tremblait.

J'étais hors de contrôle, j'étais jeune, je ne savais pas comment maîtriser cette violence et ce mal qui me rongeait.

Quand nous avons eu fini, elle est allée se rincer dans la salle de bain, et je m'attendais à des reproches, et à une réaction de dégoût et de rejet à mon égard qui n'arrivèrent pourtant pas. Elle avait aimé cette expérience, et elle aurait voulu que nous allions plus loin encore.

Je me suis dit à l'époque que je n'entendais décidément rien aux femmes, mais il a fallu du temps avant que je comprenne que ce que ma part sombre faisait naturellement pouvait être une manière de pratiquer le sexe, et que certaines femmes pouvaient aimer ça, jusqu'à en devenir accros.

J'ai commencé à me renseigner sur ces pratiques, j'ai essayé de comprendre ce qui pouvait pousser un être humain à accepter d'être dégradé avec autant de violence, et où était le plaisir que l'on pouvait en tirer.

On ne devient pas Dominant par hasard, et je me rends compte avec le recul que les hasards de ma vie étaient souvent des évidences.

Quand j'ai été à l'Enfer pour la première fois, je me suis senti immédiatement à ma place. Je ne connaissais rien à leurs pratiques, à leurs protocoles, à leurs règles, mais ma part sombre m'ordonnait de rester. Elle avait besoin de se gorger de cette énergie.

Les relations y étaient hiérarchisées et il n'y avait pas de Maître ni de Dominant sans personne soumise. J'y ai rencontré des hommes et des femmes qui suppliaient qu'on les dégrade, qu'on les malmène, qu'on les abîme parce que c'était la seule manière pour eux d'éprouver du plaisir et de se sentir vivants.

Ce qui me faisait me sentir coupable était devenu une chose précieuse, un instinct recherché qui me plaçait dans le rôle parfait de celui qui donne. En échange, j'y trouvais du respect, de la dévotion et de la soumission. Moi qui ai toujours eu besoin de contrôle, j'avais enfin trouvé un univers dans lequel je n'avais pas besoin de demander l'autorisation d'être moi-même. Ce que l'on m'avait reproché dans des relations précédentes était ce qui me rendait attirant et désirable.

J'ai ouvert les yeux en sortant de l'Enfer. J'ai compris que je ne pourrais plus vivre ma sexualité autrement, et pourtant, quand j'ai rencontré Alice, j'ai dû m'adapter. Peut-être que ce n'est pas l'amour que je déteste maintenant, mais l'idée de devoir changer pour aimer. Je l'ai fait par le passé et ça ne m'a pas rendu heureux. Pour Alice, j'étais prêt à tout, mais je me demande à présent si c'était la meilleure solution. Elle avait accepté une grande part de moi, mais sûrement pas la principale. Je voulais une belle vie, je voulais être aimé pour ce que j'étais, Alice m'aimait pour ce qu'elle croyait que j'étais. Je lui ai menti parce que je ne voulais pas la perdre, je l'ai cependant perdue.

Il faut probablement croire que l'univers a un plan dans lequel chaque chose est à sa place, et tant que l'on ne trouve pas la sienne, nous devons souffrir. Je ne veux plus souffrir d'être cet homme qui doit juguler un diable qui brûle en lui. Je ne veux plus être aimé à moitié et aimer de peur qu'on me déteste. *Je veux vivre libre sans me cacher parce qu'il n'y a plus rien qui me retient aujourd'hui. Yaeko me dira peut-être que je suis encore plus fou qu'elle ne le pensait, mais tant pis, je ne veux plus mentir à une femme avec qui je couche. Je ne veux plus baiser de telle ou telle manière quand je sais déjà quelle est la manière qui me correspond. Être Dominant, ça n'est pas vivre dans le regard des autres, c'est partager aux autres sa vision que cela plaise ou non. Yaeko n'aura d'autre choix que de me voir dans ma triste réalité : un homme coupé en deux, tiraillé entre sa gentillesse et son besoin de violence. J'ai peur de la faire fuir, probablement parce que je commence à m'attacher à elle, mais si elle refuse qui je suis, j'en souffrirai certainement plus. Tant pis. Il faut qu'elle découvre cet univers sombre qui est le mien, alors je saurai si tout ce que je ressens est réel ou s'il ne s'agit que d'un énième mensonge de l'amour. Moi, je ne veux plus aimer à moitié, je veux des sentiments tranchés comme les griffes que j'aime utiliser sur la peau. Je veux que l'amour brûle tout et qu'il renaisse de ses cendres. Je ne suis coupable que d'être moi-même, mais surtout innocent de n'avoir pas pu choisir qui je suis.*

Le téléphone sonna et tira Vlad de ses pensées. Sören, à l'autre bout du fil, avait un ton sérieux.

— J'ai avancé sur notre petite excursion.

— Dis-moi à quoi tu penses, demanda Vlad.

— Ton crâne d'œuf s'appelle Radoslaw, et il sera demain soir dans un sex-shop du côté de Pigalle.
— Comment tu sais ça ?
— Il passe pas mal de temps avec une pute qui travaille là-bas dans les backroom. Je crois que ton Polak a un crush. En général, quand il va la voir, il est seul, ça évitera qu'on tombe nez à nez avec toute son équipe. D'ailleurs, personne ne sait qu'il y sera.
— La pute en question, tu la connais ?
— Bien sûr que je la connais ! Sinon, comment je saurais tout ça ? Elle s'appelle Tina, c'est une fille vraiment sympa, mais elle a tendance à un peu trop forcer sur la coke.
— T'es resté discret ?
— Mais tu me prends pour qui ? C'est toi qui retires ta cagoule quand on est de sortie, pas moi. Fais-moi confiance, j'ai fait les choses bien.
— J'espère que, niveau accessoires, tu ne viendras pas avec une gag ball ce coup-ci, dit Vlad d'un ton moqueur.
— Ça va, ça va, j'étais pressé la dernière fois. Là, c'est du sérieux, mais je ne vais pas en parler au téléphone, on ne sait jamais. De toute façon, je m'occupe des fournitures, tu n'auras qu'à ramener ta petite gueule.
— Tu sais à quelle heure précisément ?
— Pas encore, mais je t'appellerai demain quand j'aurai confirmation. Par contre, je ne sais pas jusqu'où tu veux aller, frère, mais si on y va, on doit aller au bout.

— On va le renvoyer dans le monde du silence.
— Ça me va, tant qu'on n'éveille pas les soupçons et qu'on ne se retrouve pas avec une armée de Polaks au cul. Les mecs des pays de l'Est, c'est un autre délire. Je pensais qu'à Paname, on était baisés de la tête, mais eux jouent dans une autre catégorie.
— On fait ça net et précis.
— T'es sûr de toi, frère ?
— Je n'ai jamais été aussi sûr. On s'appelle demain.
— Ça marche, à demain.
— Attends.
— Quoi ?
— Merci de tout ce que tu fais pour moi.
— Mais t'inquiète, c'est normal, quand je dis « mon frère», je le pense, et je sais que tu aurais fait la même chose pour moi.
— On s'appelle demain, alors.

Vlad raccrocha et il aperçut Yaeko qui sortait de la douche, enveloppée d'une serviette. Elle était heureuse d'un bonheur impalpable et contagieux. Elle lui sourit avec tendresse et alla se changer dans la chambre.

La journée passa doucement, avec une indolence qui leur faisait du bien. Yaeko voulait absolument regarder *The greatest showman* et *Happiness Therapy*, Vlad ne s'y opposa pas et prit même du plaisir à découvrir ces films qui lui faisaient du bien. Ils discutèrent longuement, s'avouant leurs films honteux et leurs chansons coupables. Ils parlèrent de nourriture, de sorties, de voyages et de tout ce qu'ils n'avaient jamais abordé auparavant. Les insécurités de la vie coupent parfois le dialogue, mais cet après-midi-là, ils se sentaient protégés, détendus et n'avaient du temps à accorder qu'à eux-mêmes. Vlad avait presque terminé ses sons pour le prochain album de Nicky et n'avait plus qu'à les finaliser le lendemain au studio. La pression était redescendue et ils en profitèrent pour prendre le temps d'être à deux.

Yaeko alla s'asseoir studieusement à la table de la salle à manger et commença à rédiger sa wishlist.

Vlad finit par aller prendre une douche. Quand il fut habillé, Yaeko l'attendait, une feuille à la main.

— J'ai fini ! dit-elle, satisfaite. Mais tu ne te moques pas. J'ai mis vraiment tout ce qui me faisait plaisir.

— Promis, je ne me moquerai pas.

Il prit la feuille et constata qu'en plus de la liste, elle avait pris le soin de la décorer avec des petits cœurs et des étoiles. Elle était mignonne, elle était fragile et Vlad luttait pour ne pas lui succomber.

Sur cette liste, on pouvait y trouver une peluche licorne taille réelle, une nuit à Disney avec un dîner dans la salle de bal, retrouver sa mère, un sac pastèque, une virée à Amsterdam, une soirée dans un Riad comme dans les Mille et une Nuits, un chaton trop mignon, un bubble tea pêche, un bouquet de pivoines roses et rouges, un nouveau téléphone avec une coque rose super kiki, et une multitude d'autres choses qui remplissaient la feuille dans sa totalité.

Yaeko observait le visage de Vlad et ses réactions, mais il ne se moqua pas et trouva la liste parfaite.

— Et tu vas faire quoi de ma liste ? demanda-t-elle.

— Je vais la garder, on ne sait pas, elle pourrait peut-être m'être utile un jour.

Yaeko fut soulagée de ne pas être jugée. Cette liste lui avait fait beaucoup de bien. Elle s'était concentrée sur elle et ses désirs, ouvrant la parenthèse de son intimité.

— Tu avais dit que tu me ferais découvrir quelque chose en fin d'après-midi. Maintenant que j'ai fait ma liste, je veux savoir !

— Laisse-moi tout préparer et ensuite, je t'explique.

Vlad était excité à l'idée de partager une chose aussi intime que précieuse. Il baissa les lumières ambiantes et alluma quelques bougies. Sur l'enceinte du salon, il mit en route une playlist de musiques sensuelles et relaxantes. Il fila dans la chambre et revint avec une grande couverture beige qu'il disposa au sol. Sur la table, il posa un papier d'aluminium et y installa plusieurs bougies rouges et noires. Juste à côté, il plaça un couteau. Yaeko le regardait s'affairer et ne comprenait pas vraiment ce qu'il comptait faire. Quand il eut terminé, l'ambiance dans la pièce avait changé. Vlad savait apporter de l'érotisme là où il n'y en avait pas, et en quelques instants, il avait transformé ce salon, qui voyait passer leur quotidien, en un lieu sensuel et

énigmatique. Il s'adressa à Yaeko avec une extrême douceur :
— Tu m'as dit que j'étais violent, que j'étais...
— Je ne pensais pas ce que j'ai dit, tu sais, dit-elle timidement.
— J'aimerais te montrer qu'il ne faut pas forcément être violent pour prendre du plaisir dans la douleur. J'aimerais te faire essayer le wax play.
— Qu'est-ce que tu veux faire avec ces bougies ?
— La cire chaude qui coule sur ta peau va stimuler ton corps et libérer des endorphines. C'est une douleur très légère, mais cela nous permettra de savoir si c'est un chemin que nous pourrions explorer ensemble.
— Mais ça va faire mal ?
— Pas forcément. Tu as confiance en moi ?
— Oui, je te fais confiance, dit-elle, un peu hésitante.
— Alors, retire ton tee-shirt et ta culotte et allonge-toi à plat ventre sur la couverture.
— Je dois me mettre nue ? C'est pas facile, j'ai un peu honte.
— Je t'ai déjà vu nue, tu sais.
— Oui, mais là, c'est pas pareil, dit-elle d'une voix enfantine. Je dois retirer mes chaussettes aussi ?
— Non, tu peux les garder.

Yaeko lui tourna le dos pour ne pas croiser son regard, retira son tee-shirt et fit glisser sa petite culotte jusque sur ses chevilles avant de l'ôter. Elle s'allongea sur le ventre et Vlad lui proposa un coussin pour qu'elle soit installée confortablement. Il lui demanda de dégager son dos et Yaeko écarta ses longs cheveux. Il alluma les bougies noires et rouges et les laissa se consumer. Il versa les premières gouttes de cire fondue sur le papier d'aluminium, et les gouttes suivantes sur son bras pour vérifier la température.

Il s'approcha d'elle et prit un instant pour contempler son corps allongé, offert, prêt à découvrir de nouvelles sensations. Elle était belle dans ses imperfections. Sa peau claire tranchait avec la nuit de ses cheveux. Ses épaules frêles initiaient la cambrure de son dos. Elle avait un grain de beauté juste au-dessus de la fesse droite. Il s'attarda sur la finesse de ses chevilles, ses cuisses qui se serraient face à l'inconnu et l'odeur de sa peau qu'il aurait voulu goûter à nouveau. Elle gigota jusqu'à trouver une position confortable où elle se sentait bien.

— C'est bon, je suis prête. Je suis bien installée.

— On va pouvoir commencer alors, lui répondit-il.

Vlad retira son tee-shirt, dévoilant son torse recouvert de tatouages. Sa peau était chaude, et il aurait voulu sentir la petite main de Yaeko et ses caresses s'écraser contre lui. Il resta debout et commença à faire couler la cire sur son dos. Les premières gouttes firent sursauter Yaeko. La cire chaude ne la brûlait pas, mais un doux picotement irradiait la zone sur laquelle la goutte avait touché sa peau. Elle se tortilla sur la couverture.

— Tout va bien ? lui demanda Vlad.

— Oui, ça va, j'ai juste été un peu surprise. Ça picote légèrement, mais c'est supportable. Je m'attendais à pire.

Vlad réduisit progressivement la distance entre la bougie et sa peau, de sorte que la cire ait moins le temps de refroidir pendant sa chute.

Il fit couler de petites gouttes de ses épaules jusque dans le creux de ses reins. Yaeko avait fermé les yeux et se laissait bercer par la musique relaxante. Il changea de couleur et répandit une traînée rouge qui vint se mêler aux premières gouttes noires.

— C'est agréable ? demanda Vlad.

— Oui, c'est vraiment très apaisant, je ne pensais pas que j'aimerais ça.

Les gouttes noires et rouges se mêlaient entre elles pour dessiner sur le dos de Yaeko des formes abstraites. Chaque goutte était à la fois un picotement et un coup de pinceau sur la toile de son corps.

Il rapprocha un peu plus la bougie, et la chaleur de la cire fondue se fit plus piquante. Il se mit à genoux près d'elle et souffla délicatement sur son dos. Son souffle était rafraîchissant et venait caresser le creux de ses reins. Yaeko ne protestait plus, elle attendait chacune des gouttes, ne sachant jamais où et comment elles allaient atterrir. Parfois douces, parfois brûlantes, Vlad recouvrait peu à peu sa peau.

Elle ressentait un bien-être nouveau, un apaisement profond guidé par la douce douleur de la cire qui lui murmurait que le plaisir, de temps en temps, peut se trouver là où on ne l'attend pas.

Vlad était concentré et il alterna les bougies entre elles. Il suivait un plan complexe où chaque couleur venait recouvrir la précédente, où les dessins sur son dos devenaient mystiques. C'était une rencontre entre lui et elle, un moment suspendu où son corps n'avait plus de secrets.

Au bout d'une dizaine de minutes, il éteignit les bougies d'un souffle rapide et se saisit du couteau.

— Tu fais quoi avec le couteau ? demanda-t-elle, inquiète.

— Je vais retirer la cire, fais-moi confiance.

— Parce que, de base, je ne suis pas fan de couteau.

— Rassure-toi, ça ne te fera pas mal.

— Non, mais j'ai un peu peur.

— Ferme les yeux et écoute ma respiration.

Vlad s'assit sur elle à califourchon et posa la lame sur la cire, puis sur sa peau. Il commença par ses épaules, venant décoller délicatement la cire qui avait durci. La lame s'immisçait entre la cire et la peau et donnait l'impression à Vlad de découper une chrysalide. C'était une sensation très satisfaisante. Il y apportait une attention toute particulière et faisait preuve d'une extrême douceur. La lame grattait la peau, mais ne l'entaillait pas. Seule la cire se détachait et tombait en petits morceaux le long de ses côtes. Il caressait son dos délicatement avec sa main pour enlever les derniers résidus, puis reprenait le couteau. La sensation de la lame puis de sa main était d'un érotisme extrême pour Yaeko qui avait fermé les yeux et qui se laissait guider dans cette nouvelle expérience.

La lame allait et venait et Vlad apportait un soin particulier à ne rien laisser. Yaeko pouvait sentir la chaleur du corps de Vlad assis sur ses fesses et son large sexe qui venait dangereusement l'exciter. Elle se laissait faire, elle n'avait plus peur, elle ressentait du plaisir, et ce, malgré la douleur.

Quand il eut fini d'ôter la cire, il intima à Yaeko de se relever et lui apporta une autre couverture dans laquelle il l'emmitoufla.

— Comment te sens-tu à présent ?

— Tellement bien, je me sens relaxée, détendue, un peu cotonneuse.

— Ce sont les endorphines. C'est grâce à toutes ces petites piqûres que procure la cire chaude que ton corps finit par se détendre et libérer cette dose d'endorphine qui te met dans cet état.

— Je ne sais pas, mais en tout cas, je me sens super bien !

Yaeko aurait aimé qu'il la prenne dans ses bras et qu'il lui caresse les cheveux. Elle aurait voulu s'agripper à lui comme à une peluche géante, mais elle n'osa pas.

— Est-ce que ça t'a ouvert l'appétit ? lui demanda-t-il.

— Complètement !

— Tant mieux, parce qu'après, la soirée ne sera pas finie.

— Ah oui ?

— Nous verrons cela après le repas.

— Je n'en peux plus de tes suspenses, j'ai l'impression que tu veux que je passe ma vie frustrée.

— Un peu de frustration ne fait jamais de mal, dit-il en souriant.

Vlad s'éclipsa dans la cuisine et revint avec une bouteille de champagne et deux coupes.

— Qu'est-ce qu'on fête ? demanda Yaeko, surprise.

— Rien du tout, j'avais juste envie de profiter de cette journée.

— Je ne vais pas m'en plaindre ! En tout cas, pour moi, cette journée est parfaite. Je ne me suis pas ennuyée un seul instant.

— Et la journée n'est pas finie.

Vlad commanda un plateau de sushis, et trente minutes plus tard, Yaeko toujours emmitouflée dans sa couverture, une coupe de champagne à la main, engloutissait avec gourmandise le repas disposé sur la table.

— Il y a quelque chose que j'aimerais aborder avec toi.
— Dis-moi, répondit-elle, la bouche pleine.

Elle était naturelle, elle était directe et inattendue et si beaucoup d'hommes n'avaient pas vu en elle la femme qu'elle était, Vlad ne s'y trompait pas.

— J'aurais aimé qu'on parle de tes limites.
— Mes limites ?
— Les choses que tu n'aimes pas dans le sexe, ce que tu ne veux pas pratiquer.
— Je crois qu'il va falloir que je boive encore un peu de champagne pour que je puisse en parler. Ça me gêne.

Vlad aperçut la coupe de Yaeko qui était presque vide et prit sa réponse pour un sous-entendu discret. Il attrapa la bouteille et remplit son verre.

— J'aimerais que tu fasses quelque chose pour moi.
— Dis-moi ? Mais je dois te prévenir, je ne suis pas trop douée en strip-tease.
— Non, rassure-toi, je ne pensais pas à ça.

Vlad se leva et se dirigea vers la bibliothèque. Entre un livre sur la gastronomie française et une biographie de Steven Spielberg, il sortit une petite pochette noire.

À l'intérieur, une dizaine de feuilles attachées ensemble par un trombone.

— Pour que ça soit plus simple, j'ai une petite liste. Tu verras, c'est très explicite. J'aimerais beaucoup que tu la remplisses.

Yaeko saisit les feuilles et balaya la liste du regard. Il y avait une série de pratiques qui allaient de l'anulingus en passant par la contrainte avec des menottes, le fist anal et vaginal, ou encore le cendrier humain, le viol théâtralisé, les gifles ou la badine. Sous chaque pratique, il y avait une petite définition pour que tout soit compréhensible et trois cases correspondantes : j'aime, je n'aime pas, j'aimerais essayer.

— Tu veux que je remplisse ça maintenant ?

— Oui, c'est important pour la suite. Et puis, tu sais, c'est important que je sache ce qui te plaît ou non.

Il lui tendit un stylo et l'invita à remplir la feuille.

— Mais il y a des choses pour lesquelles je ne sais vraiment pas.

— Essaie juste de répondre spontanément, ça n'est pas une liste figée dans le marbre. Une check-list comme celle-ci évolue avec le temps, mais j'aimerais beaucoup savoir où tu en es.

— Ok, je le fais tout de suite.

Elle commença à cocher des cases, et plus elle avançait dans la liste, plus Vlad pouvait voir sur son visage l'étonnement face à certaines pratiques. Elle ne s'arrêta pas pour autant et continua avec application. Certaines pratiques n'avaient pas réellement de sens pour elle, mais elle prit le temps d'y réfléchir. Elle voulait que chaque réponse soit la plus honnête possible.

Quand elle eut fini, elle tendit les feuilles à Vlad qui les regarda. Il ne dit pas un mot et il lui sourit.
— Oh, ça va ! Ne me juge pas, Vlad ! Tu m'as demandé de remplir les cases, j'ai rempli les cases. C'est super intime de faire ça, en vrai. Bravo ! Maintenant, j'ai honte...
— Mais non, c'est très bien, au contraire, ça me permet de mieux cerner ce que tu aimes et ce que tu n'aimes pas.
— Et moi ? Je vais savoir ce que tu aimes ? Tu vas remplir cette liste, toi aussi ?
— Je l'ai déjà fait, mais si tu veux, je pourrai te montrer la mienne.
— J'aimerais beaucoup ! Après tout, j'ai aussi le droit de savoir.
— Avant ça, il reste une dernière chose que j'aimerais voir avec toi.
— Tu veux que je fasse un examen médical ? dit-elle en se moquant de lui.
— Non, mais ce n'est pas une mauvaise idée.
— N'abuse pas non plus !
— J'aimerais que tu aies un mot de sécurité.
— C'est quoi ? demanda-t-elle, curieuse.
— C'est un mot que seuls toi et moi connaissons, que tu choisis, et qui, quand tu le prononces, signifie que tu veux arrêter ce que nous faisons. Imagine que pendant un rapport, je fasse quelque chose qui ne te convient pas, et qui te fasse soit trop mal, soit te mette mal à

l'aise, ou que tu aies un problème quelconque, en prononçant ce mot, je comprendrai immédiatement que quelque chose ne va pas et je m'arrêterai. C'est une sécurité pour que tu ne te retrouves jamais dans une situation qui ne te conviendrait pas.

— Et ce mot, je peux prendre celui que je veux ?

— Oui, tant qu'il est en une ou deux syllabes, et que ce mot n'est pas « stop », « non » ou « arrête ».

— Pourquoi pas ces mots ?

— Parce que dans certains cas, pour certaines pratiques, le refus peut faire partie du jeu. Il vaudrait mieux trouver un mot qui n'ait rien à voir avec l'intimité, comme « table », « lapin » ou « rouge ».

Yaeko leva les yeux vers le plafond et se gratta la tête.

— Ça n'est pas simple quand même.

— Pense à quelque chose d'important pour toi, quelque chose qui t'est propre.

— Ça y est, je sais.

— Dis-moi, je t'écoute.

— Au départ, j'ai pensé à sakura, mais c'est un peu long, je crois. Que dis-tu de « cerise » ?

— Je dis que c'est parfait et que si, dorénavant, tu prononces ce mot, je saurai qu'il y a un souci. Par contre, ne l'utilise pas pour un oui ou pour un non, il faut vraiment que cela soit important.

— Ok, boss, dit-elle en faisant un salut militaire de la main.

— Il me reste une chose à voir avec toi, reprit Vlad.

— Ah oui ?

— J'aimerais t'emmener dans un endroit qui te permettra de voir par toi-même qui je suis et ce que j'aime.

— On va sortir ?

— Uniquement si tu l'acceptes.

— Mais on va y aller quand ? demanda-t-elle, impatiente.

— Tout à l'heure, si tu le veux.

— Hiiiiiiii ! Si on sort, moi, je suis partante !

— Attends quand même de savoir où on va, insista Vlad.

Yaeko bondit du canapé, laissa sa couverture tomber sur le sol et se mit à réaliser une danse de la victoire qui ressemblait plus à une succession de poses kawaii plutôt qu'à une véritable danse.

— Et tu m'emmènes où ?

— En Enfer.

— Non, mais sérieusement, on va où ?

— C'est le nom du club. C'est un donjon BDSM.

La joie qu'elle avait mise dans sa petite danse sembla s'évaporer et un flot de questions la submergea.

— Mais on va faire quoi là-bas ? J'avoue que ça me fait un peu peur.

— Rassure-toi, lui dit-il, je veux juste que tu puisses voir, je ne t'obligerai à rien. D'ailleurs, si nous y allons, garde

en tête que dans cet endroit, tout est possible, mais rien n'est obligatoire. Néanmoins, j'aimerais beaucoup que tu voies ça de tes yeux.
— J'avoue, je ne sais pas trop, lui dit-elle, embarrassée.
— Pour le coup, je ne t'impose rien, c'est toi qui décides.
— Et puis, je n'ai rien à me mettre si on sort dans ce genre d'endroit.
— Tu n'as rien à te mettre ?
— Si, j'ai des vêtements, mais rien qui pourrait convenir pour ce genre d'endroit.
— C'est vrai, c'est un problème. Heureusement que j'y ai pensé.
Vlad se leva et se dirigea vers un placard dans lequel il avait rangé une grande boîte en carton beige et noire. Il revint vers Yaeko qui s'était assise dans le canapé.
— J'ai ça pour toi.
— C'est quoi ? Je veux voir !
— Uniquement si nous allons à l'Enfer. Si nous n'y allons pas, je pense que tu n'en auras pas besoin.
— Han ! T'es dur !
Yaeko était angoissée à l'idée de le suivre dans cet endroit dont le seul nom lui donnait des frissons, mais la curiosité qu'elle éprouvait face à cette boîte beige et noire était insoutenable.
Elle reprit :

— Et je ne peux pas regarder ce qu'il y a dans la boîte, et après te dire si j'ai envie d'y aller ?
— Ça serait trop facile, il est temps de faire un choix, répondit-il avec un air sadique.
— Bon, ok ! Tu m'as eue, je suis tellement faible ! J'accepte de te suivre là-bas, mais promis, si je ne veux que regarder, on ne fait rien.
— Promis, tu as ma parole.

Vlad lui tendit la boîte sur laquelle elle se jeta. Elle retira le ruban qui l'entourait et l'ouvrit délicatement.

À l'intérieur, il y avait une robe noire, élégante, transparente à certains endroits, ainsi qu'un harnais et un collier en cuir ras-de-cou surmonté d'un anneau en son centre.

— Mais c'est trop beau tout ça ! J'adore ! Mais le collier, c'est pour quoi ?
— Dans cet endroit, nous allons rencontrer des personnes dominantes et des personnes soumises. Le collier signifie que tu es soumise sous ma protection.
— Comment ça, je suis soumise ?! Personne ne me dit ce que je dois faire !
— Ne te braque pas ! Et puis, être soumise, ça n'est pas quelque chose de mauvais, au contraire. Dans ce club, les personnes soumises ont beaucoup de valeur et sont respectées pour ça.
— Mouais... je ne sais pas trop.

— Disons que c'est ton passeport pour entrer, sans ça tu ne pourras pas. Et puis, maintenant que tu as accepté, c'est un peu trop tard.

— Ok pour le collier, mais comme je t'ai dit, je ne suis sûre de rien.

— Et pour la laisse ?

— La laisse ??

— Détends-toi, je plaisante.

— Tu abuses tellement, dit-elle avec un sourire.

Son visage devint soudainement triste.

— Quelque chose ne va pas, Yaeko ? demanda Vlad.

— Je me rends compte que je n'ai pas de maquillage, et j'avoue que ce soir, j'aurais bien joué un peu à la femme fatale. Au pire, juste un trait de liner, mais j'aurais aimé me sentir jolie.

— Je comprends, lui répondit Vlad. Peut-être que ceci pourra résoudre ce problème.

Il se leva et retourna vers le placard dans lequel il avait pris la boîte beige. Il revint avec une boîte noire, plus petite. Il reprit :

— Je me suis dit que nous en aurions sans doute besoin un jour.

— C'est quoi ?

Vlad lui tendit la boîte qu'elle ouvrit. Elle y trouva un liner, un crayon noir, du mascara, du rouge à lèvres, des fards à paupière, du blush et des pinceaux.

— Hiiiiiiiii !

— J'en déduis que ça te plaît !

— Merci ! dit-elle d'une voix trop aiguë pour les oreilles de Vlad.

Elle se jeta sur lui dans le canapé et le fit basculer en arrière. Puis, elle se leva et reprit sa petite danse de la victoire. Vlad se leva pour débarrasser. Elle lui lança :

— Et toi, tu t'habilles comment ? Parce que c'est bien gentil de vouloir me pimper, mais tu ne vas pas y aller en jogging ?

— Ne t'inquiète pas, je ne comptais pas y aller comme ça, mais je serai en noir.

— Comme d'habitude, en fait.

— Tu verras ! Maintenant, va te préparer, l'Enfer nous attend.

CHAPITRE XII

Yaeko descendit l'escalier interminable qui s'enfonçait dans les entrailles de la terre. La peur avait laissé place à l'excitation et Vlad, qui la précédait, était son guide. Ils passèrent le vestibule rempli de croix et d'images bibliques où les pêcheurs peuvent adresser leurs dernières prières avant de sombrer dans le vice et la luxure. Vlad écarta l'épaisse tenture et ils pénétrèrent dans la pièce principale.
Yaeko, dans sa robe noire ornée d'un harnais de cuir et de métal, était un ange perdu qui découvrait la complexité du monde et la dualité des hommes. Ses grands yeux en amandes ne voulaient rien rater de cet endroit mystérieux qui venait susurrer à l'oreille de son inconscient que le plaisir de la chair était un désir salvateur.
Vlad portait un pantalon noir, une chemise noire et un harnais en cuir avec un anneau d'acier au milieu du dos. Il attirait les regards vicieux des soumises captivées par son magnétisme. Il avait beau être musclé, ce n'était pas cela qui les intriguait, mais plutôt son visage sévère, son regard profond et une aura sexuelle et animale qui irradiait autour de lui.
Ses grands yeux verts étaient un miroir qui renvoyait les soumises à leur servitude, ses mains puissantes, une

promesse de séance intense, sa carrure, un bouclier infaillible derrière lequel on pouvait goûter à la plénitude qu'apporte la sécurité. Yaeko regardait Vlad, mais à cet instant, elle pouvait ressentir le Dominant qui vivait en lui.

Près du bar, un homme de forte corpulence était nu, à genoux, la tête recouverte d'une cagoule qui ne lui permettait que de respirer. La femme qui se tenait debout à côté de lui était en grande conversation avec un homme habillé en noir et fumait une cigarette avec emphase. Elle tourna la tête et lança un : « Cendrier ! »

L'homme à genoux leva une main pour recueillir la cendre qui allait tomber de la cigarette. Elle ne lui accorda pas plus d'importance et retourna à sa discussion. Le *dog* de la maison vint à leur rencontre, avec sa combinaison en latex noir et son masque de chien. Il remua la queue aux pieds de Yaeko qui ne savait pas trop comment se comporter.

— Caresse-le, dit Vlad, tu verras, il n'est pas méchant.

Yaeko hésita, puis passa une main sur sa tête. Le latex glissait, la sensation était nouvelle. Elle n'avait jamais vu de telle créature, elle était fascinée. Dans une alcôve, une femme était suspendue par des cordes à un bambou accroché au plafond. Elle était désarticulée et ses yeux fermés indiquaient que son corps était présent, mais que son esprit était déjà loin. Le shibariste qui l'avait encordée se tenait à côté d'elle et s'affairait à passer de nouvelles cordes entre ses cuisses. D'une main, il pouvait donner du leste et faire descendre sa tête et le haut de son corps avant de la relever et de la faire tourner. Chacun de ses gestes était précis, chaque corde qui se tendait et se détendait faisait voyager la femme captive vers un état de transe indicible.

Yaeko était bouleversée par ce qu'elle voyait, ce qu'elle entendait et ce qu'elle sentait. Tout paraissait naturel et irréel, et pourtant, chacun avait l'air d'avoir trouvé sa place. Elle ne comprenait pas tout ce qu'elle voyait, mais elle était envahie d'un sentiment de bien-être qui semblait la pousser à enfin devenir ce qu'elle était au fond d'elle.

Un claquement de fouet retentit au milieu du brouhaha. La musique était forte et les basses faisaient vibrer les vieilles pierres dans un bourdonnement maléfique. Un autre coup retentit et un cri langoureux accompagna son écho.

Une femme à la peau de dragon et à la crête grise croisa Yaeko près du bar. Ses pupilles étaient noires, et son corps n'avait pas besoin de porter de vêtements pour être habillé. Ses talons interminables creusaient sa cambrure. À son passage, un homme s'approcha d'elle et passa une main autour de sa taille pour entamer la discussion. Elle attrapa son poignet avec force et lui retourna le bras. Tout en serrant plus fort, elle finit par le mettre à genoux avant de lui dire : « Si tu me touches encore, je te brise le bras ». L'homme retourna s'asseoir un peu plus loin sous les moqueries de ses amis qui connaissaient bien le tempérament de cette femme dragon. Elle commanda une boisson énergisante à la coco qu'on lui servit avec une paille, puis elle remercia la femme au bar d'un sourire amical et enfantin qui contrastait avec le charisme guerrier qui émanait d'elle.

En Enfer, chacun pouvait être qui il voulait, exprimer toute la complexité de sa personnalité sans avoir à se justifier d'être différent.

Vlad murmura à l'oreille de Yaeko :

— Viens, on va aller saluer la Maîtresse des lieux. C'est toujours mieux de s'annoncer. Par contre, ici, les soumises doivent vouvoyer les personnes dominantes.

Yaeko hocha la tête. Ils traversèrent la pièce jusqu'à la deuxième salle. Perséphone se tenait debout, entourée de ses deux soumises légèrement vêtues, au collier d'acier, sagement assises à ses pieds. Elle était en grande conversation avec un homme de petite taille aux cheveux de jais ébouriffés. Il portait un crop top et un string en vinyle bombé au niveau de l'entrejambe, indiquant la présence d'une cage de chasteté.

— Reviens me voir quand tu seras plus sûr de toi, dit Perséphone d'un ton impérieux.

— Je vous en prie, Maîtresse.

— Je ne suis pas ta Maîtresse et je n'accéderai pas à ta demande.

L'homme se jeta à ses pieds, implorant de toute son âme.

— Je vous en supplie, Madame, prenez-moi près de vous, laissez-moi lécher vos pieds. Vous pourrez disposer de moi comme bon vous semble, je suis à vos ordres.

Perséphone le regardait avec désintérêt.

— Maintenant, laisse-moi, nous en reparlerons plus tard, mais pas ce soir.

L'homme, dépité, se releva et regagna la première salle sans un mot. Perséphone tourna la tête et aperçut Vlad et Yaeko qui avaient observé la scène.

— Vlad, je suis ravie de te revoir.

— Mes respects, Perséphone. Laisse-moi te présenter Yaeko. C'est une novice qui m'accompagne ce soir.

Perséphone se tourna vers elle et lui tendit sa main. Yaeko, qui ne savait pas quoi faire, la prit et la serra. Perséphone se tourna vers Vlad :

— En effet, elle est novice. Tu ne lui as pas appris à faire la révérence ?

Yaeko était confuse, elle pensait avoir mal agi, étrangère aux codes de cet univers.

— Non, pas encore, mais je n'y manquerai pas.

— Si tu me le permets, Vlad, laisse-moi l'instruire.

— Je t'en prie, Perséphone.

Elle demanda à une des femmes à ses pieds de se lever. Elle lui tendit la main. La jeune femme la prit délicatement, mit un genou à terre, tout en portant le dos de la main de Perséphone contre son front. Perséphone se tourna vers Yaeko :

— Voici, mademoiselle, comment une révérence doit être faite.

Yaeko était gênée. Elle aurait voulu disparaître. Elle voulait être irréprochable et surtout ne pas manquer de respect à Vlad qui reprit :

— Il ne faut pas lui en vouloir, c'est la première fois qu'elle vient ici et elle n'est pas encore familière avec nos usages.

— On a tous commencé quelque part, dit Perséphone avec un sourire bienveillant.

Elle observa Vlad et remarqua qu'il portait un bandage sur le bras.

— Je vois que tu aimes toujours autant les problèmes.

— Je crois que ce sont eux qui m'aiment plus que moi.

Elle sourit et les invita à s'installer à sa table.

Yaeko s'approcha de l'oreille de Vlad et lui murmura :

— Je m'assois où, moi ?

— Par terre, à mes pieds.

— Non, mais t'es sérieux ? Pourquoi je ne peux pas m'asseoir sur le fauteuil à côté de toi ?

— Parce que tu portes un collier de soumise et les soumises s'asseyent sur le sol aux pieds des Dominants.

— C'est tellement exagéré ! Et si je m'assois quand même sur le fauteuil, il se passe quoi ?

— Je vais devoir te punir en public ou pire, c'est Perséphone qui s'en chargera.
— Oui, enfin non, bref, je vais m'asseoir par terre.

Yaeko s'installa aux pieds de Vlad. Elle avait du mal à comprendre la hiérarchie imposée à l'Enfer. Toutes ces règles et ce protocole étaient si compliqués qu'elle avait l'impression de mal faire en permanence.

Une belle rousse voluptueuse vint s'agenouiller devant Vlad.

— Bonsoir, Monsieur, je suis heureuse de vous revoir. Est-ce que je peux vous apporter quelque chose à boire ?
— Bonsoir Calliopée, c'est très gentil de ta part, mais ce soir, c'est Yaeko qui me servira.
— Très bien, Monsieur, dit la jeune femme dont le visage trahissait sa déception. Si vous avez besoin de quoi que ce soit, n'hésitez pas. Peut-être que nous aurons le plaisir de jouer ensemble ce soir.
— Nous verrons.

Yaeko n'en revenait pas de ce qu'elle voyait. Elle fit un petit signe à Vlad pour qu'il s'approche d'elle et qu'elle puisse lui parler à voix basse. Vlad se rapprocha et tendit l'oreille.

— Mais c'est qui, elle ? Est-ce que je peux vous servir, gnagnagna ? On aurait dit qu'elle était prête à te tailler une pipe.
— Détends-toi, Yaeko et va plutôt me chercher au bar une vodka Red Bull.

Yaeko se leva sans broncher, fière d'être l'élue, celle qui servirait Vlad, évinçant la rousse voluptueuse qui l'avait agacée au plus haut point. Elle était toutefois un peu stressée à l'idée d'aller seule au bar, mais elle ne dit rien. Elle traversa la salle et se planta devant le comptoir, attendant patiemment que la barmaid s'adresse à elle. Un homme d'une trentaine d'années, à la mâchoire carrée et à l'aplomb déconcertant, l'aborda.

— Je ne t'ai jamais vue ici, comment tu t'appelles ?

Yaeko était timide, mais elle prit sur elle et répondit :

— Yaeko.

— C'est très joli comme nom. C'est japonais ?

— Oui.

— Je m'appelle Gabriel, mais pour vous, ça sera Monsieur. Tu es venue avec ton Maître ?

— Ce n'est pas vraiment mon Maître, c'est un ami, je suis venue avec lui.

— Donc, il ne verra pas d'inconvénients à ce que je te propose que nous jouions ensemble.

Il s'était approché de Yaeko jusqu'à pénétrer sa zone d'intimité. Elle pouvait sentir sa chaleur, et apercevoir la peau de son torse à travers les boutons ouverts de sa chemise. Il était sexy, animal, et sa voix envoûtait la petite fille cachée en elle.

— Je ne sais pas, dit-elle.

— Tu es maso ? Je suis sûr que ton dos apprécierait mes griffes.

— Je... Je ne sais pas.

Il passa une main sur son dos, qu'il glissa jusqu'à la cambrure de ses reins. Elle était douce, mais elle pouvait ressentir une force et une maîtrise dans son geste. Elle ressentit un frisson qui la troubla. Gabriel le savait, il pouvait lire dans son regard qu'il ne la laissait pas indifférente. Il s'approcha encore un peu plus d'elle jusqu'à lui susurrer au creux de l'oreille :
— Je te trouve très belle, Yaeko, j'aimerais beaucoup que nous fassions connaissance.
— Merci, répondit-elle, gênée. Je vais en parler à mon ami.
— Bien sûr, mais s'il n'est pas ton Dominant ou ton Maître, tu n'as pas besoin de son autorisation, dit-il, sûr de lui.
Yaeko pouvait sentir dans ses paroles rassurantes le danger d'un être rempli de vices au visage si angélique qu'il ne pouvait cacher qu'un démon. Une main se posa sur l'épaule de Gabriel qui le fit se retourner.
— Elle est sous ma protection, dit Vlad avec une voix froide et ferme.
Ses yeux verts étaient devenus noirs et la sévérité de son visage intimait celui qui le regardait de ne pas rétorquer, mais Gabriel ne se laissa pas impressionner.
— Mais si elle n'est pas ta soumise, j'ai tout à fait le droit de lui parler.

— Je pense que tu as déjà assez parlé avec elle, il te reste juste à lui souhaiter une bonne soirée.
— Tu te prends pour qui ? s'insurgea Gabriel qui s'était redressé et dont le torse bombé signifiait qu'il n'y aurait pas de négociation.
— Elle est à moi, dit Vlad. Yaeko, au pied, c'est un ordre.
Yaeko se mit immédiatement à genoux près de Vlad. Elle fut surprise d'être si obéissante, mais elle venait de comprendre que la protection qu'il lui offrait avait des conditions qui, au final, n'étaient pas si désagréables. Vlad lui caressa la tête d'un geste tendre tout en regardant froidement Gabriel. Il reprit :
— Comme tu peux le constater, elle est à moi. Peu importe ce qu'on t'a dit ou ce que tu crois.
Gabriel les regarda et n'insista pas. Il prit son verre et retourna s'asseoir dans la salle.
La main de Vlad continuait de caresser la tête de Yaeko qui regardait le sol. Les mots de Vlad résonnaient en elle : « Elle est à moi. » Son petit cœur de beurre était en train de fondre et elle se demanda si l'amour ressemblait à ça. Elle était devenue importante, unique, et un homme avait décidé qu'aucun autre ne l'approcherait. Elle se sentait belle, protégée, indispensable, et le monde aurait pu s'écrouler ce soir-là, elle aurait eu la chance d'entendre ces mots une fois dans sa vie.
Il la fit se relever et la regarda avec tendresse.

— À la base, tu devais juste me ramener un verre.

— Oui, je sais, mais...

— Mais ne dis rien, c'est normal qu'il t'ait abordée, tu es la plus belle femme de cette soirée.

Yaeko rougit de ce compliment inattendu.

— Je retourne m'asseoir, je t'attends.

Elle passa enfin commande et prit le verre de vodka que Vlad lui avait demandé. Elle retourna dans la deuxième salle, sous le regard envieux d'autres hommes qui voyaient en elle autant une femme sublime que le fantasme de l'Asie.

— Mets-toi à genoux pour me servir ce verre, et présente-le en baissant la tête. C'est comme ça que l'on doit servir dans les règles de l'art.

La voix de Vlad était directive, sévère, mais il voulait surtout être fier de Yaeko devant Perséphone et ses soumises. Elle s'exécuta et commençait à prendre un certain plaisir dans ce formalisme. Il y avait quelque chose de beau dans ce protocole, quelque chose qui, hier encore, n'existait pas. Un message caché dans une servitude consentie qui satisfaisait le Maître. Si Vlad était fier d'elle, alors elle était heureuse. Elle était en train de trouver à ses pieds une place beaucoup plus belle qu'elle ne l'aurait imaginée. Elle comprenait enfin le rituel qu'il lui avait imposé à l'appartement et la signification qu'il avait. Chacun à sa place, chacun complétant l'autre. Elle, dans le service, lui, dans la protection, dans une approche seigneuriale de la relation. Elle sentit en elle le bonheur d'être soumise, parce que malgré tout, elle était traitée comme une reine.

Perséphone s'adressa à Vlad :

— Ce soir, nous allons avoir un petit divertissement qui, j'espère, vous plaira.

— Tu m'intrigues. Que nous as-tu préparé ?

— Moi, rien. Mais je te laisse découvrir ce que nous réserve mon ami Dante.

Perséphone se leva et s'adressa à toutes les personnes présentes en Enfer :

— Maintenant, j'aimerais que tout le monde se taise, je ne veux plus entendre un bruit.

La Reine de l'enfer avait parlé et tous obéirent. La musique fut coupée et le club devint si silencieux qu'on se serait cru dans une église.

Dante était un homme à la carrure impressionnante. Ses cheveux étaient grisonnants, sa peau tachetée, et son visage était dur comme le granit. Sa soumise attendait patiemment à ses pieds. Elle était nue, voluptueuse, une poitrine tombante et sensuelle, des cheveux courts et un tatouage floral couvrait une partie de son bras.

Il la fit se lever et se tourner sur elle-même pour qu'il puisse inspecter chacune des parties de son corps. Elle bougeait avec élégance, et ses petits pas étaient comme une danse qui n'avait pas besoin de musique.

Entre ses bras, elle était un être fragile qu'il aurait pu briser d'un souffle. Il posa sa large main sur sa bouche tout en pinçant son nez, la privant d'air. Il ferma les yeux. La soumise connaissait ce jeu et gardait son calme, malgré le manque d'oxygène. Il relâcha son emprise et elle put prendre une grande bouffée d'air. Il répéta l'opération plusieurs fois, allongeant progressivement la durée durant laquelle elle ne pouvait plus respirer. Au bout de la cinquième fois, elle tituba, mais il la rattrapa de ses bras puissants. Il la mit à genoux et sortit un sac plastique transparent. Il le passa sur sa tête et le serra à la base. On pouvait voir le sac se gonfler puis se dégonfler au rythme de sa respiration. L'ambiance dans la salle était devenue lourde, chacun retenant son souffle en même temps que la soumise qui commençait à suffoquer. Tous se regardaient en se demandant quand Dante allait mettre fin à tout cela, mais il ne bougeait pas. Ses mains tenaient le cou de sa soumise et accroupi à côté d'elle, il avait fermé les yeux. Les secondes devenaient interminables et la femme aux cheveux courts commençait peu à peu à s'agiter. Elle finit par se débattre avec force, mais Dante ne bougeait toujours pas. Elle lui agrippa le bras et le serra avec violence, mais Dante ne bougeait pas. Elle se tortillait pour se libérer, mais Dante ne bougeait pas. Elle voulut crier, mais l'air lui manquait, elle ne pouvait plus que s'en remettre à son Dominant qui semblait plongé dans un état de transe. Son instinct de survie lui envoyait de l'adrénaline dans le corps pour tenter de trouver une issue, mais l'étreinte de Dante était une prison dont on ne s'échappait pas.

Dans l'assemblée, tous retenaient leur souffle face à ce spectacle d'une telle intensité, tant et si bien que certains commençaient à suffoquer. La soumise finit par accepter son sort et ne se débattit plus. Elle était prête à mourir entre ses mains. Dante ouvrit les yeux et en une fraction de seconde, perfora le sac au niveau de la bouche pour lui apporter de l'air. Yaeko, qui était fascinée par le spectacle, prit une grande respiration en même temps que la soumise qui retrouvait ses couleurs.

Dante retira le sac plastique et enveloppa tendrement sa soumise dans ses bras. Il lui murmura quelque chose que personne n'entendit, mais elle sourit et fut apaisée. Perséphone brisa le silence en applaudissant et toute l'assemblée suivit. Yaeko se tourna vers Vlad :

— Mais pourquoi ils font ça ? Elle aurait pu mourir !

— Oui, elle aurait pu mourir, mais c'est là d'où vient son excitation. Jouer avec les limites, frôler la mort.

— C'est super dangereux ! s'exclama-t-elle.

— Personne n'a jamais dit que les pratiques BDSM n'étaient pas dangereuses, mais je peux t'assurer que quand elle a pu respirer à nouveau, sa vie a eu une autre saveur.

— En tout cas, moi, ça m'a fait un peu peur.

— Je crois que c'était le but, dit Vlad, amusé par la candeur de Yaeko.

Perséphone était heureuse du spectacle qui s'était offert à eux et invita Dante et sa soumise à sa table. Yaeko les regardait avec admiration. La soumise était revenue à un état de calme et s'était calée contre la jambe de son Maître. Son regard était doux, ses joues rougies par l'émotion, mais elle avait par-dessus tout l'air heureux. La tension était retombée et la musique avait à nouveau envahi l'espace. Le spectacle terminé, chacun était retourné à ses activités. Un couple s'approcha de la croix de Saint-André et l'homme attacha sa partenaire avant d'entamer une séance d'impact.

Perséphone était joyeuse et son visage, habituellement si dur, était habillé d'un beau sourire qui la transcendait.

Sur la croix de Saint-André, les coups de martinet pleuvaient sur le dos de la jeune femme à la longue chevelure blonde. Sa peau rougissait à vue d'œil, mais elle ne bougeait pas. L'homme attrapa une paire de griffes en acier et commença à lacérer le dos de sa soumise. Elle poussa un cri de douleur qui s'était travesti en un cri de plaisir. L'acier entrait en elle, dans sa peau, laissant de longues traces rougeâtres après son passage.

Les mains de la jeune femme s'étaient crispées sur les attaches de la croix et ses cris avaient redoublé d'intensité.

Yaeko, qui regardait leur séance avec attention, demanda à Vlad :
— Je ne sais pas pourquoi, mais j'aimerais beaucoup essayer les griffes.
— Tu veux essayer ici ?
— Non, pas en public, ça me gêne beaucoup trop. Mais peut-être qu'un jour, tu pourrais essayer ça sur moi ? Je suis censée rester encore un petit moment chez toi.

Le ton de sa voix était mutin, ses yeux, remplis de vices, et la perspective de cette nouvelle expérience excitait autant son cerveau que son entrejambe. L'homme près de la croix intensifia son geste. Les griffes s'enfoncèrent plus profondément dans la peau de sa soumise qui hurla d'un plaisir douloureux et insoutenable. Le sang commençait à perler sur sa peau. Les griffes entaillaient sa chair, mais elle ne semblait pas vouloir que cela s'arrête. Elle trembla, la douleur devenait difficilement supportable et le sang coulait jusque sur ses fesses.
— Elle ne va pas donner son mot de sécurité ? demanda Yaeko à Vlad.
— Non, je ne crois pas. C'est d'ailleurs souvent un risque pendant les séances. Le corps sécrète tellement d'endorphines que la personne qui reçoit sent de moins en moins la douleur et a tendance à vouloir aller trop loin. Tu vas voir, normalement, le Dominant doit jauger et arrêter quand il estime que c'est assez.

L'homme près de la croix donna raison à Vlad et déposa les griffes. Il détacha la jeune femme qui

s'écroula dans ses bras, agitée de tremblements irrépressibles.
— Qu'est-ce qu'elle a ? demanda Yaeko.
— Elle est dans ce qu'on appelle le subspace. Il y a tant d'endorphines dans son corps qu'elle est comme en transe. Ça devrait durer un temps, puis se calmer avant qu'elle n'entame son subdrop.
— C'est quoi ça, le subdrop ?
— Maintenant que la douleur s'est arrêtée, son corps ne sécrète plus d'endorphines et à un moment, le taux d'adrénaline dans le sang va chuter. Elle va faire une descente, si tu préfères.
L'homme, qui tenait toujours la jeune femme dans ses bras, attrapa une couverture qui était posée près de ses instruments et l'enveloppa. Il l'accompagna jusqu'à un coin de la pièce où il avait disposé un grand coussin. Il l'installa dessus, prit soin de vérifier qu'elle allait bien et la laissa se reposer.
— Mais ça va pour elle ? demanda Yaeko.
— Oui, très bien. N'oublie pas que c'est elle qui le demande. Pour certaines personnes, c'est le seul moyen d'arriver à prendre du plaisir ou même de jouir. Là, maintenant, elle va se reposer un peu et tu verras que d'ici une demi-heure, elle sera sur pieds.
— C'est fascinant ! Ça me fait tellement peur, mais en même temps, j'aimerais tellement goûter à tout ça.
— Ça viendra si tu es patiente, répondit Vlad.
— J'ai soif, je peux aller me prendre un verre ?

— Oui, et tu m'en rapporteras un autre, s'il te plaît.

— D'accord.

Elle se leva et quitta sa place confortable aux pieds de Vlad. Elle avait accepté que certains dominent et d'autres se soumettent, mais elle avait surtout compris que la soumission n'était pas une punition, mais un espace de liberté dans lequel elle pouvait ne penser à rien. Elle se laissait porter par Vlad qui lui assurait protection et veillait sur elle.

Elle revint avec un verre de vodka pour Vlad qu'elle lui proposa à genoux, les mains tendues, et un autre verre de vodka Red Bull avec une paille rose. Elle reprit sa place et sirota son verre, les yeux fixés sur lui. Il était différent. Elle ne se lassait pas de le regarder.

Quand ils eurent fini leur verre, Vlad initia leur départ. Il se leva et salua Perséphone. Il la remercia pour son accueil. Yaeko se risqua à une révérence un peu maladroite, mais pleine de bonne volonté. Perséphone sembla satisfaite.

— Revenez quand vous voulez, Vlad. Tu sais désormais qu'ici, à l'Enfer, tu es chez toi.

— Merci, Perséphone, j'espère te revoir bientôt.

Calliopée les regarda s'éloigner avec désespoir, comprenant que ce soir, une autre femme avait pris sa place dans les yeux et dans le cœur de Vlad.

De retour à l'appartement, Yaeko était différente. Elle était toujours aussi malicieuse, mais était désormais

beaucoup plus attentionnée envers Vlad. Elle s'assura qu'il allait bien, elle lui demanda s'il désirait qu'elle lui serve un verre, et naturellement, se mit à genoux près de lui qui s'était affalé sur le canapé. Ils étaient revenus de l'Enfer gorgés d'une énergie sexuelle que Yaeko avait rarement connue. Elle ne savait pas comment lui dire, mais elle avait envie qu'il la prenne. Elle voulait qu'il la baise, qu'il la malmène et qu'il la fasse jouir jusqu'à en avoir mal. Elle voulait prendre en bouche le sexe de la bête et trembler sous ses rugissements. L'excitation tua la timidité et elle se risqua à lui dire :
— J'ai envie que tu me baises.

Elle posa une main sur le sexe de Vlad, puis poursuivit :
— Je veux que tu me baises et que tu fasses de moi ce que tu veux.

— Est-ce que tu te souviens de ton mot de sécurité ? lui demanda-t-il calmement.
— Oui.
— Oui, qui ?
— Oui, Monsieur.

Vlad se leva et alla chercher une petite valise noire qui était rangée dans un placard de la chambre. Quand il revint, Yaeko n'avait pas bougé. Elle était toujours à genoux, docile, attendant de goûter à la part sombre de Vlad qui l'excitait désormais plus que tout.
Il sortit de la valise une paire de menottes en cuir qu'il passa aux poignets de Yaeko. Elle n'était dorénavant

plus libre de ses mouvements. Il prit son visage dans une main et le releva, de sorte qu'il puisse voir ses yeux. Ceux de Vlad étaient devenus noirs et la transperçaient. Il attrapa dans la valise une gag ball, une boule sur une lanière de cuir, qu'il positionna dans sa bouche, l'empêchant de parler. Il la serra suffisamment fort pour qu'elle ne puisse la retirer seule, puis il se leva, la saisit par les menottes et traîna son corps frêle à travers le salon jusqu'au seuil de la cuisine. Yaeko, surprise, tenta de se débattre, mais elle comprit vite que cela ne servirait à rien. Elle ne pouvait plus crier, elle ne pouvait plus bouger, et en quelques instants, elle s'était retrouvée à sa merci. Vlad prit un couteau sur le plan de travail. Yaeko était allongée sur le sol froid et Vlad s'accroupit sur elle. Il caressa sa joue avec la lame brillante qui se reflétait dans ses yeux emplis de peur et d'excitation.

La lame passa sous les plis de la robe qu'il commença à découper. Yaeko se débattit, mais Vlad plaqua ses mains attachées derrière sa tête.

Il poursuivit et découpa méticuleusement la robe qu'il lui avait offerte quelques heures plus tôt. Sous le tissu noir, apparut la peau claire de Yaeko et bientôt, sa poitrine gonflée. La lame descendit jusque sur le bord de la culotte avec lequel il joua un instant.

— Ce soir, tu vas être ma pute et rien ni personne ne m'empêchera de te baiser comme la chienne que tu es.

Ses mots étaient crus, son regard était puissant et tout son corps s'était tendu sous sa chemise qu'il arracha. Elle pouvait voir son torse et les tatouages mystiques qui le recouvraient. Le plat de la lame caressa les lèvres de son sexe, puis se tourna pour venir découper le tissu. Yaeko était trempée, mais une part d'elle continuait d'avoir peur de cet homme contre qui elle ne pouvait plus rien. Vlad finit d'ôter les vêtements de Yaeko qui se retrouva bientôt nue. Il se leva et la souleva de terre avec lui. Il l'approcha de la table de la salle à manger et la pencha en avant de sorte qu'il puisse accéder facilement à ses fesses. Il lui mit une fessée qui résonna dans toute la pièce et Yaeko se cambra sous la douleur.

— Tu voulais goûter à ça, maintenant, c'est trop tard pour reculer, lui dit-il avec une voix remplie de perversion.

Il lui asséna une seconde fessée, puis une troisième et la fesse de Yaeko commença à rougir sous les impacts. La gag ball l'empêchait de crier à plein poumon et étouffait ses plaintes.

— Ne bouge pas.

Il alla chercher sa valise et ses accessoires et en sortit une paire de griffes comme celles qu'avait pu voir Yaeko à l'Enfer. Elle sentit les quatre lames de métal s'enfoncer dans sa peau et descendre de ses épaules jusque sur ses fesses. Elle se tortilla, mais la douleur se transforma en plaisir, la peur en suppliques, et son corps découvrait peu à peu à quel point il était plus fort qu'elle ne le pensait. Les griffes remontèrent sur ses côtes avant de lacérer son dos. Vlad s'affala sur elle et les griffes remontèrent le long de ses jambes tremblantes. Elle vivait ce qu'elle avait vu et le plaisir était si intense qu'elle avait peur de s'évanouir. Vlad déposa les griffes puis colla son entrejambe sur ses fesses. Elle pouvait sentir son sexe à travers son pantalon. Elle voulait le sentir en elle, elle voulait qu'il la prenne, mais la gag ball l'empêchait de parler. Vlad attrapa ses longs cheveux qu'il tira avec force. Elle se cambra et il lui mit à nouveau plusieurs fessées. Il ne lâcha pas ses cheveux pour la redresser et la mettre face à lui. Elle était désormais sienne et n'attendait qu'un ordre de sa part pour se plier à ses moindres désirs.

— Écarte les jambes et ne bouge pas.

Yaeko ne s'opposait plus à lui. Elle voulait être son objet, son jouet et goûtait enfin au plaisir d'une sexualité libérée où elle pouvait lâcher prise dans cette soumission à laquelle elle avait enfin consenti. Vlad prit une barre d'acier recouverte de cuir qu'il attacha aux chevilles de Yaeko de telle sorte que ses jambes devaient rester écartées, qu'elle le veuille ou non.

Il la fit pivoter à nouveau et la pencha en avant sur la table. Il retira la ceinture de son pantalon. Le bruit du cuir qui glissait dans les passants électrisa Yaeko qui ne savait plus à quoi s'attendre. Vlad plia sa ceinture en deux, puis lui asséna un coup violent sur les fesses qui marqua sa peau. La ceinture était épaisse et Vlad était précis. Yaeko poussa un râle long et sonore. La bave coulait sur la boule en silicone de son bâillon et s'écrasait sur la table. Il lui asséna un deuxième coup de ceinture, puis un troisième. Elle aurait voulu serrer ses jambes, mais la barre d'écartement l'en empêchait. Vlad retira son pantalon et prit son sexe gonflé dans sa main. Le bout de son gland commença à caresser les fesses de Yaeko puis glissa jusqu'à son anus. Ses doigts vinrent caresser son entrejambe trempé dont il écarta avec force les lèvres. Son gland les caressa quelques secondes, puis il la pénétra avec force.

Le premier coup de rein déchira Yaeko de douleur. Elle hurla dans son bâillon, mais n'aurait voulu arrêter ça pour rien au monde. Il allait et venait, sans se soucier de ce qu'elle pouvait ressentir. Il martyrisait son sexe de ses coups de reins et Yaeko était désormais une poupée désarticulée entre ses mains.

Il attrapa sa taille, la pénétra encore avec force et de l'autre main, il saisit une griffe et commença à lui lacérer le dos. Yaeko se débattit, mais abdiqua rapidement. La douleur et le plaisir étaient si intenses qu'ils se confondaient en un rite mystérieux. Tout devenait flou autour d'elle et sa dernière pensée fut le visage de Vlad. Elle perdit connaissance et son corps s'affala sur la table. Vlad s'en aperçut et d'un geste rapide, il dégrafa le bâillon, tourna sa tête sur le côté, s'assura de sa respiration et continua de la pénétrer. Son corps était inerte et Vlad s'enfonçait en elle plus profondément. Elle reprit connaissance quelques secondes plus tard, totalement perdue.

— Je veux t'entendre crier, sale pute ! dit-il d'une voix puissante.

Elle hurla de tout son être sous les ordres de cet homme qui, à chaque coup de rein, devenait un peu plus son Dominant.

— Crie plus fort, sale chienne !

Elle hurla à nouveau. Elle était perdue entre les endorphines, sa perte de connaissance et le plaisir qui labourait son entrejambe.

Vlad finit par se retirer. Il libéra Yaeko de la barre d'écartement, lui retira les menottes et l'emmena dans la chambre.

— Allonge-toi sur le dos et écarte les cuisses.

Il s'approcha d'elle avec une démarche de félin, monta sur le lit, puis glissa entre ses cuisses. Il attrapa son sexe et s'introduisit en elle. Ses coups de reins étaient plus doux, plus sensuels. Campé sur ses bras tendus tandis qu'il la pénétrait, Yaeko pouvait voir son torse au-dessus d'elle. Elle se sentait toute petite. Elle croisa son regard noir et il s'approcha de son cou qu'il commença à embrasser avec douceur. Yaeko était perdue. Vlad si dominant, si violent, était désormais d'une sensualité incroyable et son sexe qui la pénétrait d'une virtuosité sans pareil.

Toujours en elle, il se redressa et se mit à genoux. Son sexe était impressionnant. Elle continuait de le sentir profondément en elle malgré la position. Il attrapa son bassin et continua à la baiser sans ménagement. Des vagues de plaisir submergeaient Yaeko. Elle était sur le point de jouir, mais systématiquement, Vlad ralentissait ses va-et-vient, le lui interdisant. La frustration était insupportable.

— Laissez-moi jouir, Monsieur, je vous en supplie.

— Pas encore, petite chienne.

Il continua à aller et venir jusqu'à ce que Yaeko pleure de douleur. Son clitoris était si gonflé qu'il lui faisait mal. Quand Vlad vit la première larme couler, il accéléra son mouvement, lui attrapa plus fermement le bassin et la pénétra jusqu'à ce qu'elle ne puisse plus se contenir. Yaeko jouit dans un cri aigu qui résonna dans toute la pièce. Son corps trembla avec violence au rythme de son souffle saccadé. Vlad, au-dessus d'elle, ne la laissa pas souffler et lui mit une gifle. Yaeko n'arrivait pas à savoir si cela lui faisait mal, mais elle cria à nouveau de plaisir. Vlad lui mit une seconde gifle qui la fit paniquer. Ses yeux trahissaient sa confusion et Yaeko semblait avoir perdu tous ses repères. Il reprit les va-et-vient, relançant une vague de plaisir sans fin que Yaeko n'arrivait plus du tout à contrôler. Elle sentait qu'elle allait jouir à nouveau, mais Vlad s'arrêta. Il la regarda de ses yeux noirs.

— Pas tout de suite, salope.

Il ralentit le mouvement, puis sortit son sexe. Il frotta son gland contre ses lèvres jusqu'à ce que Yaeko l'implore du regard de la prendre.

Ses mains attrapèrent ses cuisses, et il lui releva les jambes jusqu'à saisir ses chevilles. Les jambes perpendiculaires à son torse lui offraient un accès parfait à son sexe. Il la pénétra à nouveau, mais avec les jambes relevées, il pouvait aller encore plus loin.

— Aïeeee...

— Ta gueule.

Il n'en avait que faire, il en voulait toujours plus. C'était une bête insatiable qui voulait la voir succomber à ses assauts. Il la pénétra avec force puis s'arrêta. Il enfonça sa queue d'un coup sec puis s'arrêta à nouveau. À chaque coup de rein, Yaeko poussait un râle. Il respira profondément, puis la pénétra doucement. Le rythme s'accéléra peu à peu jusqu'à ce que son sexe devienne une machine inarrêtable qui faisait mouiller Yaeko comme la petite chienne qu'elle était devenue entre ses mains. Elle était soumise à son plaisir, elle n'était plus qu'un jouet docile qui jouit encore avec force quand Vlad écarta ses cuisses et empoigna sa taille. Il se retira pour contempler sa victoire et le corps désarticulé de Yaeko qui avait besoin d'une trêve.

— Je n'en ai pas fini avec toi.

Il s'allongea sur le lit à ses côtés et attrapa sa tête. Il la dirigea vers son sexe qui ruisselait encore de cyprine. Elle le prit dans sa bouche et le suça lentement. Vlad l'attrapa par les cheveux, recula sa tête et se branla quelques instants avant de prendre sa bouche et d'enfoncer sa queue jusqu'au fond de sa gorge. Il sentait le plaisir monter en lui. Son corps se tendit jusqu'à ce que la tension ne soit plus supportable. Il déchargea tout son foutre dans la bouche de Yaeko qui avait du mal à tout recevoir. Elle manqua de s'étouffer et du sperme coula à la commissure de ses lèvres.

Vlad poussa un râle de plaisir qui se transforma bientôt en un éclat de rire incontrôlé. Yaeko continuait d'avaler tout le sperme. Il y en avait beaucoup, la queue était grosse pour sa petite bouche, mais elle avait envie que son Monsieur soit fier d'elle. Elle aspira encore son sexe jusqu'à ce qu'il lui attrape les cheveux, la retire et la plaque contre son torse.

Dans la chambre, il faisait chaud et leurs souffles courts se calmèrent peu à peu. Yaeko ne parlait plus, elle était heureuse, elle avait baisé comme elle en avait rêvé, et Vlad à ses côtés, l'embrassa sur le front.

— Comment tu te sens ?

— Extrêmement bien.

— C'est à ça que tu pensais ?

— Je ne pensais à rien, mais tout était parfait.

VLAD

CHAPITRE XIII

Le lendemain matin, quand Yaeko ouvrit les yeux, Vlad n'était plus dans le lit. Elle s'étira doucement comme un petit chat. Elle avait vécu la plus belle nuit de sa vie. Dormir contre lui, sentir sa peau, toucher son corps l'avait apaisé, mais avait surtout calmé ses terreurs nocturnes. Elle avait connu un sommeil lourd, réparateur, qui lui faisait défaut depuis trop longtemps. Un bonheur lumineux l'avait envahie et elle décréta secrètement que cette journée était la plus belle de sa vie.

Vlad sortit de la douche et traversa la chambre en serviette. Yaeko le regardait avec désir. Sa peau était encore humide. Il retira sa serviette, dévoilant son sexe et ses petites fesses que Yaeko aurait bien croquées pour le petit-déjeuner.

— Tu t'en vas déjà ? lui demanda-t-elle.

— Oui, j'ai pas mal de boulot, je dois absolument terminer aujourd'hui.

— J'aurais préféré que tu restes avec moi toute la journée, nu dans le lit.

— Peut-être un autre jour, dit-il en souriant. Une fois que j'aurai terminé ce que je dois faire, je vais être beaucoup plus souvent ici.

— Alors, j'ai hâte que tu finisses ! Mais je n'ai vraiment pas envie d'être sans toi aujourd'hui...

Vlad enfila un jean noir et un tee-shirt noir, puis quitta la chambre pour se diriger vers le placard de l'entrée. Il en revint avec une boîte rose entourée d'un nœud rose. Le regard de Yaeko s'illumina.

— C'est pour moi ? dit-elle en tapant dans ses petites mains.

— Oui, j'espère que ça te plaira.

Il lui tendit la boîte qu'elle ouvrit avec frénésie. Elle en sortit une peluche Panda aussi douce que mignonne.

— Il est trop kiki ! Je l'adore !

— Méfie-toi, il cache bien son jeu, je pense même qu'il est plus extrême que moi.

— Regarde comme il est mignon ! Mais ça serait encore mieux s'il sentait toi.

Vlad le prit avec lui dans la salle de bain et vaporisa un peu de son parfum sur la peluche avant de le rendre à Yaeko. Elle plongea sa tête dans les poils soyeux et prit une grande inspiration. Elle soupira de contentement.

— Je ne le quitterai plus jamais ! dit-elle avec joie.

Vlad était heureux de voir que son cadeau la rendait heureuse.

— Comme ça, je serai toujours un peu avec toi, dit-il avec tendresse. Tu vas l'appeler comment ?

— Hum... bonne question...

Elle prit la peluche et la regarda droit dans les yeux.

— Toi, tu as une tête à t'appeler Bambou ! Bambou, le panda !
— Alors, bienvenue à Bambou ! dit Vlad, satisfait de ce surnom.

Il termina de s'habiller, avala un café dans la cuisine et prit son sac de sport. Il retourna dans la chambre et déposa un baiser sur le front de Yaeko.
— Je reviens vite. Pendant mon absence, sois sage.

Yaeko le regarda avec des yeux pleins de tendresse et d'affection. Elle aurait voulu qu'il reste, mais il avait déjà quitté la pièce.

*

Au studio d'enregistrement, l'ambiance était détendue et la journée de travail touchait à sa fin. Dehors, la nuit était tombée. Toutes ces heures passées avec Shadan avaient été prolifiques, et il ne restait plus qu'à faire les exports des sons pour tout envoyer à Milton. Vlad effectuait les derniers réglages et s'assurait que rien ne manque.
— On est bientôt au bout ! dit Shadan. En tout cas, si je ne vous l'ai pas déjà dit, j'ai été honoré de pouvoir travailler avec vous, Vlad.
— Moi aussi, mais quand est-ce que tu arrêteras de me vouvoyer ?

— Quand nous aurons fini, peut-être ? lui répondit-il avec humour.
— Tu as encore besoin de moi ?
— Non, là, je vais juste passer un compresseur sur les pistes, faire les dossiers et lancer les exports. Ça va prendre un peu de temps.
— Parfait, n'oublie pas de me mettre aussi les previews avec.
— Aucun souci, je fais ça.
— J'ai un coup de fil à passer, je vais dans la cabine d'enregistrement.
— Pas de souci.

Vlad s'isola dans la petite pièce qui était généralement utilisée pour les prises de voix. L'endroit était insonorisé et une vitre permettait de voir une partie de la régie. Il prit son téléphone et appela Sören qui décrocha quasi instantanément.

— Vlad ! J'allais justement t'appeler !
— Salut Sören, c'est toujours bon pour ce soir ?
— Oui, on va aller livrer des fleurs à ton crâne d'œuf, j'ai tout préparé.
— On se retrouve à quelle heure ? demanda Vlad.
— Vers 22 heures, ça me laissera le temps de te briefer.

À travers la vitre qui donnait sur la régie, Vlad aperçut Shadan qui s'était levé. Il semblait parler à quelqu'un, mais Vlad n'arrivait pas à le voir.

— Attends une seconde, frère, ne quitte pas.

Il se décala un peu sur le côté pour essayer d'apercevoir la personne avec qui il parlait. Shadan avait l'air apeuré. Deux hommes avancèrent dans la pièce, et Vlad reconnut Radoslaw, accompagné d'un autre homme au visage fermé et au crâne rasé portant un sweat Gucci et un jean bleu.

— Putain, Sören, j'ai la cible qui vient de débarquer ici !

— Merde, c'est quoi ce bordel ?! Mais t'es où, là ?

— Je suis au studio d'enregistrement, mais pourquoi il est là, cet enfoiré ?

— Aucune idée, mais j'arrive. C'est où, le studio ?

— Je te partage ma localisation, ça sera plus simple, mais laisse tomber, je vais devoir me débrouiller tout seul, je crois.

— Fais gaffe à toi, j'arrive.

Vlad raccrocha et s'accroupit pour que les hommes ne le voient pas. Il pensa à Yaeko. Si ces hommes avaient pu le trouver ici, alors elle n'était plus en sécurité. Il aurait voulu l'appeler, lui dire de se cacher, mais il lui avait interdit de décrocher le téléphone fixe et elle n'avait pas de portable.

Merde ! Il faut absolument que j'aille la chercher !

Vlad tenta de regarder discrètement si les hommes étaient toujours là, et il aperçut Radoslaw pointer un revolver avec silencieux sur Shadan dont le visage trahissait une terreur indicible. La pièce était insonorisée et il ne pouvait pas entendre ce que disait le Polonais dans la régie. Dans le silence de la cabine, Radoslaw fit feu et Shadan s'écroula au sol. La scène était irréelle, et Vlad comprit que rien ne se passerait comme il l'avait prévu. *Bon, je vais attendre qu'il parte, et après, j'irai chercher Yaeko. Putain, Shadan ! Merde !*

Vlad sentait l'adrénaline qui lui brûlait les veines. Il aperçut discrètement l'homme en Gucci sortir un bidon d'essence qu'il commença à vider sur le canapé violet, sur les instruments et la table de mixage. Les deux hommes échangèrent quelques mots, et Radoslaw craqua une allumette qu'il jeta sur le canapé avant de quitter la pièce. L'essence s'embrasa dans un souffle et le feu envahit la pièce.

Vlad bondit de la cabine d'enregistrement dans laquelle il était resté terré. Les flammes brûlaient tout sur leur passage et la chaleur était si forte qu'il pouvait sentir ses poumons se consumer à chacune de ses respirations. Il s'approcha de Shadan, allongé sur le sol dans une mare de sang. Il respirait encore. Les flammes s'élevaient jusqu'au plafond et s'il tardait trop, il ne pourrait bientôt plus sortir. Une fenêtre explosa sous la pression de la chaleur et Vlad attrapa Shadan par les épaules pour le tirer jusque sur le palier. Il pensa à tout leur travail qui partait en fumée, mais vu la situation, Vlad avait d'autres priorités. Il releva Shadan avec facilité et le plaça sur son épaule pour descendre l'escalier qui menait à la sortie. Le feu avait désormais gagné la toiture du bâtiment et se propageait rapidement dans le couloir et la cage d'escalier. Ce n'était qu'une question de minutes avant que le plafond ne s'effondre. Il était hors de question que l'histoire s'arrête ici, engloutie par ce vieux bâtiment en feu, et Shadan avait besoin d'une ambulance en urgence. Vlad arriva dans le hall, donna un coup de pied dans la porte pour l'ouvrir et sortit sur le parking.

— Quand le bateau coule, les rats quittent le navire, on dirait, dit Radoslaw avec un accent dont Vlad était familier.

Il déposa Shadan au sol et se tourna pour faire face aux deux Polonais. Ils se tenaient debout à côté d'un pick-up noir dont les phares allumés l'aveuglaient.

— Je ne vous dirai pas où est la fille ! cria-t-il.

— Je ne suis pas là pour ça, et de toute façon, on sait déjà où elle est.

Vlad ne s'attendait pas à ce qu'il sache où elle était, mais il essaya de ne rien laisser transparaître.

— Alors, qu'est-ce que tu fous là ?

— Toi, tu ne veux pas mourir. Tu aurais dû crever dans ta maison à Miami avec ta pute. Je suis là pour finir le travail, *dupek*[7] !

Les flammes sortaient désormais de toutes les fenêtres du bâtiment et illuminaient le parking.

---

[7] *Connard!*

Vlad repensa à l'incendie de sa maison, au corps d'Alice qu'il n'avait pu sauver, mais Yaeko effaça tout. Elle était en danger et il fallait à tout prix qu'il aille la chercher. Il leur répondit :

— Tu n'aurais jamais dû venir ici. Je t'ai dit que je vous tuerai tous les trois et je vais commencer par toi.

— Tu parles beaucoup, *dupek*. Il est temps de te faire taire une bonne fois pour toutes.

Radoslaw pointa son silencieux vers lui.

Vlad savait que tout était fini. Il ne pouvait pas lui échapper. Autour de lui, il n'y avait rien pour qu'il puisse se mettre à l'abri, et même s'il se mettait à courir, il ne pourrait pas esquiver les balles. Il pensa à Alice qu'il ne vengerait pas, à Sören qu'il ne reverrait plus et surtout à Yaeko, à qui il ne pourrait jamais dire...

Une rafale de balles s'écrasa sur le pick-up et les deux Polonais se mirent à couvert derrière le véhicule. Des bruits de moto résonnèrent sur le parking abandonné et une voix familière redonna espoir à Vlad.

— Enculés de fils de pute de ta grand-mère, la salope !

Une autre rafale de balles creva un des pneus du pick-up et Nassim apparut à quelques mètres, tenant une kalachnikov, suivi d'un groupe d'hommes cagoulés et armés. Sa barbe était toujours mal taillée, son air toujours aussi mauvais, mais à cet instant, il apparut comme un archange vengeur. Une moto vrombit et s'approcha de la voiture. Le passager lança un cocktail Molotov avant que le conducteur ne donne un coup

d'accélérateur et ne s'éloigne. Le côté droit du pick-up s'embrasa et Radoslaw s'écria :
— Mais putain, c'est quoi ce bordel ?
Nassim, qui était arrivé au niveau de Vlad, lui répondit :
— C'est le 9.3, enculé !
Il vida son chargeur sur le véhicule, empêchant les Polonais de répliquer. Le grand Malien s'était approché de Shadan, et dit à Nassim :
— Putain, Nass, Shadan est blessé ! C'est pas joli-joli, il faut l'emmener à l'hosto.
— Je vais vous buter, fils de pute ! dit Nassim dont cette nouvelle ne fit que décupler sa colère.
Les deux hommes tentèrent de répliquer, mais à chaque fois qu'ils essayaient de tirer, une rafale de kalash venait les faire taire. Le bâtiment commençait à s'écrouler et au loin, on pouvait entendre des sirènes de pompiers qui se rapprochaient. Nassim, accompagné de deux hommes cagoulés, s'approcha du pick-up. Les Polonais bondirent pour essayer de s'échapper, mais Nassim leur tira une rafale dans les jambes. Les deux hommes tombèrent au sol en hurlant de douleur.
— Récupère les armes, dit Nassim à un des hommes qui l'accompagnait.
Vlad s'avança vers lui et les Polonais au sol dont les jambes étaient criblées de balles. Radoslaw tenta de se redresser et de ramper pour s'enfuir, mais la douleur

était telle qu'il avançait au ralenti. Il savait qu'il avait peu de chances de s'en sortir, mais il n'avait jamais abdiqué face à l'adversité. Vlad s'approcha de lui et le retourna sur le dos d'un coup de pied dans l'épaule.

— Je suis revenu d'entre les morts, à ton tour d'aller visiter l'enfer, dit Vlad.

— Enculé, quand j'y serai...

— Tu parles trop, *dupek*, dit-il froidement.

Vlad se releva et s'éloigna. Nassim s'approcha de l'homme au sweat Gucci, sortit un revolver de son pantalon et lui tira une balle dans la tête. Il se dirigea ensuite vers Radoslaw, colla son arme contre son crâne et l'abattit sans aucun état d'âme.

— Putain de Polak ! Maintenant, on se barre ! Yama ! hurla-t-il, appelle ton cousin pour qu'il vienne chercher Shadan en voiture, là, il faut qu'on l'emmène à l'hosto.

Vlad se tourna vers Nassim :

— Nassim, il faut que j'aille tout de suite à Paris.

— J'imagine que c'est la merde.

— Pire que ce que tu imagines.

— Tu sais conduire une moto ?

— Je devrais m'en sortir.

Nassim siffla avec force et un homme casqué sur une Yamaha off road s'arrêta près d'eux.

— Donne ton casque et ta moto, Demba.

— Mais Nass..., répondit le jeune homme.

— Fais ce que je te dis, putain !

Il prit le casque et le tendit à Vlad qui s'en empara. Il enfourcha la moto.

— Je te la rapporte après.

— Bat les couilles, c'est pas la mienne. Fais gaffe à toi, mec.

— Merci Nass, je te revaudrai ça !

— Signe-moi sur ton putain de label et on sera quitte, dit-il, tandis que Vlad faisait vrombir le moteur de la moto.

Il sortit son téléphone et ouvrit l'application de localisation. Un petit point bleu qu'il avait nommé Bambou apparut sur la carte. Il était en mouvement. *Putain, ils l'ont trouvée. J'espère qu'elle est encore vivante !*

Les pneus crissèrent et Vlad abandonna le parking sur lequel gisait le corps des Polonais près du véhicule en flammes. Le bâtiment était en train de s'effondrer et les sirènes des pompiers étaient presque sur les lieux. Nassim et toute son équipe se volatilisèrent dans les ténèbres, emportant avec eux le corps de Shadan. Il accéléra et rejoignit au plus vite le périphérique sur lequel il disparut dans la circulation.

Le point bleu sur son écran se déplaça pendant un moment dans les rues de Paris jusqu'à s'immobiliser à une adresse que Vlad ne connaissait que trop bien. Il traversa la capitale aussi vite qu'il le pouvait, se jouant

de la circulation et des embouteillages tardifs. Il finit par arriver devant une porte massive à double battants qui semblait inviolable. Il était déjà venu maintes fois à cet endroit et connaissait très bien l'hôtel particulier qui se cachait derrière cette porte, au fond de la cour. Il n'avait pas de nom, mais il l'avait baptisé « l'hôtel des vices ». Le temps jouait contre lui et plus il tardait, plus les chances de survie de Yaeko diminuaient. Il était seul, sans armes, il n'avait pas l'avantage, mais il devait quand même prendre le risque d'entrer. S'il arrivait quelque chose à Yaeko, il ne se le pardonnerait jamais.
Le point positif quand on est un bon client, c'est qu'il y a des privilèges.

Il sortit de sa poche un porte-cartes, dont il en tira une noire au liseré doré. Il la passa devant l'interphone et le mécanisme automatique s'activa dans un grincement.
Dans la cour déserte, deux SUV noirs étaient garés. Les fenêtres du bâtiment étaient éteintes et le lieu semblait inhabité. Vlad traversa la cour discrètement. Les véhicules étaient vides, mais les moteurs étaient encore chauds. Il se dirigea vers la porte d'entrée.
Ils doivent se sentir en sécurité ici, c'est pour ça qu'ils n'ont pas laissé de gardes à l'entrée. Ils ont dû descendre dans les sous-sols.

Vlad pénétra dans le hall. Plongé dans l'obscurité, l'endroit était encore plus impressionnant. La lumière de la cour qui pénétrait par les fenêtres faisait naître des ombres fantomatiques. On pouvait ressentir toute l'histoire du bâtiment et les destins tragiques qui y étaient nés, s'étaient déchirés avant de disparaître dans l'oubli. Vlad se souvenait du chemin qu'il avait emprunté pour descendre dans les entrailles de l'hôtel particulier, mais il n'eut pas le temps de rejoindre l'escalier sur la droite du hall. Deux ombres noires et armées qui discutaient en polonais s'approchaient. Il se dirigea vers les longues et lourdes tentures accrochées près des fenêtres et se cacha derrière l'une d'entre elles. Les deux hommes traversèrent le hall sans le remarquer, et sortirent dans la cour où Vlad entendit le crissement de leurs pas sur les graviers.

Il s'accroupit et se dirigea sans un bruit vers l'escalier qu'il emprunta. Il se retrouva rapidement dans un long couloir éclairé par des néons. Il savait qu'il y avait encore une pièce, puis un autre couloir jusqu'à un autre escalier. Le chemin n'était pas très long, mais il devait rester sur ses gardes. Il s'avança lentement, sans faire un bruit, mais deux hommes sortirent par une porte latérale qu'il n'avait pas vue et tombèrent nez à nez avec lui. L'un d'eux était si grand qu'il avait du mal à se tenir debout dans le couloir. L'autre, plus petit, était mal rasé, avait d'énormes poches sous les yeux et portait un vieux blouson de cuir noir. Pendant une seconde, Vlad et les deux hommes se dévisagèrent, surpris de se retrouver face à face. Le flottement fut de courte durée. Vlad entendait le crépitement d'un néon qui clignotait, il sentait l'odeur d'humidité diffuse, l'odeur de transpiration du géant qui se tenait devant lui et l'haleine remplie de tabac de son acolyte. Il lança le premier coup, essayant d'immobiliser le plus grand des deux. Son pied alla s'écraser sur la rotule de l'homme qui le saisit de ses deux bras puissants. Il avait eu beau frapper de toutes ses forces, le colosse ne vacilla pas. Il fut plaqué contre le mur avec violence. Sa tête heurta le béton. Il attrapa ses avant-bras pour tenter de lui faire lâcher prise, mais l'homme possédait une force telle qu'il avait peu de chances de se dégager. Le plus petit des deux s'approcha et lui envoya un coup de poing dans l'estomac qui lui coupa le souffle. Vlad le repoussa de la jambe avec violence, mais il n'arrivait pas à se libérer. Le géant le reposa au sol et lui asséna un coup de poing qui le projeta contre le mur opposé. Vlad avait du mal à rester debout, mais il ne devait pas sombrer, il devait retrouver Yaeko. Il s'accrocha à cette pensée et réunit en lui toutes les forces qui lui restaient. L'homme mal rasé essaya de le frapper au visage, mais Vlad esquiva et le frappa à son tour d'un coup de poing dans la trachée. L'homme en eut le souffle coupé et la douleur le fit tituber. Le colosse ne laissa pas une seconde de répit à Vlad et l'attrapa à la gorge, qu'il serra avec violence. Il le jeta à nouveau contre le mur et lui donna un crochet du droit. Vlad était sonné et l'impact du coup s'était propagé jusqu'à son tympan, réveillant un acouphène qui sifflait maintenant dans son oreille. Adossé au mur, il tentait de rester debout, mais l'homme était si fort et l'espace si exigu, qu'il avait du mal à éviter les coups et à reprendre le dessus. Yaeko était dans ce bâtiment, il devait la retrouver avant qu'ils lui fassent du mal. Il réussit à lui décocher un uppercut qui le fit reculer, mais pas suffisamment pour que Vlad puisse s'enfuir. Le géant s'approcha à nouveau de lui. Il pouvait voir sur son visage de la colère et une ferme intention de le tuer. Le coup de poing partit et Vlad ne réussit pas à l'éviter, malgré toute sa détermination. La main titanesque de l'homme s'écrasa sur le visage de Vlad dans un fracas qui fit craquer les os de son crâne. Il s'écroula sur le sol froid.

Avant que ses yeux ne se ferment, il aperçut l'homme au blouson en cuir sortir un téléphone et il put l'entendre parler en polonais. Peut-être demandait-il ce qu'il devait faire, peut-être allaient-ils le tuer, peut-être que tout était fini. Il bascula dans le silence et sa dernière pensée fut pour Yaeko.

Quand Vlad reprit connaissance, il était seul, assis dans une pièce sombre. Face à lui, le grand miroir sans tain qui donnait sur la pièce dans laquelle les filles étaient habituellement présentées, mais il n'y avait personne, à l'exception de Yaeko, assise sur une chaise à laquelle elle était attachée par des cordes. Sa tête tombait en avant et ses cheveux noirs masquaient son visage. Elle avait l'air inconsciente. Elle portait un tee-shirt Muse, de petites chaussettes blanches, et ses bras et ses jambes étaient couverts de bleus. Posé sur elle, Vlad aperçut Bambou qui ne l'avait pas quittée. Il tenta de se lever, mais il constata que des menottes étaient passées à ses poignets et le maintenaient attaché à la chaise.

Il hurla : « Yaeko !! », mais elle ne pouvait pas l'entendre. Elle était à quelques mètres de lui, il pouvait la voir, il ne pouvait rien faire. Il cria à nouveau de toutes ses forces, mais la pièce était totalement insonorisée.

Une porte s'ouvrit derrière lui et Tomasz pénétra dans la pièce. Il portait toujours son costume gris cintré, assorti à sa cravate. Son visage n'avait plus connu le bonheur d'un sourire depuis longtemps, et ses cheveux grisonnants avaient la couleur des cendres froides que l'on retrouve après un massacre.

— Monsieur Vlad, ne gaspillez pas votre énergie, elle ne peut ni vous entendre, ni vous voir.

— Enfoiré de merde, je vais te tuer ! lui lança-t-il.

— Je ne vais pas vous dire que je suis heureux de vous revoir, mais j'applaudis votre détermination. Vous avez un talent certain pour vous mettre dans des situations désagréables. Vous auriez dû mourir depuis longtemps, et je ne m'explique toujours pas comment vous avez réussi à arriver jusqu'ici.

— Libérez-la et gardez-moi à sa place.

— Décidément, Monsieur Vlad, les femmes seront toujours votre point faible.

— Je t'emmerde, connard.

— Vous devriez châtier votre langage. Dois-je vous rappeler que vous n'êtes pas en position de négocier ? Vous nous avez causé beaucoup de tort en enlevant Yaeko.
— C'est vous qui l'avez enlevée, arrêtez vos conneries. Laissez-la partir.
— La personne que je représente ne le voit pas comme ça, et je peux vous assurer que vous l'avez beaucoup contrariée.
— Je l'emmerde aussi, qu'il aille bien se faire foutre.
— Gardez votre calme, Monsieur Vlad, je pense que vous en aurez besoin. Je crois que vous ne vous rendez pas compte de la situation dans laquelle vous nous avez tous mis. J'aurais préféré vous tuer sur le champ, mais la personne que je représente a d'autres projets pour vous. Vous devriez être honoré qu'il vous accorde autant d'importance.
— Je m'en fous, libérez-moi.
— Je suis désolé, mais ce n'est pas ce qu'il a prévu. Il aimerait vous faire un petit cadeau ce soir qui, j'espère, vous divertira. Puis, je pourrai enfin vous tuer. Je n'irai pas jusqu'à dire que cela m'attriste, mais je veillerai personnellement à ce que cela soit fait de manière professionnelle.
— C'est moi qui vais te tuer, connard, et je t'assure que je vais m'appliquer pour que tu souffres.
— Vos menaces ne servent à rien. Vous et moi savons comment tout cela va se terminer. Vous avez eu la

chance d'avoir un peu de sursis depuis notre première rencontre, mais les désagréments que vous nous causez prennent fin ce soir.

Le téléphone de Tomasz vibra dans sa poche et il décrocha. Il échangea quelques mots en polonais que Vlad ne comprit pas. Il avait l'air contrarié.

— Je suis désolé, Monsieur Vlad, mais un petit contretemps m'oblige à vous abandonner quelques instants. Je reviendrai plus tard, et nous mettrons un terme à tout cela.

— Prends ton temps surtout, dit Vlad froidement.

Tomasz ne répondit pas et quitta précipitamment la pièce.

Yaeko n'avait pas bougé, et Vlad mourait de ne pas voir son visage. Il aurait voulu lire dans ses yeux, la prendre dans ses bras et l'emmener loin de toute cette haine. Il n'y avait malheureusement que peu de chances que tout cela arrive. Il avait déjà voulu lui parler, lui dire comment elle avait changé sa vie, mais il n'en avait jamais eu l'occasion, jamais eu le courage. C'était peut-être la dernière fois qu'il la verrait, c'était peut-être la dernière fois qu'il oserait. Les mots s'échappèrent de sa bouche pour que l'univers tout entier en soit témoin :

—T'es qu'une petite conne. Je ne sais pas vraiment qui tu es, je ne sais pas vraiment d'où tu viens, mais mon cœur sait qui tu es comme s'il t'avait toujours connue. Je te sens dans ma chair comme une partie de moi et si je dois te perdre, alors c'est tout mon être qui partira avec toi. Je pensais que je ne pouvais plus aimer, que l'amour était la plus grande des faiblesses, et puis tu débarques, avec ton petit cul, tes chaussettes blanches et tes yeux en amandes dans lesquels je me perds pour reprendre mon souffle. Je vis cette malédiction sublime que l'on appelle aimer. C'est un tsunami puissant qui submerge avec force nos corps enlacés. C'est beau, c'est violent, et si l'on voudrait que cela dure toujours, on se rend compte que l'on n'en a jamais assez. Pas assez de toi, de ton corps et de ton sale caractère, pas assez de ta voix qui me murmure ce que j'ai besoin d'entendre, pas assez de tes mains qui se posent sur moi pour me calmer, pas assez de ton cœur dans lequel je crois voir qu'il y a une petite place pour moi. Putain, Yaeko, pourquoi tu me fais ça ? Je ne voulais plus aimer parce que ça fait mal, mais maintenant, j'ai encore plus mal à l'idée de te perdre. J'aurais voulu qu'on voyage et qu'on parcoure le monde à deux. T'offrir toutes les peluches qui te plaisent, te faire l'amour sans fin pour que, jour après jour, tu sois heureuse. Mais on va crever là, comme deux cons qui auraient pu s'aimer. Je ne veux pas être celui qui aurait pu, mais celui qui l'a fait. Alors, si la vie nous offre un dernier miracle, un dernier lendemain, je veux être celui qui le saisit et je te prendrai par la main. Je te ferai danser tout le reste de notre vie, jusqu'à t'en donner le tournis, et puis je recommencerai jusqu'à ce que s'arrêtent nos vies. Mais désormais, c'est bien trop court pour moi, mon amour a besoin de temps pour nous, j'ai besoin de plus de temps avec toi. Regarde-moi, Yaeko, je t'en supplie, il me suffirait d'un regard de toi pour me nourrir le reste de ma vie. Dieu nous regarde, comment peut-il être à ce point sans cœur ? L'amour est censé triompher du mal, mais mon mal aujourd'hui, c'est de t'aimer. Je ne suis peut-être pas l'homme qu'il te faut, mais je sais que je suis celui que tu attendais.

Une porte s'ouvrit dans la salle où se tenait Yaeko et le bruit interrompit Vlad qui se dressa immédiatement. Elle ne bougeait toujours pas et il reconnut l'homme au visage balafré, Vassili, celui qui avait violé et tué Alice. Il portait une veste noire défraîchie et un pantalon marron aussi sale que son âme. Il s'avança doucement vers Yaeko, un large sourire sur son visage. Vlad hurla avec rage, sa carotide était gonflée et un battement sourd au niveau des tempes comprimait son visage.
Vassili tourna la tête en direction du miroir sans tain. Il avait entendu le cri de Vlad à travers les enceintes restées allumées.
— Je vois que nous avons un public. Quelle joie pour Vassili ! dit-il en ricanant.
— Je vais te crever, enfoiré, ne la touche pas !
— Ou sinon quoi ? J'aime les insultes, j'aime les cris, mais ce que je préfère par-dessus tout... ce sont les petits papillons...

Vlad hurla à nouveau et tira de toutes ses forces sur les menottes qui le maintenaient assis. Il aurait voulu les arracher, il aurait voulu tout casser, mais seul un miracle aurait pu le libérer.
— Laisse-la ! Laisse-la ! hurlait-il, mais ses cris étaient vains.
Vassili passa une main dans les cheveux de Yaeko, immobile. Il saisit une mèche qu'il porta à son visage et respira son odeur sucrée avec avidité.
— Tu sens bon, mon petit papillon, mais est-ce que ta chatte sent aussi bon ? J'en suis sûr... Il va falloir que Vassili te sente.
Sa main glissa le long de son cou, jusqu'à la naissance de ses seins. D'un revers de la main, il fit tomber Bambou sur le sol et commença à tourner autour d'elle comme un vautour prêt à fondre sur sa proie.
— Le patron veut que je prenne mon temps, il veut que je te fasse du mal, mon petit papillon. Mais Vassili est très doux, tu sais.

Sa main empoigna la poitrine de Yaeko qui semblait toujours inconsciente. Elle avait dû être droguée pour ne pas réagir face à cet individu aussi répugnant que malsain. Ses mains aux ongles longs sentaient la pisse. Vlad ne cessait de hurler, impuissant face à la scène qui se déroulait de l'autre côté du miroir.
Vassili s'approcha de l'oreille de Yaeko. Son haleine empestait le tabac et l'alcool et sa langue salivait déjà à

l'idée de souiller ce petit ange qui serait bientôt son jouet désarticulé.

— Vassili va te baiser, mon petit papillon, et tu vas aimer ça. Je vais te défoncer jusqu'à ce que tu me supplies de te délivrer, mais je ne le ferai pas, oh non, je ne te tuerai pas. Je vais écarter tes fesses et te déchirer le cul, fais confiance à Vassili, tu vas aimer ça. Mon petit papillon, je vais jouir sur ton visage et tu vas avaler mon sperme. Tu es déjà à moi, et maintenant, tu vas me sentir en toi.

Son sexe s'était gonflé et on pouvait voir une bosse grossir entre ses jambes. Son excitation était visible et il était bien décidé à se vider sur elle. Vlad avait fermé les yeux. Il s'apprêtait à revivre ce qui l'avait déjà tué une première fois. Revenu d'entre les morts, il pensait avoir enfin droit à la vie, mais il commençait à croire que la même scène se rejouerait sans cesse et sans fin. Il connaissait la sensation de voir le diable violer un ange, mais ce soir-là, Dieu eut pitié de Vlad.

La rage qui l'habitait devint froide, son souffle devint lent, et ses yeux devinrent aussi noirs que les plus sombres prisons du tartare. Il serra ses poings de toutes ses forces, prit une grande respiration et tira violemment sur les menottes. L'acier lui sciait les poignets jusqu'au sang, mais il ne ressentait plus la douleur. Ses muscles contractés ne ressentaient plus la fatigue et si l'amour véritable n'existait que dans un combat contre le mal, il serait à la fois l'épée qui exorcise et le bouclier qui protège. Les menottes se brisèrent sous la force de son amour et il se libéra de ses entraves. Certains miracles n'arrivent pas pour soi, mais parce que Dieu confie une mission, et cette nuit-là, un ange avait besoin d'être sauvé.

Il se leva d'un bond, prit la chaise et l'envoya avec la puissance d'une bête sauvage dans le miroir sans tain qui vola en éclats. Vassili fut surpris et s'éloigna de Yaeko. Vlad enjamba le mur et les débris de verre et posa un pied dans la pièce où se trouvait le diable. Il avança lentement vers Vassili. Son visage n'avait plus d'expression, ses yeux, plus de sentiments. Il était l'épée, il était le jugement.

Vassili sortit une arme de sa veste et la pointa sur Vlad.

— N'avance pas ou je te tue !

Vlad continuait de marcher vers lui, malgré l'arme qui était prête à faire feu. Vassili tira une première fois, mais Vlad continua à avancer. Il essaya de tirer une deuxième fois, mais le revolver s'enraya et Vlad s'approcha plus près de lui. D'un geste rapide, il attrapa l'arme tout en frappant Vassili à la gorge, qui s'étrangla de douleur.

— Tu n'en auras plus besoin là où tu vas, dit Vlad d'un ton monocorde.

Il était habité et personne n'aurait pu le détourner de la mission qui était désormais la sienne.

Il jeta l'arme à l'autre bout de la pièce et attrapa Vassili à la gorge. Ses yeux étaient remplis d'effroi face à ce démon aux yeux verts qui était venu prendre son dû. Les mains de Vlad serraient son cou d'une force surnaturelle et Vassili tomba à genoux devant lui. Son visage était rouge et ses yeux exorbités. Vlad serra plus fort encore.

— Je vais te tuer, Vassili, pour tout ce que tu as fait, pour tout ce que tu m'as fait. Il n'y aura pas de pardon. Il n'y aura pas de pitié.

Vassili suffoquait, incapable de se libérer de l'étreinte inviolable de Vlad. Il aurait voulu le supplier de l'épargner, mais il ne pouvait plus parler, son cou était gonflé et sa langue suintante balayait ses lèvres.

Vlad sentait son haleine fétide et le poids de ses péchés. Il était un ramassis d'immondices incarné en homme, marqué par le sceau de Satan. Une petite voix à peine murmurée, aussi faible que le souffle d'une brise au printemps, ramena Vlad à la réalité.

« Cerise... Cerise... »

C'était le seul mot qui pouvait l'arrêter, le seul mot qui pouvait extraire cette force invisible qui le possédait.

Vlad lâcha Vassili qui s'effondra sur le sol couvert de débris. Yaeko avait difficilement levé la tête et Vlad pouvait désormais voir son regard vitreux. Il s'accroupit devant elle et prit son visage entre ses mains.

— Ne le tue pas, Vlad, je t'en supplie, ne deviens pas comme eux.

— Il doit payer pour ce qu'il a fait, dit-il avec une tendresse infinie.

— La vengeance n'apaisera pas ton cœur, l'amour le fera, dit-elle d'une voix si douce que Vlad sentit tout son corps s'apaiser.

— Cet homme est un mal qui doit être anéanti, je ne peux pas le laisser en vie.

— Allons-nous-en, Vlad, je t'en prie...

Il hésita un instant. Il regarda Vassili écroulé contre le mur qui tentait de retrouver son souffle. Son corps transpirait, un filet de bave coulait de sa bouche. Une pitié inattendue emplit le cœur de Vlad qui ne voyait plus devant lui qu'un homme sans âme déjà condamné. Il détacha Yaeko rapidement, mais elle ne pouvait ni marcher, ni se tenir debout. Il la souleva de terre et la porta dans le creux de ses bras puissants. Il enjamba le mur et passa de l'autre côté du miroir. Son épaule lui faisait mal, il s'aperçut que du sang coulait et qu'une balle l'avait bel et bien touché, mais il n'avait pas le temps de s'attarder.

Un cri s'éleva dans l'autre pièce et Vassili s'était redressé, mu par une force inattendue.

— Reste ici, connard, je n'en ai pas fini avec le petit papillon.

Il courut vers le miroir et l'enjamba. Au même moment, Yaeko divagua dans les bras de Vlad. Elle lui dit :

— C'est ici que tout s'arrête et que tout commence.

Vassili enjamba le mur et un bout de verre se détacha du cadre supérieur du miroir. La tranche acérée se planta dans sa nuque et il cracha un filet de sang rouge et visqueux sous la violence de l'impact. Il se figea pendant quelques secondes, le visage déformé par la contraction de tous ses muscles, puis il s'écroula, empalé comme les papillons qu'il collectionnait.

Vlad ne ressentit rien. Il se rendit compte que la mort n'effaçait pas la haine et que la vengeance n'apaisait pas la douleur de la perte. Seul l'amour le pouvait et il le tenait dans ses bras meurtris.

Yaeko ouvrit difficilement les yeux et lui demanda :

— Où est Bambou... ? On ne peut pas le laisser ici...

— Je t'en achèterai un autre, ce n'est pas grave.

— Si, on ne part pas sans lui, dit-elle difficilement.

Vlad déposa Yaeko sur le sol et la cala contre le mur pour éviter qu'elle ne tombe. Il passa à côté du cadavre de Vassili dont les yeux exorbités étaient restés ouverts et semblaient contempler les flammes de l'enfer.

Il enjamba le mur et alla chercher Bambou, esseulé dans un coin de la pièce. Il en profita pour récupérer l'arme de Vassili qui traînait non loin. Il retourna auprès de Yaeko, qui serra Bambou contre elle comme on s'accroche à une bouée perdue au milieu de l'océan.

— Maintenant, on y va, dit Vlad.

Il souleva Yaeko, la cala entre ses bras. Sur son visage, il aperçut un léger sourire qui lui donnait toutes les raisons de ne plus jamais la laisser loin de lui.

VLAD

CHAPITRE XIV

L'hôtel était un labyrinthe dans lequel les couloirs et les escaliers s'enchevêtraient. Vlad n'avait aucune idée du chemin à emprunter pour trouver la sortie. Les clients ne descendaient que très rarement dans cette partie du bâtiment et encore moins dans cette pièce où les femmes étaient présentées. Tout était géré à distance par l'intermédiaire d'un système de visioconférence et de tablettes connectées.

Yaeko était très faible, et Vlad devait faire vite. Il remonta un couloir, puis un autre au bout duquel il pouvait apercevoir un escalier. Des bruits de pas résonnaient non loin d'eux. Il ouvrit une porte et rentra dans une petite pièce exiguë qui faisait office de buanderie. Il y avait un chariot rempli de linge, des machines à laver, une table à repasser, ainsi que toute une étagère sur laquelle étaient entreposés des produits d'entretien.

Il déposa délicatement Yaeko au sol, puis s'accroupit à côté d'elle.

— On va attendre un peu ici, le temps que tu retrouves tes esprits, lui dit Vlad.

— Ils m'ont droguée quand ils sont venus à l'appartement. Je suis désolée, je n'ai rien pu faire.

Il lui caressa le visage d'une main rassurante et écarta une mèche de cheveux qui tombait devant ses yeux. Il poursuivit :
— Je sais. Ne t'inquiète pas. Maintenant, je suis là. Repose-toi un peu. Pendant ce temps, je vais essayer de trouver un moyen pour nous sortir de là.
— Je sais que tout est ma faute, je suis tellement désolée, Vlad.
— Tu n'y es pour rien, ne t'en veux pas. Le principal, c'est qu'à présent, tu es avec moi, je te promets que nous allons nous en sortir.
Sa voix était douce et ses mots rassurants. Yaeko lui sourit, même si elle savait que leur situation était désespérée. Elle serra Bambou fort contre sa poitrine, cherchant en lui la force dont elle avait besoin. Vlad prit son téléphone pour appeler Sören, mais dans les souterrains de l'hôtel, il n'y avait aucun réseau.
— Il va falloir que je monte. Ici, je ne capte pas.
— Ne me laisse pas toute seule, j'ai peur. Je ne veux pas que tu partes.
Vlad sortit l'arme qu'il avait prise à Vassili et l'inspecta. La balle qui lui était destinée s'était coincée. Il la retira et en chambra une autre.
— On ne pourra pas rester ici très longtemps, ils vont finir par nous retrouver.
— Laisse-moi encore cinq minutes et ça ira mieux après, j'ai la tête qui tourne.

Vlad s'assit à côté d'elle et profita de ce moment de répit pour envisager toutes les possibilités qu'il n'avait pas. La cour extérieure était bloquée et il ne connaissait pas les autres issues du bâtiment. Il avait pensé sortir par le toit, mais Yaeko n'aurait pas été capable de le suivre.

Des coups de feu et des cris le tirèrent de ses pensées.

— Putain ! Mais qu'est-ce qui se passe ?

Il se tourna vers Yaeko qui luttait pour ne pas perdre connaissance.

— Yaeko ! Réveille-toi ! Il faut vraiment qu'on bouge maintenant !

— C'est dur, je ne sens plus mon corps.

— Il faut que tu te lèves, j'ai un mauvais pressentiment.

Elle prit une grande respiration et tenta de se mettre debout, mais elle était encore faible. Vlad l'aida à se redresser et elle s'accrocha à lui pour ne pas tomber.

« Je vais y arriver ! Je vais y arriver ! », se murmurait Yaeko à elle-même.

Elle faisait un effort surhumain pour passer outre les effets du produit qu'on lui avait administré.

Ils sortirent dans le couloir, Yaeko s'agrippait à Vlad pour ne pas tomber. Il n'y avait personne, mais des coups de feu résonnaient dans le bâtiment.

— Mais putain ! Ils tirent sur qui ? demanda Vlad.

Yaeko entendait les coups de feu, mais sa vision était trouble, chaque pas était difficile, chaque mètre parcouru une épreuve. Elle s'écroula, mais Vlad la rattrapa à temps.

— Tiens bon, Yaeko !

— Je n'y arrive pas, Vlad, c'est trop dur...

— Je sais que c'est difficile, mais il faut continuer.

Yaeko regardait ses grands yeux verts. Il était si rassurant qu'à cet instant, malgré leur situation, elle n'aurait voulu être nulle part ailleurs tant qu'elle était avec lui. Ils avancèrent encore quelques mètres et les coups de feu finirent par se taire. Vlad savait qu'il n'avait pas d'autre option que d'emprunter cet escalier et de remonter dans le hall principal. Avec un peu de chance, ils arriveraient à se faufiler discrètement. En haut des marches, il y avait une porte que Vlad entrouvrit doucement. Le hall était plongé dans l'obscurité et de là où il était, il pouvait voir l'ensemble de la pièce sans être vu. Le spectacle qu'il découvrit lui glaça le sang. Au milieu du hall, Tomasz, ainsi que trois autres Polonais, était agenouillé, les mains derrière la tête. Face à eux, trois hommes asiatiques habillés en noir les tenaient en joue. Ils avaient les cheveux courts, des vestes amples, et leurs visages fermés attendaient un signe pour faire feu.

Un quatrième homme en retrait se tenait contre le mur. Il portait un long manteau noir et ses cheveux mi-longs contrastaient avec les crânes presque rasés des hommes qui l'entouraient. Vlad n'arrivait pas à voir distinctement son visage, mais il remarqua qu'il tenait

un revolver avec nonchalance. Il fit un pas en avant et s'adressa à Tomasz dans un français parfait teinté d'un léger accent japonais.
— Où est Yaeko ?
Tomasz le regarda fixement sans prononcer un mot. L'homme poursuivit :
— Le silence n'est pas une réponse.
Il fit un geste et l'un des trois hommes rangea le pistolet mitrailleur qu'il tenait dans un holster. Il sortit un revolver, avança d'un pas et tira une balle dans la tête de l'homme qui se tenait à droite de Tomasz. Le Polonais s'écroula au sol et une mare de sang se forma autour de sa tête.
Yaeko sursauta quand le coup de feu résonna et demanda à Vlad en chuchotant :
— Mais qu'est-ce qui se passe ?
— Reste derrière moi, les Polonais se sont fait des amis, on dirait.
— Tu vois quoi ?
— Juste quatre mecs armés, on dirait des Japonais.
— Des Japonais ? Je veux voir !
— Attends une seconde.
Vlad vérifia son arme, ça n'était pas encore le bon moment pour tenter quoi que ce soit.
L'homme aux cheveux mi-longs s'adressa à nouveau à Tomasz.
— Je vais te le demander à nouveau : où est Yaeko ?

— Tu peux me tuer, dit Tomasz. Je ne te dirai rien.
— Tu n'as pas peur de la mort ?
— Je n'ai peur de rien, excepté de décevoir mon chef, lui répondit Tomasz, impassible.
— Tu es un bon serviteur, mais ton chef ne te sauvera pas ce soir, et tu devras bientôt répondre de tes actes.

Il fit à nouveau un geste et l'homme, qui avait abattu le Polonais, s'approcha du suivant. Son visage n'avait aucune émotion. Il lui tira une balle dans la tête et son corps sans vie s'écrasa sur le sol froid du hall d'entrée.

Tomasz s'adressa à lui très calmement :

— Tu peux tuer tous mes hommes, tu ne retrouveras jamais Yaeko.

— Je pense que je vais suivre ton conseil.

L'homme au revolver s'approcha du dernier acolyte de Tomasz et lui logea une balle entre les deux yeux. Le sang éclaboussa le sol et le corps sans vie alla rejoindre les deux autres qui continuaient doucement à se vider de leur sang. Derrière la porte de l'escalier, Vlad avait assisté à toute la scène. Ces hommes étaient impitoyables. Leur tenue et leur comportement trahissaient leur appartenance à la mafia. Il devait s'agir de Yakuzas, mais que faisaient-ils ici à Paris ? Et pourquoi voulaient-ils absolument retrouver Yaeko ?

— Laisse-moi voir, Vlad !

Yaeko avait retrouvé ses forces et l'effet de la drogue disparaissait enfin. Elle voulait voir, elle voulait savoir, elle poussa légèrement Vlad sur le côté pour passer sa tête. Son regard se porta sur les cadavres au sol qui lui glacèrent le sang, puis elle aperçut les hommes en noir de l'autre côté. Quand elle vit l'homme aux cheveux mi-longs, elle bondit de leur cachette et courut vers lui en criant : « Katashi ! »

Tous les regards se tournèrent vers elle qui courait à travers la pièce dans son tee-shirt trop grand et ses petites chaussettes blanches maintenant sales. Elle se jeta à son cou et le serra fort.

— Katashi ! Tu es venu jusqu'ici pour moi !

— Yaeko ! Enfin, je te retrouve ! dit-il avec calme.

Vlad poussa la porte et pénétra à son tour dans le hall, tout en pointant de son arme les hommes devant lui.

Yaeko cria de toutes ses forces :

— Ne tirez pas ! Il est avec moi ! C'est lui qui m'a sauvée !

Vlad ne comprenait rien à la scène qui se déroulait devant lui. Qui était ce Katashi qui semblait si proche de Yaeko et qui étaient ses hommes qui avaient abattu les Polonais un à un ? Vlad n'avait qu'une chose en tête : sauver Yaeko et l'emmener loin de tout.

— Laissez-la partir ! dit-il en pointant son arme avec toute la détermination de celui qui n'a plus rien à perdre.

— Ne tire pas, Vlad ! C'est mon frère, Katashi !

— C'est quoi ce bordel ? répondit Vlad.

Katashi sortit de l'ombre et Vlad put enfin voir son visage. Il était grand et mince, d'une rare élégance, et ses cheveux noirs paraissaient vivants. Son visage était fermé et aucune émotion ne semblait avoir le droit de s'y exprimer.

— Posez votre arme, s'il vous plaît, lui dit-il avec politesse.

— Je ne pose rien du tout ! Yaeko, viens ici, s'il te plaît, c'est un ordre.

Katashi lui ordonna de rester là où elle était et fit un signe à deux de ses hommes qui se saisirent d'elle pour qu'elle ne puisse s'échapper. Yaeko, surprise d'être à nouveau captive, cria de toutes ses forces : « Vlad ! »

L'homme au long manteau noir ne prêta pas attention à Yaeko qui suppliait qu'on la relâche.

— Tout d'abord, je voudrais vous remercier d'avoir sauvé ma sœur, Yaeko. Mon clan et moi vous sommes redevables, c'est pour cela que nous ne vous tuerons pas.

— Merci, mais je ne comptais pas mourir ce soir, répondit Vlad.

— Je vais vous demander à nouveau de jeter votre arme, ou nous serons malgré tout obligés de vous abattre.

— Yaeko est à moi, je ne partirai pas d'ici sans elle. Relâchez-la, dit Vlad avec fermeté.

Katashi se tenait à quelques mètres de lui et ne semblait pas impressionné par l'arme pointée sur lui.

— Yaeko ne vous appartient pas, elle fait partie de notre clan et sa place est près de notre père. Je suis venu ici pour la secourir et la ramener chez nous.

— Je viens de te dire qu'elle n'irait nulle part sans moi.

— Vlad ! cria Yaeko, ne les laisse pas m'emmener ! Je t'en supplie !

Les yeux verts de Vlad brûlaient d'un feu ardent, concentrés sur Katashi qui commençait à s'impatienter. Le ton monta. Katashi reprit :

— Vous devriez vous estimer heureux d'être encore en vie.

Il leva son arme dont la crosse était en ivoire et la pointa sur Vlad. Il poursuivit :

— Contrairement à vous, je n'ai pas peur de la mort et j'ai juré à mon père que je la ramènerai. S'il faut pour cela que je vous tue, je le ferai. S'il faut que je meure, alors je ferai le sacrifice de ma vie. Vous ne pouvez pas comprendre et Yaeko doit rentrer chez elle.

Vlad baissa son arme.

— Il y a eu assez de morts ce soir, dit-il, résigné.

— C'est une sage décision, dit Katashi qui baissa son arme à son tour.

Il fit un signe aux autres hommes et l'un deux s'approcha de Tomasz qui était toujours à genoux. Il lui passa un bâillon avant de lui mettre un sac noir sur la tête.

— On s'en va, dit Katashi.

— Vlad, ne me laisse pas, je t'en supplie...Vlad ! Vlad !

Vlad regarda impuissant les hommes s'emparer d'elle et de Tomasz. Yaeko se débattait, mais les hommes la maintenaient avec force.

— Katashi ! supplia-t-elle, laisse-moi partir, je ne veux pas retourner à Tokyo.

— Ce n'est pas à moi d'en décider, petite sœur. Tu verras ça avec notre père.

Ils se dirigèrent vers la porte d'entrée et sortirent dans la cour.

Vlad les suivit et découvrit un spectacle funeste. Il y avait des corps abattus près des véhicules criblés de balles. Les Yakuzas étaient froids, méthodiques, efficaces, et ces quatre hommes étaient rapidement venus à bout des Polonais qui n'avaient, semble-t-il, rien pu faire.

— Katashi, laisse-la partir !

Il se retourna et vit Vlad en haut des marches du perron.

— Je suis désolé, mais c'est impossible.

— Je refuse de la perdre à nouveau, murmura Vlad dont le cœur s'était empli d'une colère inextinguible.

Vlad s'élança en direction de Katashi qui fit un pas sur le côté pour l'esquiver. Il tenta de le frapper au visage, mais Katashi savait se battre et repoussa son coup.

— Tout ce que vous faites ne sert à rien.

Il esquiva un autre coup, frappa Vlad dans les jambes et le fit tomber sur les graviers qui lui labourèrent le dos.

En un éclair, il avait sorti son arme et la pointa sur son front.

— Est-ce qu'il faut que je vous tue pour que vous arrêtiez ?

Vlad était essoufflé, son épaule lui faisait horriblement mal, mais le regard dédaigneux de Katashi l'insupportait au plus haut point.

— Essaie de me tuer pour voir. Elle m'appartient et tant que je serai vivant, je ferai tout pour qu'elle retourne à mes côtés.

Yaeko vit Vlad au sol et cria à nouveau :

— Katashi ! Je t'en supplie, mon frère, ne le tue pas !

Il regarda Vlad droit dans les yeux. C'était un regard d'homme, un regard qui comprenait que Vlad allait devenir un problème pour lui. Il aurait pu mettre fin à tout cela d'une simple pression sur la gâchette de son arme, mais son code d'honneur le lui interdisait. Il était implacable, mais loyal. Vlad avait sauvé sa sœur et pour cela, il serait magnanime. Il ne lui pardonna pas toutefois l'affront d'avoir levé la main sur lui et lui donna un coup de pied dans les côtes en se relevant.

Vlad se plia de douleur et il entendit Yaeko à l'autre bout de la cour qui hurlait son nom.

Un 4x4 gris attendait, le moteur allumé, au bout de la cour. Un homme passa une paire de menottes à Tomasz qui fut jeté sans ménagement dans le coffre. Yaeko, toujours captive, fut poussée à l'arrière du véhicule. Elle serrait fort contre elle Bambou et appelait

Vlad de toutes ses forces. Ses hurlements étaient un supplice pour lui. Il aurait voulu la prendre dans ses bras, la rassurer et l'emmener loin, mais le destin s'acharnait sur lui et le goût du sang dans la bouche attisa sa colère qui ne s'apaisait pas.

La porte qui donnait sur la rue s'ouvrit doucement et Vlad, toujours au sol, put apercevoir la voiture s'éloigner. Yaeko se retourna et à travers la vitre arrière, Vlad aperçut son visage dont les yeux remplis de larmes ne pouvaient plus dissimuler sa peine.

Il se redressa, puis s'accroupit.

— Yaeko ! cria-t-il.

À bout de souffle, il répéta plusieurs fois son nom jusqu'à ce qu'il devienne un murmure.

Un vrombissement résonna dans la rue et une Mercedes AMG noire aux vitres teintées s'arrêta devant la porte battante encore ouverte. La portière côté conducteur s'ouvrit et Sören jaillit de la voiture. Il aperçut Vlad et courut vers lui.

— Merde, mon frère, qu'est-ce qui s'est passé ? J'ai fait aussi vite que j'ai pu, mais le trafic à Paris, c'est un enfer.

— Ils sont partis avec elle, dit-il, le regard dans le vide.

— Qui ça ?

— Les Yakuzas.

— Les Yakuzas ? Mais de quoi tu me parles ? À la base, on devait juste aller chercher ton gars ce soir.

— Je refuse de la laisser partir, bordel ! C'est hors de question ! dit Vlad d'une voix froide.

Sören regarda autour d'eux et vit les cadavres des Polonais et les véhicules criblés d'impacts de balles.

— Merde, ils ont l'air sérieux, ces gars. On ne devrait pas traîner ici. Allez, Vlad, on dégage.

Sören aida Vlad à se relever et ils se dirigèrent vers la voiture qui les attendait dans la rue. Sören prit le volant.

— Bon, on fait quoi, frère ?

Vlad posa son téléphone sur le tableau de bord. On pouvait y voir sur une carte un petit point bleu qui se déplaçait.

— On suit Bambou !

*

Le petit point bleu quitta Paris et se dirigeait vers le nord-ouest. Sören, pied au plancher, faisait tout son possible pour ne pas se laisser distancer et rattraper la voiture qui emmenait Yaeko.

Vlad lui raconta tout ce qui s'était passé depuis le studio et comment il s'était retrouvé au milieu de cette cour remplie de cadavres. Sören n'en croyait pas ses oreilles.

— Mais tu vas faire quoi quand on les aura rattrapés ?

— Je n'en sais rien, mais je ne la laisserai pas partir. Nous verrons le moment venu. Va plus vite, s'il te plaît.

— Je fais ce que je peux, j'ai pas envie non plus qu'on ait un accident. De toute façon, j'ai une idée de leur destination.

La Mercedes finit par arriver sur le petit aéroport de Pontoise. Sur le tarmac, un jet privé était affrété et les moteurs étaient allumés. Le 4x4 gris s'était garé non loin, et Vlad aperçut Katashi et Yaeko en train d'embarquer.

— Vas-y, fonce, Sören !

— Putain ! Merde ! Attends, je fais le tour, la grille est fermée.

— Pas le temps, enfonce, là !

— Ahhhh, tu fais chier, Vlad ! C'est pas ma caisse, je vais encore avoir des problèmes.

Sören accéléra et l'avant de la voiture percuta la porte grillagée qui céda sous la violence de l'impact. Il poursuivit son accélération jusqu'à rejoindre le jet privé et freina dans un crissement de pneus une fois arrivé à sa hauteur. Vlad ouvrit la porte et courut vers l'escalier d'accès de l'aéronef qui était encore ouvert.

— Yaeko ! cria-t-il de toutes les forces qui lui restaient.

À l'intérieur de l'avion, Yaeko aperçut Vlad par le hublot. Elle se leva, bouscula Katashi et deux autres hommes qui lui barraient le passage, elle sortit de l'appareil, ses petites chaussettes blanches foulaient le tarmac pour arriver jusqu'à lui. Elle courut vers Vlad et se jeta dans ses bras. Elle avait besoin de son odeur et de ses bras pour affronter la vie, et ce soir, on lui enlevait tout. Elle ne voulait pas partir si loin de lui, elle voulait retourner à l'appartement et retrouver le cocon rassurant qu'ils s'étaient construit à deux. Les larmes coulaient de ses yeux et son regard humide se noya dans les grands yeux verts de Vlad. D'un geste tendre, il passa une main sur son visage, essuya une larme qui coulait de ses yeux et lui sourit, à défaut de lui dire qu'il l'aimait.

— Vlad, je suis désolée, je veux que tu m'emmènes loin. Elle n'arrivait pas à sécher ses larmes qui ruisselaient sur ses joues.

— Yaeko, peu importe où tu vas, je te retrouverai et je te ramènerai chez toi, ici, dans mes bras.

— Je sais, je t'ai entendu quand j'étais droguée, et je voulais te dire que...

Leurs visages se rapprochèrent jusqu'à ce que leurs lèvres se frôlent. Il avait déjà goûté à son corps, mais la plus grande intimité restait celle d'un baiser. Il n'eut pas le temps de l'embrasser que Katashi avait attrapé Yaeko par la taille et la tira vers lui.

— Remonte dans l'avion, immédiatement ! lui dit-il, avec sévérité. Yaeko pleurait de désespoir, mais elle ne pouvait s'opposer à son frère.

— Katashi, je t'en prie !
— Remonte tout de suite dans l'avion !

Il se tourna vers Vlad, dégaina son arme et la pointa sur son visage.

— C'est la dernière fois que je te le dis. Laisse-la partir, oublie-la, Yaeko doit retrouver les siens et même si tu l'as sauvée, tu n'es personne.

Vlad regardait impassible Katashi et avança d'un pas. Le canon de l'arme se colla contre son front.

— Tue-moi ici, maintenant, mais si tu ne le fais pas, alors c'est un rendez-vous que nous prenons.

— Comment ça ? s'étonna Katashi.

— Parce que je viendrai chercher ce qui est à moi.

Katashi baissa son arme.

— Alors, c'est un rendez-vous que nous prenons.

Il attrapa Yaeko par le bras et la força à remonter dans l'avion. Avant de replier l'escalier d'accès, il redescendit, un journal à la main, qu'il jeta aux pieds de Vlad.

— Tu liras ça, je crois que Yaeko ne t'a pas tout dit, et si nous avons un rendez-vous, alors autant que tu saches où tu mets les pieds.

Vlad ramassa le journal. Sur la première page, on pouvait lire « La fille du plus grand Yakuza de Tokyo kidnappée à Paris ».

Il leva la tête et vit le visage enfantin de Yaeko qui s'était collé au hublot. Elle le regardait avec désespoir. Elle était captive de sa propre histoire, de sa propre famille, et malgré tout le pouvoir de sa volonté, elle ne pouvait échapper à son destin.

Vlad resta seul sur le tarmac. Le jet se mit en mouvement et fit une manœuvre pour se préparer au décollage. *Tu peux traverser les océans, tu peux partir loin de moi, tant que tu seras sur cette terre, je ferai tout pour te retrouver. Il y a des rencontres qui changent une vie, et il y a des rencontres qui nous rendent vivants.*

La piste de décollage était illuminée et le jet mit les gaz. L'avion se mit en mouvement et s'éloigna sur la piste jusqu'à ce que, dans un fracas, il quitte le sol. Vlad regardait Yaeko s'enfoncer dans les ténèbres du ciel, parmi les étoiles, jusqu'à ce qu'il ne perçoive plus que les lumières rouges et vertes de l'appareil. Sören était descendu de la voiture et regardait Vlad qui sortait son téléphone.

— Frère, tu fais quoi ? On y va ?

— Attends une seconde.

Sur son téléphone, il voyait le petit point bleu qui s'éloignait à vive allure. Au bout de quelques minutes, Bambou disparut de l'écran.

Les étoiles regardaient Vlad qui avançait sur la piste. Il rangea son téléphone. Elle n'avait pas eu le temps de lui dire qu'elle l'aimait.

Vlad regarda le ciel et murmura : « Moi aussi ».

VLAD

Écoutez la playlist du livre sur :

Apple Music

Deezer

Spotify

VLAD

Du même auteur

2019 - L'Emprise (roman)

2020 - The Hold (traduction de l'Emprise)

2021 - Ad Vitam Aeternam (roman)

2022 - Tu m'appartiens (recueil)

2022 - Oui Monsieur, 130 questions BDSM & Kinky

2023 - Comment débuter une relation D/s

2024 - Dévanillez-vous

VLAD

Printed in France by Amazon
Brétigny-sur-Orge, FR